Kelly Keaton
Dein göttliches Herz versteinert

Kelly Keaton
liebt die Geschichten der Antike, Fantasy und Mythologie.
Sie träumt davon, eines Tages ihre magischen Fähigkeiten zu entdecken,
unsterblich zu werden, in einem tierhaarfreien Haus zu leben
und zur Königin von Mardi Gras gekrönt zu werden.
Außerdem mag sie präraffaelitische Kunst, Mondlicht, Schnee
und Rollenspiele. Kelly Keaton lebt mit ihrer Familie,
einer Deutschen Dogge und zwei unglaublich haarigen Katzen
in North Carolina.

»Dein göttliches Herz entflammt« war ihr erstes Jugendbuch
und erschien im Frühjahr 2013 im Arena Verlag.

Kelly Keaton

Dein göttliches Herz versteinert

Aus dem Amerikanischen
von Bea Reiter

Arena

Original English Language edition Copyright © 2012 by Kelly Keaton
Published by arrangement with Simon Pulse,
an imprint of Simon & Schuster Children's Publishing Division.
All rights reserved. No part of this book may be reproduced or transmitted
in any form or by any means, electronic or mechanical,
including photocopying, recording or by any information storage and
retrieval system, without permission in writing from the Publisher.

1. Auflage 2013
Für die deutsche Ausgabe:
© 2013 Arena Verlag GmbH, Würzburg
Alle Rechte vorbehalten
Aus dem Amerikanischen von Bea Reiter
Covergestaltung: Frauke Schneider
Gesamtherstellung: Westermann Druck Zwickau GmbH
ISBN 978-3-401-06783-4

www.arena-verlag.de
Mitreden unter forum.arena-verlag.de

Für Cheryl Hogan,

*einen unglaublich starken, liebevollen
und wunderbaren Menschen.
Danke, dass du mich bei all meinen wilden Unternehmungen
unterstützt hast
(und dafür, dass du mir die Pilze gezeigt hast,
unter die sich die Feen bei Regen stellen,
die Blütenkelche, in denen sie schlafen,
und die Stümpfe alter Bäume, die sie als Burgen benutzen).
Ich liebe dich, Mom!*

Eins

Inzwischen wissen alle, was du bist, Selkirk. Bleibt nur die Frage, ob du ihre Erwartungen erfüllen kannst oder ob du die Versagerin bist, für die ich dich halte.«

Mein Puls raste wie eine Herde galoppierender Pferde. Schweiß rann mir den Rücken hinunter und ließ mein T-Shirt und den Hosenbund meiner Jeans nass werden. Haarsträhnen klebten auf meinem verschwitzten Gesicht und Hals. Ich hatte die Augen geschlossen und krallte meine kurzen Fingernägel in sein Handgelenk, während ich mir vorstellte, wie ich ihm wehtun könnte ... oder besser noch, wie ich ihn dazu bringen könnte, einfach mal die Klappe ...

»Mach schon!«, fuhr er mich an, während sein heißer Atem über meine Stirn strich.

Ein Kopfstoß könnte funktionieren. Dann würden Knochen brechen. Es würde Blut fließen. Süße Rache – und noch süßere Stille – würde folgen. »Ich *versuch's* ja«, stieß ich zwischen zusammengebissenen Zähnen hervor.

Frustriert kniff ich meine Augen noch stärker zusammen. Ich »versuchte« es jetzt schon seit fünfundvierzig Minuten und das waren ungefähr fünfundvierzig Minuten zu lang, um sich mit Bran Ramsey in ein und demselben Raum aufzuhalten.

Komm schon, Ari. Konzentrier dich!

Wenn ich irgendwie dahinterkam, wie ich meine Macht kontrollieren und gezielt einsetzen konnte, wäre meine Trainingseinheit für heute zu Ende, und ich dürfte wieder zu den anderen Schülern der Presbytère, die nicht so gequält wurden wie ich.

Plötzlich spürte ich Brans schwielige Hand an meiner Kehle. Ich riss die Augen auf. Was zum Teufel ...?! Er drückte kräftig zu, seine Finger umschlossen meinen Hals fast völlig. Ich wehrte mich, sah ihn fragend an und dabei konnte ich nichts anderes tun, als keuchend nach Luft zu ringen.

»Du versuchst es doch gar nicht«, knurrte er mit seiner tiefen Stimme, während er mir auf die Zehen trat. »Du hast zu viel Angst, um es zu versuchen. Du *riechst* sogar nach Angst. Selkirk, du machst mich krank.«

Er ließ nicht los.

Der Druck hinter meinen Augen und in meinem Gesicht wurde immer größer. Meine Lunge brannte. Ich schlug nach ihm. Ich trat nach ihm. Ich stieß ihm meine Faust auf Arme und Brust, nur seinen Kopf konnte ich nicht erreichen. Aber es war sinnlos. Es war alles sinnlos. Gegen Bran zu kämpfen, war in etwa so, als wollte man eine Eiche verprügeln.

Mein Brustkorb stand mittlerweile in Flammen. Ich ... konnte ... nicht ... atmen ...

Bran beugte sich zu mir herunter, bis seine Nase fast mein Gesicht berührte. Seine braunen Augen wurden noch dunkler und fieser. »Was wirst du jetzt tun, Gottesmörderin?«

Vor meinen Augen tanzten weiße Punkte. Meine Arme wurden schlaff. Plötzlich ließ er mich los und gab mir einen Stoß. Überrascht stolperte ich nach hinten und schnappte nach Luft. Ich stützte die Hände auf die Knie und konzentrierte mich auf jeden schmerzenden Atemzug – ein und aus, ein, und aus –, bis das Schwindelgefühl nachließ und ich mich wieder aufrichten konnte.

Ein Schlag mit der offenen Hand landete auf meinem Hinterkopf. Ich duckte mich und hob schützend die Arme über den Kopf. »Aufhören! Verdammt! Sind Sie verrückt geworden?«

»Kämpfe.«

Er bewegte sich viel zu schnell, als dass ich mich hätte verteidigen können. Ein Tritt in meine Kniekehle schickte mich zu Boden. Meine Hände klatschten unsanft auf die Matte. So langsam wurde es langweilig. »Hören Sie auf, Bran. Ich hab genug, okay?«

Meine letzten Pflegeeltern, Bruce und Casey, hatten mich zur Kautionsagentin ausgebildet, doch auf das hier war ich nicht vorbereitet. Das hier war ... anders. Distanziert, kalt und ungeduldig. Es war meinem Selbstvertrauen alles andere als zuträglich und bis jetzt hatte ich noch rein gar nichts dabei gelernt. Es war einfach eine Übung, nur dazu da, mich wie eine Maus zu fühlen, die sich in den Fängen einer durchgeknallten Katze namens Bran befand.

Am liebsten wäre ich gar nicht mehr aufgestanden, weil ich wusste, dass er noch nicht fertig mit mir war. Ich hob den Kopf, wischte mir den Schweiß von der Stirn und warf einen Blick auf die Uhr. Noch fünf Minuten bis zum Unterrichtsende.

Noch fünf Minuten. Diese drei Worte wiederholte ich wie ein Mantra, während ich mich aufrichtete und ihn ansah.

Bran stand mitten im Raum, breitbeinig, die muskulösen Arme vor der Brust verschränkt, eine seiner dunklen Augenbrauen hochgezogen. Auf seinem braun gebrannten Gesicht schimmerte kein einziger Schweißtropfen. Und sein gewelltes, braunes Haar war nicht einmal zerzaust.

»Ich dachte, Sie würden mir was *beibringen*. Von *umbringen* hat keiner was gesagt«, krächzte ich heiser.

»Interpretationssache.« Sein Blick glitt Richtung Uhr, dann grinste er. Seinem Gesichtsausdruck nach zu urteilen, überlegte er gerade, was er mir in den nächsten vier Minuten alles antun wollte.

»Ich hab genug, okay?«, sagte ich müde. »Können wir nicht einfach ... aufhören?«

»Womit?«

Ich verdrehte die Augen und ließ meiner Frustration freien Lauf. »Oh, keine Ahnung. Aufhören, mich zu quälen, aufhören, mich herumzuschubsen, aufhören, mich zu schlagen, aufhören, so ein verfluchtes *Arschloch* zu sein.« Jetzt hatte ich es gesagt. Und es fühlte sich gut an. Verdammt gut. Er würde mich ja sowieso nicht schonen.

Ein dämonisches Grinsen huschte über seine Lippen. »Zwing mich.«

Seine dunklen Augen funkelten – es sah aus, als wäre er ganz versessen darauf, dass ihn mal jemand ordentlich vermöbelte. Und dieser Jemand, so hatte er beschlossen, sollte ich sein. Es war egal, dass ich eine Schülerin war und er Halbgott/Sicherheitsexperte/ einer der neun Novem-Chefs. Interpretationssache, oder?

Ich machte einen Schritt auf ihn zu, weil ich wusste, dass ich das Ganze vermutlich in die Länge ziehen konnte, bis die Klingel zur Pause ertönte. Immerhin hatte ich Übung darin, mich durchzukämpfen. Es gab einiges, was man mit seinem Körper anstellen konnte, damit Schläge nicht ganz so wehtaten. Ich ging in Verteidigungsstellung.

Bran hob die Hand. »Nein. Zwing mich ... mit deinen Gedanken.«

Als mir klar wurde, was er von mir wollte, prustete ich los. Dann machte ich seinen arroganten Gesichtsausdruck nach und zog eine Augenbraue hoch. »Tun Sie doch auch nicht.«

Er bewegte sich so schnell, dass ich nicht einmal Zeit hatte, meine Muskeln anzuspannen, bevor er mich herumwirbelte und gegen die Wand rammte. Plötzlich war einer meiner Arme auf dem Rücken verdreht und ich klebte mit der Wange an der Eichenholzvertäfelung.

Vor Schreck blieb mir die Luft weg, aber nur für eine Sekunde. Dann kam die Wut, die meine Überraschung verdrängte und meinen Puls in die Höhe schießen ließ. Die Uhr tickte. *Durchhalten.*

Bran atmete mir gezielt in den Nacken und lachte leise. »Wir können es auch mal mit einer anderen Taktik probieren ...«, sagte er mit heiserer Stimme.

Er war mir viel zu nah. Drückte sich an mich. Nahm mir die Luft zum Atmen. Ich saß in der Falle. Ich kam hier nicht mehr raus. Oh Gott. Ein Würgereiz überkam mich.

Und da spürte ich es, wie es sich regte, wie es erwachte. Meine Angst verwandelte sich in Panik. Ich murmelte Worte wie ein Gebet. »*Nein, nein, nein.*«

Bran lachte leise. »Doch.«

Mein Fluch wurde lebendig, er stieg wie Rauch von meinen Zehen zu meinen Haaren, drehte sich, zuckte, drängte sich dorthin, wo er nichts zu suchen hatte. Jeder einzelne Nerv zitterte, jedes kleine Härchen auf meinen Armen richtete sich auf, jede Zelle kribbelte, als würde ein ganzer Schwarm von Käfern über meine Haut wandern.

Mein Körper wurde steif, er wappnete sich gegen das unabwendbare Anschwellen der Macht, bis ich das Gefühl nicht mehr ertragen konnte. *Dieser gottverdammte Bran!*

Er füllte mich völlig aus. Stark. Wild. Wach. Mein Fluch, die Gorgo, war ein lebendiger Schatten in mir.

Ich schrie auf und wand mich aus seinem Griff, wobei ich kaum wahrnahm, dass er es zuließ. Dann packte ich ihn am Hals. Seine Augen waren kühl, herausfordernd. Unsere Blicke trafen sich, als ein kribbelndes Gefühl von meinem Arm hinunter bis in die Hand schoss. Es war kalt, erbarmungslos, böse ... Unter meiner Kopfhaut regte sich etwas, ganz sachte, wie ein Windhauch. Es wand sich – *nein, nein, nein.*

Ich schrie wieder, aus Angst vor dem Grauen, und hatte endlich genug Kraft, um Bran zurückzustoßen.

Dann war es vorbei.

Mein Fluch verschwand wieder und ließ mich mit weit aufgerissenen, glasigen Augen zurück, an der Wand zusammengesackt, während mein Herz so schnell schlug, dass ich Angst hatte, es würde zerspringen.

Bran stand regungslos da. Die Haut an seinem Hals und Kiefer war weiß, unnatürlich weiß. Wie Marmor. Ich. Das war ich gewesen. Seine dunklen Augen starrten mich an, konzentriert, aber dennoch irgendwie ruhig und souverän. Langsam gewann seine Haut ihre normale Farbe zurück, seine Schultern entspannten sich.

»*Das,* Ari Selkirk«, sagte er selbstgefällig, während er sich den Kiefer rieb, »verstehe ich unter *versuchen.*«

Er schlenderte in die Ecke und nahm einen Schluck aus seiner Wasserflasche. Fassungslos über das, was ich getan hatte, starrte ich auf seine Kehle, während er trank. Ich wusste, was ich konnte, ich hatte das Gleiche schon einmal gespürt, trotzdem war es ein Schock für mich. Ich würde mich nie daran gewöhnen. Und ich wollte es auch nicht.

Bran stellte die Flasche ab, wischte sich mit der Hand über den Mund und lehnte sich dann lässig gegen den Tisch in der Ecke. Prüfend sah er mich an. »Jetzt, wo wir wissen, dass deine Macht von Angst und Adrenalin geweckt wird, haben wir etwas, womit wir arbeiten können. Zwing mich nicht wieder dazu, es auf diese Art aus dir herauszuholen. Es ist ... widerwärtig. Du wirst bald in der Lage sein, deine Macht zu kontrollieren, ohne diese unnötigen Gefühle auslösen zu müssen. Aber« – er zuckte mit den Achseln – »für den ersten Tag deiner Ausbildung war es wohl ganz anständig.«

Die Klingel ertönte.

Und ich stand einfach nur da und starrte ihn an, völlig fassungslos, wie er nach alledem noch immer so selbstgefällig klingen konnte.

»Morgen machen wir weiter.« Er nickte in Richtung Tür. »Und jetzt verschwinde.«

Ich ging zu meinem Rucksack, den ich neben der Tür auf dem Fußboden abgestellt hatte. Meine Beine waren so wacklig, dass es mich nicht überrascht hätte, wenn sie mir nicht gehorcht hätten. Meine Hand zitterte, als ich nach meinem Rucksack griff, ihn mir über die Schulter schwang und den Raum verließ, den die anderen Schüler und Studenten der Presby den »Kerker« nannten.

Zwei

Ich verließ Brans Unterricht mit einem einzigen Gedanken: Nur raus aus der Presby. Eigentlich hatte ich noch eine Stunde Unterricht, aber das war mir egal, weil ich fertig war mit der Schule und dem bekloppten Lehrplan aus normalen und paranormalen Fächern. Jedenfalls für heute.

Ich ging schnell, aber nicht so schnell, dass es Aufmerksamkeit erregt hätte. Ich hielt meinen Kopf gesenkt und bewegte mich mit einer Art stiller Resignation. Brans Methode, meine Macht aus mir herauszuzwingen, hatte mir sämtliche Abwehrkräfte geraubt; ich war aufgewühlt, verletzbar und kurz davor, alte Wunden wieder aufzureißen, die ich lieber für immer vergessen hätte. Ich fühlte mich, als wäre ich aus Holz, während ich mich steif durch die Schüler und Studenten drängte, den Gang hinunterlief und durch die riesige Doppeltür der Presbytère nach draußen ging.

Als ich aus dem dunklen Bogengang der Presby in die Sonne trat, kam es mir vor, als wäre ich plötzlich in einer anderen Welt gelandet, mit einer völlig anderen Atmosphäre.

Die breite Fußgängerzone, die vor der Schule, der Kathedrale St. Louis und dem Cabildo verlief, war voller Straßenhändler – Künstler, Wahrsager, Blumenhändler und Verkäufer mit Mardi-Gras-Ketten und Masken in den Händen.

Ich ging gerade über den Bürgersteig, als eine dreiköpfige Jazzband zu einem lauten, lebhaften Song ansetzte. Die Wärme der

Sonne wurde von den Ziegelsteinen und dem Pflaster reflektiert und vom Mississippi, der nicht weit vom Jackson Square entfernt lag, wehte eine ordentliche Spätwinterbrise herüber. Den Fluss konnte ich nicht sehen, doch der Geruch des Schlammwassers und der Golfküste war unverwechselbar.

Statt in den stickigen Gängen der Presby befand ich mich jetzt mitten im pulsierenden Herz des *French Quarters*.

Der kleine Park auf dem Jackson Square bildete den ruhigen, idyllischen Teil des *Quarters* – eine Oase aus Rasenflächen, Bäumen und lauschigen Plätzchen, umgeben von einem schwarzen schmiedeeisernen Zaun, in deren Mitte die restaurierte Reiterstatue von Andrew Jackson stand.

Ich suchte mir eine Bank in einer ruhigen Ecke. Die Büsche hinter mir waren von dem Zaun eingefasst, der den Park von der Straße trennte. Ich saß im Schatten des Baumes neben der Bank und war so weit von dem mit Ziegelsteinen gepflasterten Weg entfernt, dass niemand meine wütenden, frustrierten Tränen sehen konnte.

Sie würden lediglich ein verschwitztes Mädchen in schwarzer Kleidung mit merkwürdig weißen Haaren sehen, das sich auf der Bank ausgestreckt hatte, den Arm über das Gesicht gelegt.

Nur ein Mädchen. Das sich auf einer Bank ausruhte.

Ich hatte drei Tage warten müssen, bevor ich mit dem Unterricht beginnen konnte. Die meiste Zeit war ich auf und ab gegangen, hatte an meinen Fingernägeln gekaut, wenig geschlafen und viel an Violet und meinen Vater gedacht. Ich hatte es so sehr *gewollt*, dass ich in eine Sitzung des Rats der Neun geplatzt war und verlangt hatte, Schülerin an der Presby werden zu dürfen.

Bei dem Gedanken daran musste ich lachen. Ich wollte so viel wie möglich über Athene lernen – wie ich *Sie* finden und besiegen konnte, wie ich jene retten konnte, die mir so viel bedeuteten. Ich wollte so gut wie nur irgendwie möglich vorbereitet sein. Aber gleichzeitig gab es da noch diesen frustrierten, extrem ungeduldigen Teil in mir, der »scheiß drauf« brüllen und *Sie* mit einem Aufgebot sämtlicher Mächte angreifen wollte.

Ich wusste nur nicht, wo ich *Sie* finden würde.

Die Sorgen, die ich mir um Violet, meinen Vater und meinen Fluch – mit dem ich mich immer noch nicht abgefunden hatte – machte, fraßen mich auf und ich ließ es zu. Ich verlor mein Ziel aus den Augen, ich konnte mich nicht mehr konzentrieren.

Ich musste mich auf die Presby, auf das Wissen, das Training und auf die geheime Bibliothek konzentrieren.

An die Schule der Novem, die vom Kindergarten bis zur 12. Klasse reichte, war auch ein vierjähriges privates College angeschlossen, das zum Teil in der Presbytère, zum Teil in mehreren anderen Gebäuden auf beiden Seiten der St. Ann Street untergebracht war. Das Wissen der Novem, sämtliche ihrer Ressourcen befanden sich hier …

Zwar gab ich es nur ungern zu, aber eine der besten Ressourcen war Bran, der Dreckskerl.

Ich war stocksauer auf ihn, weil er mich bis an meine Grenzen gebracht hatte, bis zu dem, was ich am meisten fürchtete. Aber letztendlich hatte er genau richtig gehandelt. Er wusste, was er tat, und obwohl ich erst eine Trainingseinheit hinter mir hatte, musste ich zugeben, dass er der Beste war, der mich je unterrichtet hatte. Ich wusste, dass meine Wut unangebracht war, dass dahinter im Grunde genommen Angst steckte.

Die einzige Chance, Athene zu besiegen, war mein Fluch, aber … der Gedanke daran, dafür dieses *Ding* in mir zu benutzen, war grauenhaft.

Ich wollte es nicht und tief in meinem Innern hatte ich furchtbare Angst davor, dass es Kontrolle von mir ergreifen würde, dass ich, wenn ich jetzt begann, mit dieser Macht in mir herumzuspielen, zum Monster werden würde, noch bevor sich der Fluch an meinem einundzwanzigsten Geburtstag vollständig erfüllte. Dass ich die Gorgo nicht mehr kontrollieren konnte, wenn ich sie erst einmal herausgelassen hatte.

Ich wollte bleiben, was ich war ... ich.

Ein Schluchzen blieb in meiner Kehle stecken, als eine Welle der Einsamkeit über mich hereinbrach.

Nur ein Mädchen auf einer Bank.

Ich musste lachen bei diesem Gedanken. Dann schniefte ich und wischte mir mit dem Arm über das Gesicht. Ja, klar, nur ein Mädchen – mit einer durchgeknallten griechischen Göttin auf den Fersen, einem jahrtausendealten Fluch und einem Vater und einer Freundin, die gerettet werden mussten ...

Nach einer Weile drückte ich die Handballen auf meine Augen und versuchte, meinen Kummer zu verdrängen, indem ich langsam ein- und ausatmete.

»Der erste Tag ist nie einfach, stimmt's?«

Ich ließ die Hände sinken und blinzelte. Im Gras vor mir stand Michel Lamarliere, mein Vormund für die nächsten sechs Monate, bis ich achtzehn wurde. Er hatte die Hände auf dem Rücken verschränkt und sah mich freundlich mit seinen grauen Augen an. Der Mann hatte eine beeindruckende Ausstrahlung, eine Aura, die jeder halbwegs vernünftige Mensch spüren konnte. Das verschlungene Tattoo, das sich seitlich an seinem Hals hoch bis zu Ohr und Schläfe zog, verstärkte diesen Eindruck nur noch.

Sein Aussehen passte zu seiner Rolle als eines der neun Oberhäupter der Novem und Kopf der Hexenfamilie Lamarliere. In seiner Welt war Michel so etwas wie eine Ausnahme; in Hexenfamilien wurden die Zauberkräfte in der Regel über die Frauen weitergegeben, doch gelegentlich passierte das auch mal bei den Männern – Michel war einer von ihnen. Sebastian, sein Sohn, noch einer ...

Es fiel mir schwer, Michel anzusehen und beim Anblick seiner rabenschwarzen Haare und sturmgrauen Augen nicht sofort an Sebastian zu denken. Und noch schwerer, die unangenehme Mischung aus Verwirrung und Bedauern zu ignorieren, die ich dabei empfand. Seit Violets Verschwinden hatten Sebastian und ich so gut wie gar nicht mehr miteinander gesprochen. Und nachdem er mit eigenen Augen gesehen hatte, was ich einmal sein würde ... na ja, ich war ziemlich sicher, dass sich sein eventuell vorhandenes Interesse an mir von einer Sekunde zur anderen in Luft aufgelöst hatte.

Ich richtete mich auf, nahm die Füße von der Banklehne und wischte mir die Tränen aus dem Gesicht. »Ich glaube nicht, dass es im Kerker jemals gut läuft, egal ob's der erste Tag ist oder nicht.«

»Ah. Der Kerker. Das erklärt einiges.« Er deutete auf die Bank. »Darf ich?«

Ich zuckte mit den Schultern und machte ihm Platz. »Wenn Sie mein Geruch nicht stört.«

»Es gibt niemanden, der nach einem Training mit Bran nicht in Schweiß gebadet ist. Ich nehme an, er war ziemlich streng mit dir.« Michel setzte sich neben mich.

»Brutal ist vermutlich das passendere Wort.« Ich starrte auf den Rasen. »Er verschwendet keine Zeit, stimmt's?«

»Er macht seine Sache ausgesprochen gut. ›Scheitern‹ ist ihm völlig fremd und gehört auch nicht zu seinem Wortschatz. Wenn du etwas lernen willst, und das auch noch schnell, gibt es keinen besseren Mentor für dich. Anwesende natürlich ausgenommen. Aber da du meinen Unterricht geschwänzt hast, musst du dich hier auf mein Wort verlassen.«

Ich sah ihn kurz an und verzog das Gesicht, als mir einfiel, dass meine letzte Unterrichtsstunde bei Michel gewesen wäre. »Tut mir leid.«

Er hielt sein Gesicht der Sonne entgegen und schloss die Augen. »Es war eine gute Entschuldigung, um der Enge meines Klassenzimmers zu entkommen und die Sonne zu genießen.« Michel war zehn Jahre von Athene gefangen gehalten worden und ich verstand sehr gut, warum er jede Gelegenheit nutzte, im Freien zu sein. »Mein Hilfslehrer wollte sowieso etwas allein mit den Schülern machen. Morgen werde ich sehen, ob ich deine Stunden tauschen kann. Brans Training sollte zum Schluss kommen.«

»Danke.« Direkt nach dem Kerker die Schule verlassen zu können, wäre schön. Allerdings hieße das auch, dass ich mich den ganzen Tag vor dem Training mit Bran fürchten würde, was weniger schön war. »Was ist denn eigentlich mit ihm los? Ich meine, ich weiß, dass er das Oberhaupt der Familie Ramsey ist und so ...«

Michel setzte sich schräg auf die Bank, damit er mich ansehen konnte. »Dann bekommst du statt meines Unterrichts eben ein wenig Nachhilfe in Geschichte. Wie du bereits weißt, ist Bran ein Halbgott. Die Ramseys sind die Nachkommen der keltischen Götter und ihrer menschlichen Gefährten. Väterlicherseits ist Bran der Urenkel des verstorbenen Kriegsgottes Camulus. Da er ein direkter Abkömmling ist, macht ihn das zum Oberhaupt der Familie, die ziemlich groß ist. Jedes Mitglied hat unterschiedliche Stärken, Schwächen, Eigenschaften, wie in jeder Familie ... Bran ist wegen seines göttlichen Vorfahren mit zahlreichen Vorzügen gesegnet.«

Ich schnaubte empört. »Das kann ich mir lebhaft vorstellen.«

»Nicht weiter überraschend, schließlich hat er einen Kriegsgott unter seinen Vorfahren.« Michel lachte leise. »Bran ist ungewöhnlich stark, schnell und geschickt. Und er lebt ein langes Leben. Im Herzen ist er ein Krieger, einer vom alten Schlag, wenn man so will.«

Ich schüttelte ungläubig den Kopf und dachte an mein altes Leben zurück, das jetzt so weit weg schien, dabei war ich noch gar nicht so lange in New 2. Ich hätte mir nie träumen lassen, dass alle Mythen und Legenden so viel Wahres und Unbekanntes in sich trugen. Geschweige denn, dass ich selbst ein Teil davon war.

Doch die Erkenntnis, dass es das Übernatürliche tatsächlich gab, kam für mich vermutlich nicht ganz so überraschend wie für jemand anderen, der außerhalb des Walls lebte. Schon als Kind hatte ich gewusst, dass das Übernatürliche existierte, weil ich damit aufgewachsen war, weil ich es immer wieder gesehen hatte, wenn ich meine Haare abgeschnitten oder gefärbt hatte und sie beim Aufwachen am nächsten Morgen wieder die gleiche Länge und Farbe gehabt hatten. Und auch, weil meine türkisfarbenen Augen intensiver leuchteten, als sie sollten ...

Nachts ließ ich meine Gedanken wandern und versuchte, die Wahrheit zu begreifen, so verrückt sie auch war. Hatte ich denn eine andere Wahl als weiterzumachen? Ich war nicht der Typ, der ausflippte. Den Kummer und die Misshandlungen, die ich als Kind ertragen musste – diese Erfahrungen hatten mich geformt, hatten mich mit allem fertig werden lassen, was ich seit damals erlebt hatte. Und wenn ich *damit* umgehen konnte und immer noch bei Verstand war, konnte ich auch mit der paranormalen Scheiße umgehen, die mir hier um die Ohren flog.

»Halbgott«, fuhr Michel fort, »ist vielleicht nicht der korrekte Ausdruck, da es unseres Wissens keine Nachfahren mehr gibt, die halb Gott, halb Mensch sind. Aber der Begriff wird schon so lange verwendet und bezieht sich inzwischen auf alle Abkömmlinge der Götter.«

»Aber warum werden Halbgötter und Gestaltwandler in einen Topf geworfen, wenn es um die Familien der Novem geht?«, fragte ich. Die Novem bestanden aus drei Vampirfamilien, drei Hexenfamilien und drei Halbgott-/Gestaltwandlerfamilien. Es gab zwar noch andere Familien, aber diese neun waren diejenigen gewesen, die das Geld und die Macht besessen hatten, um sich zusammenzuschließen und vor einigen Jahren New Orleans zu kaufen.

»Begriffe wie ›Gestaltwandler‹ und ›Halbgott‹ sind häufig austauschbar, da die Fähigkeit, das Aussehen zu verändern, eine der Begabungen ist, die von einem Gott an seine Nachfahren weitergegeben werden können.« Er zog eine Augenbraue nach oben. »Wenn du in meinen Unterricht gekommen wärst, hättest du das unter anderem auch gelernt.«

Ich sah ihn mit einem Schulterzucken an und lächelte. »Sind Sie unsterblich? Ist Bran unsterblich?«

Michel schüttelte den Kopf. »Niemand ist wirklich unsterblich, Ari. Langlebig, das schon, aber auch Götter können getötet werden. Von konkurrierenden Göttern oder von« – er sah mich durchdringend an – »Gottesmördern wie dir. Echte Unsterblichkeit ist vielleicht nur ein Mythos.«

Ich lachte. Genau das *war* mein Mythos. Alles, was ich über New 2 und die Novem gelernt hatte, hörte sich an, als hätte jemand die Sagen des klassischen Altertums wild mit Grimms Märchen gemischt und mich dabei zwischen die Seiten geworfen. Ich rieb mir mit beiden Händen das Gesicht.

»Du kommst dir wahrscheinlich ein bisschen vor wie Alice im Wunderland, nicht wahr?«

Ich lehnte mich zurück und streckte die Beine aus. »Sie haben ja keine Ahnung.«

»Geh nach Hause; ruh dich aus. Meine Familie hat einen Bann – einen Schutzzauber – um dieses baufällige Herrenhaus gezogen, das du als dein Zuhause auserkoren hast. Es wäre trotzdem besser, du würdest es dir noch einmal überlegen und mein Angebot annehmen.«

»Ich mag den *Garden District* und mein baufälliges Zuhause.«

Er runzelte die Stirn und schüttelte den Kopf, als könnte er das nicht verstehen. »Mein Sohn sagt das Gleiche. Pass auf dich auf. Sei wachsam. Du hast dein Schwert«, sagte er und wies auf die τέρας-Klinge, die an mein Bein geschnallt war. »Und du hast jene, die dich beschatten.«

Das war neu für mich. »Was meinen Sie damit?«

»Leibwächter. Du wirst sie weder sehen noch hören, aber sie werden da sein und dich beschützen. Und das steht nicht zur Diskussion. Wir wissen nicht, was Athene mit dir vorhat. Ich nehme an, *Sie* lässt dir Zeit, damit du dir ausgiebig um deine Freundin und deinen Vater Sorgen machst und *Sie* dich geistig zermürben kann, aber bei ihr weiß man nie. Es ist besser, wenn du rund um die Uhr beschützt wirst.«

Er tätschelte mir das Knie und stand auf. »Geh nach Hause, Ari. Iss was. Ruh dich aus. Ich bin sicher, dass es morgen in der Presby genauso brutal werden wird wie heute.«

Ich verdrehte die Augen, lächelte ihn aber zum Abschied an. Mein Lächeln erstarb langsam, als ich ernüchtert feststellte, dass nichts so brutal werden würde wie mein Wiedersehen mit Athene. Im Vergleich dazu würde die Presby ein Kinderspiel werden.

Inzwischen wissen alle, was du bist. In meinem Kopf hörte ich noch immer Brans Worte.

Das rhythmische Rattern der Straßenbahn lullte mich ein. Gedankenverloren starrte ich aus dem Fenster, während wir über die St. Charles Avenue in den *Garden District* fuhren.

Von dem Moment an, in dem ich an diesem Morgen vor dem Gebäude der Presbytère stehen geblieben war und zugesehen hatte, wie die Schüler und Studenten hineineilten, waren mir die schnellen Blicke aufgefallen, die sie mir zuwarfen. Sie erkannten mich. Sie flüsterten auf den Fluren miteinander, starrten mich in der Freistunde und in der Cafeteria an, aber es lag nicht nur an meinen schneeweißen Haaren oder an dem unnatürlichen türkisfarbenen Licht in meinen Augen.

Das war es nicht.

Meine äußerliche Erscheinung war hier nicht mehr so wichtig. Jenseits des Walls, wo man auffiel, wenn man irgendwie anders aussah, hatte sie eine große Rolle gespielt, doch hier in New 2 war das Schockierende an mir nicht offensichtlich, sondern es lag im Verborgenen, in meinem Innern. Und das hatte sich offenbar schnell herumgesprochen.

Nach der Schlacht gegen Athene ließ sich wohl nicht mehr verheimlichen, was ich war.

Einmal hatte ich zu Violet gesagt, sie solle so bleiben, wie sie war.

Das solltest du auch, hatte sie auf ihre eigene, einfühlsame Art geantwortet.

Und doch wünschte ich es mir, ich wünschte es mir heiß und innig, akzeptiert zu werden, als normal angesehen zu werden. Meine ehemalige Betreuerin vom Jugendamt sagte immer, es läge daran, dass ich als Kind verlassen und von einer Pflegefamilie zur nächsten geschoben worden sei. Ich wusste, dass bei mir einiges nicht in Ordnung war. Ich wusste, dass ich Probleme hatte. Ich wusste sogar, was ich tun müsste, damit alles besser wurde, aber die Theorie in die Praxis umzusetzen und dieses *Etwas* in mir wieder zum Funktionieren zu bringen? Tja. Wie das ging, hatte ich noch nicht herausgefunden.

Die Straßenbahn wurde langsamer. Ich zog die Kapuze meines Hoodies auf; nach dem Training war ich so verschwitzt gewesen, dass mir jetzt kalt wurde.

Die Sonne stand tief am Horizont und tauchte die ganze Straße in ein diffuses goldenes Licht. Ich stieg aus der Straßenbahn und ging über die St. Charles, wobei mir auffiel, dass ein paar Häuser mehr in der Straße bewohnt waren. Sie waren sicher von den Novem restauriert und an Besucher des Mardi Gras, die immer noch in Scharen nach New 2 kamen, vermietet worden.

Schließlich war gerade wieder die Zeit dafür da.

Ansonsten war von den Novem noch nicht viel im *GD* zu sehen. Aber irgendwann würden sie auch hierherkommen und anfangen, Häuser zu restaurieren, was die Waisen und die *Doués* (wir Nicht-Novem mit speziellen Fähigkeiten) obdachlos machen würde.

Meine Stiefel knirschten auf dem Schutt der zerbrochenen Platten des Bürgersteigs, als ich über die Washington Avenue ging. Wenn man die St. Charles Avenue verließ und eine der Seitenstraßen des *Garden District* betrat, fühlte man sich wie in einer anderen Welt, wie an einem wilden, verlassenen Ort voller Schatten, an dem riesige Häuser vor einem aufragten und Bäume und Kletterpflanzen die Sonne aussperrten.

Die Gärten waren verwildert, ein Gewirr aus spanischem Moos und Kletterpflanzen, die prächtig gediehen und schon länger keine Heckenschere mehr gesehen hatten. Die aufgegebenen Herrenhäuser verfielen langsam, waren aber trotzdem noch elegant und imposant ... Für mich war dies der schönste Ort der Welt.

Auf beiden Seiten der Straße streckten sich alte Eichen ihre knorrigen Äste entgegen und schufen so einen dunklen, gespenstischen Tunnel. Golden glühende Sonnenstrahlen bahnten sich durch das dichte Blätterdach und machten aus der Washington Avenue einen Wald aus Spinnfäden.

Ich ging auf einem gewundenen Pfad in der Mitte der Straße, wechselte von Licht in Schatten und wieder zurück, bis ich mein Ziel erreicht hatte: Lafayette Cemetery.

Der Lafayette-Sumpffriedhof.

Die Stadt der Toten.

Das Land der Schlangen und anderen Ungeziefers.

Drei

Der Geruch nach toten Blättern und feuchter Erde wurde so stark, dass ich die Atmosphäre des Verfalls in meiner Kehle spüren konnte.

Vor mir ragte das gewaltige Bogentor auf. Wenn es nicht völlig von Kletterpflanzen überwuchert gewesen wäre, hätte ich darauf LAFAYETTE CEMETERY NO. 1 lesen können. Eine Hälfte des Tors stand einladend offen. Ich blieb auf der Straße stehen. Seit Violets Verschwinden war ich nicht mehr hier gewesen.

Lange starrte ich auf das offene Tor, die Grabstätten dahinter und die eingestürzte Mauer, die den Friedhof früher einmal umgeben hatte. Einige Zeit nach den beiden Hurrikans – die Zwillinge wurden sie hier genannt – war ein hoher Eisenzaun um das Gelände herum errichtet worden, der den Schutt und das, was von der ursprünglichen Friedhofsmauer noch übrig war, von der Straße trennte.

Ich war nicht sicher, ob der Zaun dazu dienen sollte, dass die Leute draußen oder irgendwelche anderen Kreaturen drinnen blieben.

Ich kaute auf der Innenseite meiner Wange und versuchte, den nötigen Mut aufzubringen, um den Friedhof zu betreten, und gleichzeitig die Angst zu unterdrücken, die dieser Ort mir einjagte. Das, was hier geschehen war, war mir noch viel zu gut in Erinnerung. In schlechter Erinnerung. Trotzdem straffte ich die Schultern und ging durch das Tor, wobei ich mich unter den Kletterpflanzen ducken musste.

Die Straße vor mir war früher einmal gepflastert gewesen, jetzt aber mit Betonbrocken, bemoosten Knochen und den herabgefallenen Blättern mehrerer Jahre übersät. Rechts und links davon standen Grabsteine und Mausoleen, von denen einige mehr als mannshoch und vollständig erhalten waren. Von anderen dagegen waren nur noch ein paar Steinbrocken übrig.

Hier hatte ich Athene gegenübergestanden, hier hatte ich den zu Pulver gemahlenen Zehenknochen von Alice Cromley eingeatmet. Ihre sterblichen Überreste hatten mir die Wahrheit über meinen Fluch offenbart und mir gezeigt, was meine Vorfahrin, die Medusa, durchlitten hatte.

Ich ging an der Stelle vorbei, an der Daniel, Josephine Arnauds Sekretär, in der Schlacht gegen Athene getötet worden war. An einem Zweig baumelte ein Stofffetzen, der wohl während des Kampfs dort hängen geblieben war. Überall waren Spuren der Schlacht zu finden, in den aufgewühlten Blättern, den getrockneten Blutspritzern auf dem Marmor ...

Mein Blick ging zu dem niedrigen, knorrigen Ast, auf dem Athene gekauert hatte, und zu dem Grabmal, auf dem *Sie* eine atemberaubende Show abgezogen hatte, mit mir in der Hauptrolle. Ich blieb stehen, als ich vor meinem geistigen Auge Athene sah, die wahnsinnig gewordene, soziopathische Göttin des Krieges, wie *Sie* auf dem Dach des bröckelnden Grabmals saß und ihre Füße über den Rand baumeln ließ.

»*Wie wäre es, wenn ich es ihnen zeige? Nur ein kleiner Vorgeschmack ... eine Vision ... um dir, liebe Ari, zu zeigen, dass du nicht hierhergehörst ...*«

In ihren Augen standen Arroganz und ein brutales Flackern, als grüne Blitze aus ihren Händen schossen und mich von der feuchten Erde hoben. Ich hing in der Luft, als würde ich im Wasser schweben; während sich meine Haare aus dem Knoten in meinem Nacken lösten und in weißen Wellen ausbreiteten.

Und dann der Schmerz. Meine Kopfhaut brannte. Mein Herz hämmerte wie wild. Angst, nackte, unbändige Angst, als sich etwas zu bewegen begann und meine Kopfhaut aufbrechen ließ, als sich dieses Etwas in zuckenden, milchweißen, schlangenähnlichen Schatten aufrichtete – eine grässliche, Furcht einflößende Vision dessen, was mir bevorstand.

Meine Freunde hatten mich voller Entsetzen angestarrt. Es war genau das, was Athene gewollt hatte. Mein Platz sei bei ihr, hatte *Sie* gesagt. Und an etwas wie mir konnte Sebastian nie im Leben Interesse haben. Ich kniff die Augen zusammen, als ich die schneidende Wahrheit dieser Erinnerung abzumildern versuchte.

Dann ging ich weiter. Während ich damit begann, den Friedhof abzusuchen, verdrängte ich nicht länger die Gedanken an Sebastian. Die kurze Zeit, die wir miteinander verbracht hatten, war spontan und verrückt gewesen, wir hatten der verkorksten Welt, dem verkorksten Leben einfach den Stinkefinger gezeigt. Eine Realitätsflucht vom Feinsten hatten wir hingelegt.

Ich wusste ganz genau, warum ich das Risiko eingegangen war und es einfach hatte geschehen lassen, als ich in Sebastians Armen aufgewacht war und wir uns angesehen hatten.

Man nannte es Einsamkeit. Vielleicht war auch noch ein bisschen Verzweiflung dabei. Und es fühlte sich richtig an. Normal.

Ich war allein in einer fremden Stadt und wäre fast ausgeflippt, nachdem ich die Sache über meine Mutter erfahren hatte. Noch mehr Angst hatte es mir gemacht, dass ich den Jäger getötet hatte. Und dann war da Sebastian. Er sah mich. *Mich*. Da er so außergewöhnlich einfühlsam war, hatte er an meinem ersten Tag in New 2 wohl eine ganze Menge gesehen. Wir waren beide anders. Beide

Einzelgänger. Vielleicht war er deshalb auch in der Lage gewesen, über sämtliche Hindernisse hinwegzusehen und einfach den Moment zu genießen.

Ich seufzte. Ich hatte keine Ahnung, was er jetzt für mich empfand oder wie wir beide zueinander standen. Als Athene ihm und den anderen gezeigt hatte, was aus mir werden würde, war er bleich vor Entsetzen zurückgewichen. Und ich dumme Kuh hatte mich von der Möglichkeit eines »wir« anziehen lassen wie die Motte vom Licht. Er war weggerannt, und obwohl er mit Verstärkung zurückgekommen war, bedeutete das nicht, dass er noch Interesse an mir hatte. Wie könnte er auch? Schließlich hatte er ja gesehen, was ich war. Wie konnte jemand mit so etwas leben?

An jenem Tag im Friedhof war nur eine Person nicht weggerannt: Violet.

Meine Kehle war wie zugeschnürt, Tränen standen mir in den Augen. Ich zog den Kopf ein und ging schneller.

Das kleine blasse Mädchen mit dem schwarzen Pagenkopf, den dunklen Augen, der frechen Nase und den unheimlichen Fangzähnen hatte seine Mardi-Gras-Maske aus dem Gesicht geschoben und mich staunend angesehen.

Sie hatte verdammt noch mal *gestaunt*.

Schniefend drängte ich meine zornigen Tränen zurück und wischte mir mit dem Ärmel meines Hoodies über die Nase.

Schließlich waren sie doch zurückgekommen: Dub, Crank, Henri und Sebastian. Sie hatten mich akzeptiert, obwohl sie wussten, was – immer noch – in mir lauerte. Doch das war nichts gegen Violets völlige, bedingungslose Akzeptanz gewesen.

Violet war auf Athenes Rücken gesprungen und hatte der Göttin des Krieges ihren Dolch ins Herz gestoßen. Und dann waren die beiden verschwunden, Violet immer noch an Athene geklammert.

Das seltsame kleine Mädchen hatte versucht, mich zu beschützen, und jetzt würde ich alles in meiner Macht Stehende tun, um sie zurückzuholen.

Alles.

Was mich zurück zu meiner Aufgabe brachte. Ich kletterte auf einen großen Schutthaufen aus Marmorbrocken, Knochen, Gebeinkisten und Urnen, wobei ich genau darauf achtete, wo ich mit meinen Stiefeln hintrat. Oben angekommen, balancierte ich mich aus, dann suchte ich das hintere Ende des Friedhofs ab.

Am Südende wuchsen Zypressen. Dort hatte sich das Gelände gesetzt, sodass das stehende Wasser mitten im *GD* einen kleinen Sumpf gebildet hatte.

Aus dem seichten schwarzen Wasser ragten Grabmale und die knorrigen Füße der Zypressen heraus, von deren Zweigen spanisches Moos in langen, filigranen Ranken herabhing.

Plötzlich sah ich etwas Weißes aufblitzen, aber es war nur ein Kranich, der seine Federn ausschüttelte.

Ich rutschte den Schutthaufen hinunter und ging zum Rand des Sumpfes. Bei jedem Schritt sanken meine Stiefel tiefer in die aufgeweichte Erde.

Irgendwo in dem dunklen Sumpf hielt sich Violets weißer Alligator auf, jedenfalls hoffte ich das. Auf dem Friedhof hatten wir ihn beide zum letzten Mal gesehen.

Obwohl ich mir ziemlich dumm dabei vorkam, rief ich seinen Namen. Erschrocken ergriff der Kranich die Flucht. In den Zweigen bewegte sich etwas, das Wasser kräuselte sich.

Ich wartete. Und dann ... nichts.

Ich musste Pascal finden, ich musste etwas für Violet tun, bis ich einen Weg fand, sie zu retten. Und ich betete dafür, dass er nicht einfach das Weite gesucht hatte.

Die Sonne war fast untergegangen und es wurde schnell dunkler. Daher lief ich zwischen den Grabmalen hindurch an der Ostseite des Friedhofs entlang, zurück zum Tor. Die Enttäuschung lag bleischwer auf meinen Schultern, als ich die dunkle Straße überquerte und auf das zerfallende Herrenhaus zuging, das jetzt mein Zuhause war.

Vier

Als ich die vier Häuserblocks von der Coliseum Street bis zur First Street ging, verschwand auch der letzte Rest Tageslicht. Keine Straßenlaternen. Kein Verkehr. Nur die bewohnten Herrenhäuser waren mit Kerzen beleuchtet, die hinter dreckverschmierten Fensterscheiben flackerten. Es ließ sie warm und lebendig wirken, wie Augen, die einen aus der Dunkelheit heraus beobachteten. Nachts im *GD* herumzulaufen, war nichts für Zartbesaitete.

Mein Blick ging nach oben, wie immer, wenn ich vor meinem neuen Zuhause stand. Das zweistöckige Herrenhaus im italienischen Stil mit seinen über beide Etagen laufenden, gusseisernen Balkonen dominierte die Straßenecke. Der mauvefarbene Anstrich war verwittert und blätterte überall ab. Hohe schwarz gestrichene Holzläden umrahmten immer noch die Fenster, wobei einige von ihnen schief in den Angeln hingen und kurz vorm Abfallen waren.

Ein Gefühl der Zufriedenheit durchströmte mich, als ich den Bürgersteig vor dem Haus betrat.

Der Rasen war völlig verwildert, der Zaun darum unter den Bergen vor wilden Schlingpflanzen kaum noch zu erkennen, doch das Anwesen hatte Charakter – sofern man eine Schwäche für malerischen Verfall hatte. Hier wohnte ich, zusammen mit Crank, Henri, Dub, Violet und Sebastian. Es gab Leute, die uns Hausbesetzer und Außenseiter nannten und uns als Jugendliche am Rand der Novem-Gesellschaft betrachteten. Es stimmte alles.

Der Geruch von scharfen Gewürzen wehte mir entgegen. Ich öffnete die Haustür und betrat die große Eingangshalle mit der breiten, geschwungenen Treppe und dem eisernen Kronleuchter, der von der Decke herabhing. »Die Gruft«, das düstere, mit schweren burgunderroten Vorhängen verzierte Esszimmer, lag zu meiner Rechten, das Wohnzimmer zu meiner Linken.

Das Holz im Haus faulte in dem schwülen, feuchten Klima und die teuren Tapeten hatten sich fast überall von der Wand gelöst. Der Stuck an der Decke war brüchig und jedes Mal, wenn einer von uns eine Tür zuknallte, rieselten kleine weiße Staubkörnchen von oben auf uns herunter. 1331 First Street erinnerte mich an eine Südstaatenschönheit, die früher einmal sehr reich gewesen, jetzt aber völlig pleite war und es sich selbst nicht eingestehen wollte.

Mein Magen knurrte. Doch weil aus dem Wohnzimmer Stimmen drangen, ging ich zuerst dorthin.

Dub hockte auf dem Fußboden und durchwühlte einen Haufen gestohlener Grabbeigaben, die er auf den Couchtisch gekippt hatte. Crank saß in einem der Sessel gegenüber der Couch, wie gewöhnlich mit Schiebermütze, Zöpfen und einem ölverschmiertem Overall.

Sebastian, auf dem kleinen Zweiersofa, hatte sich mit den Unterarmen auf den Knien abgestützt. Er redete mit Dub, doch als ich hereinkam, verstummte er und hob den Kopf. Der Blick, der mich aus seinen grauen Augen traf, ließ meinen Magen sofort schwerelos werden. Sebastians Augen hatten die Farbe von Rauch und Silber. Seine blasse Haut, das rabenschwarze Haar und die von Natur aus dunkelroten Lippen in Kombination mit seinem rebellischen Charakter und der Seele eines Dichters zogen mich an wie ein dunkler Magnet.

Crank hatte mir verraten, dass Sebastian erspüren konnte, was andere empfanden. Und wenn er mich ansah, fühlte es sich hundertprozentig so an, als könnte er durch die ganze Scheiße hindurchsehen und wüsste genau, wer ich war. Als ob er alle meine Geheimnisse, alle meine Ängste, Erwartungen, Träume und Vorstellungen kannte – alles, was andere nie über mich erfahren durften.

Auf dem Parkett hinter mir hörte ich Schritte. Ich brach den Blickkontakt mit Sebastian, als Henri sich mit einem großen Edelstahltopf in den Händen an mir vorbeischob. Ich folgte ihm zum Couchtisch, wo er den Topf neben Dubs Beute abstellte. An seinem kleinen Finger baumelten mehrere Plastikschalen und in der Hand hielt er ein paar Silberlöffel.

»Wie war die Presby?«, fragte Crank.

Ich setzte meinen Rucksack ab und ließ mich auf das eine Ende der Couch fallen, während Henri am anderen Ende Platz nahm. »Anstrengend.«

Crank schnaubte. »Und du wolltest uns überreden, auch hinzugehen. Verrückte Idee, Ari, verrückte Idee.«

Ich konnte jetzt schlecht das Gegenteil behaupten. Die Presby war spießig, arrogant und eine Nummer zu groß für mich, daher konnte ich mir lebhaft vorstellen, wie es Crank und Dub auf der Schule ergehen würde. Sie mochten vielleicht nicht so gebildet sein wie die anderen dort, aber welcher zwölfjährige Sprössling der Novem konnte schon einen Motor reparieren, sich seinen Lebensunterhalt selbst verdienen und sich jederzeit und überall etwas zu essen besorgen?

Mein Magen knurrte schon wieder.

»Bitte.« Henri schob mir eine Schale mit roten Bohnen und Reis hin. »*Bon appétit.*«

»*Merci*«, bedankte ich mich. Es war eines der wenigen Wörter auf Französisch, die ich kannte. Das Essen war heiß und scharf und schmeckte hervorragend. »Sind die Sachen da für Spits?«, fragte ich Dub nach ein paar Bissen und deutete auf den Haufen Grabbeigaben vor mir.

»Ja«, antwortete er, während er sich seinen kurzen blonden Afro kratzte. Auf seiner Stirn bildete sich eine Falte, die sich tief in seine hellbraune Haut eingrub. »Nicht gerade der beste Fang. Ein paar von den Goldzähnen kann er vermutlich einschmelzen. Aber viel Schmuck ist nicht dabei ... morgen früh werde ich wohl gleich wieder losziehen müssen.«

Spits war jemand im *Quarter,* der Dub die Sachen abkaufte, die er auf den Friedhöfen fand. Er machte die verkäuflichen Teile sauber und verhökerte sie dann in seinem Antiquitätengeschäft an Touristen. Und die Touristen, die den Schmuck kauften und trugen, hatten keine Ahnung, dass er von Toten stammte.

»Warum die Eile?«, erkundigte ich mich.

Er sah mich mit seinen grasgrünen Augen an. »Mardi Gras. Die Touristen kommen in Scharen. Spits kauft ein wie wild. Die Touristen geben eine Menge Geld aus, also ...« Er zog etwas aus der Tasche und warf es über den Tisch.

Ein Stück Metall traf mich auf der Brust und landete in meinem Schoß. »Was ist das?«

»Ich dachte, es würde dir gefallen.« Dub zuckte mit den Schultern und fuhr fort, die Sachen auf dem Tisch zu sortieren.

Ich nahm den Ring mit zwei Fingern aus meinem Schoß.

»Er ist mit einem Halbmond verziert«, erklärte Crank. »Wie dein Tattoo.«

Ich berührte den kleinen schwarzen Halbmond, der auf meinen rechten Wangenknochen tätowiert war. Ich trug außerdem einen

Halbmond aus Platin an einem schwarzen Band um den Hals. New Orleans war früher die Halbmondstadt genannt worden und ich hatte das Symbol schon vor langer Zeit übernommen, weil es mich an meine Mutter erinnerte. Und an den Ort, an dem ich geboren worden war.

Ich hielt Dub den Ring hin und versuchte krampfhaft, ihn nicht angewidert fallen zu lassen. »Danke, dass du an mich gedacht hast, aber etwas von einem Toten zu tragen, kommt für mich nicht infrage.«

»Sagt das Mädchen, das Alice Cromleys Zehenknochen eingeatmet hat«, murmelte Henri mit vollem Mund.

Ich bedachte ihn mit einem spöttischen Grinsen. »Es war nur ein ganz kleines bisschen zermahlener Knochen. Schließlich hab ich mir ja nicht den kompletten Zeh reingezogen.« Als ich den Blick abwandte, fiel mir auf, dass Sebastian leicht lächelte. Er schüttelte den Kopf über Henri und aß dann weiter.

»Nur die Ruhe. Der Ring ist aus einem Haus am Audubon Place«, klärte Dub mich auf. »Dem großen weißen Kasten an der Ecke.«

»Er hat ihn gefunden, als er mir geholfen hat, die Ratten und Schlangen aus dem Haus zu holen«, fügte Henri hinzu. »Einige Novem-Familien ziehen wieder in diese riesigen Anwesen. Ich glaube, sie haben früher schon mal dort gelebt. Ihr werdet schon sehen, in den *GD* kommen sie als Nächstes, und dann sind wir angeschmiert und müssen in den Ruinen leben.« Darauf folgte ein Schwall von Worten, die ich für Flüche auf Französisch hielt.

Ich ließ den Ring auf meiner offenen Handfläche herumrollen. Er war schwer, aus Silber, mit einem Halbmond, der aus irgendeinem blassblauen Stein bestand. »Er gefällt mir. Danke, Dub.« Der Ring passte an den Mittelfinger meiner linken Hand. Ich ließ ihn dort und leerte meine Schale.

Henri sah Dub scharf an. Seine Augen, die haselnussbraun mit einem Stich ins Gelbe waren, blitzten. »Wir sollten doch nichts mitnehmen. An deiner Stelle würde ich hoffen, dass die Novem keine Unterlagen darüber haben, was sich in diesem Safe im Wandschrank befunden hat, sonst bin ich arbeitslos. Und wenn ich arbeitslos bin« – er zeigte mit dem Löffel auf Dub –, »werden du und ich mal ein ernstes Wörtchen miteinander reden.«

Dub verdrehte die Augen, gab ein ungläubiges Schnauben von sich und schnappte sich eine Schale.

Am Anfang war ich nicht gerade begeistert davon gewesen, wie Henri alle herumkommandierte, aber nachdem ich mich einmal an seine ruppige Art gewöhnt hatte, musste ich feststellen, dass er ganz in Ordnung war. *Er könnte sich ruhig mal rasieren und die Haare schneiden lassen,* dachte ich. Aber seine Augen... so scharf und fesselnd wie die eines Raubtiers.

»Das schmeckt gar nicht so schlecht, Henri«, murmelte Crank mit einem Mund voll Reis und Bohnen.

»Warte, bis du siehst, was ich für ein Chaos in der Küche hinterlassen habe.« Henri legte die Füße auf die Ecke des Couchtisches und sah verdammt zufrieden mit sich aus. »Ich koche. Die Kleinen machen sauber.«

Dubs kniff die Augen zusammen, als er den Löffel in seine Schale fallen ließ und ausgesprochen verärgert aussah. »Das ist doch Scheiße, Henri. Du brauchst doch nicht jedes Mal so einen Saustall zu hinterlassen. Das machst du doch mit Absicht!« Er ließ sich in den Sessel zurückfallen und zog dabei seine Schale mit.

»Als ob ich das nicht schon längst wüsste«, murmelte Crank.

Henri lachte vor sich hin und aß noch einen Löffel von seinem Essen – er freute sich, dass er die Jüngeren ärgern konnte, in bester Großer-Bruder-Manier.

Nach dem Essen half ich, das Durcheinander in der Küche zu beseitigen. Dub und Crank plapperten pausenlos miteinander, während Sebastian und ich schweigend vor uns hin arbeiteten. Gelegentlich lächelte er über etwas, das sie sagten, oder schüttelte den Kopf. Seine Laune war so gut wie schon lange nicht mehr. Seit Violet verschwunden war ...

Als die Küche wieder sauber aussah, ging ich nach oben in mein Zimmer, in dem bereits ein kleines Feuer im Marmorkamin brannte.

Vermutlich war das Dub, dachte ich, während ich zuerst meine Waffen und dann meine Kleidung ablegte.

Die alten Herrenhäuser in New 2 hatten einen großen Vorteil: Jedes Schlafzimmer hatte ein eigenes Bad. Zwar trank niemand das Wasser, ohne es vorher abzukochen, aber wir konnten duschen und die Toilette benutzen. Die Wasserversorgung funktionierte, und solange die Leitungen im Haus in Ordnung waren, gab es fließendes Wasser.

Beim Duschen fielen mir ein paar blaue Flecken auf, die ich wohl Bran zu verdanken hatte. Anschließend zog ich meine Pyjamahose und ein T-Shirt an. Nachdem ich meine nassen Haare zu einem Knoten gedreht hatte, machte ich es mir auf meinem Schlafsack bequem.

»Jetzt, wo ich weiß, dass du länger bleibst, kann ich dir eine Matratze für das Bett besorgen«, sagte Crank und steckte den Kopf zur Tür herein.

»Der Schlafsack reicht völlig. Mach dir wegen mir keine Umstände.«

»Mach ich mir auch nicht. Wenn ich eine finde, bring ich sie mit.«

Ich lächelte. »Okay. Danke.«

Außer dem Feuer im Kamin war es dunkel im Zimmer. Ich legte mich hin und verschränkte die Hände hinter dem Kopf. Während ich zusah, wie die Schatten über die Stuckmedaillons an der Decke huschten, fragte ich mich, wie wohl mein nächster Tag an der Presby werden würde.

Fünf

Unsere neue Studentin rückt ein wichtiges Thema in den Vordergrund ...«

Oh, Mann, nicht schon wieder.

Mit einem dumpfen Knall ließ ich die Stirn auf die Tischplatte vor mir fallen. Fast in jeder Stunde hatten die Lehrer sich ausgerechnet mich herausgepickt. Gestern, an meinem ersten Tag, hatten sie mich alle (alle bis auf Bran) geschont, aber heute war ich anscheinend Freiwild.

»... und obwohl ich vorhatte, die Kriege der Pantheons erst später im Semester zu behandeln, glaube ich, dass jetzt vielleicht ein besserer Zeitpunkt dafür ist, vor allem angesichts der jüngsten Ereignisse. Heute reden wir über Athene. Schließlich ist *Sie* unsere Feindin und daher sollten wir über *Sie* Bescheid wissen. Also: Wer kann mir etwas über Athene erzählen?«

Die Geschichtsdozentin, Mrs. Cromley – wahrscheinlich stammte sie aus der Hexenfamilie der Cromleys –, lehnte sich mit ihrer Hüfte an das Pult und verschränkte die Arme vor der Brust. Sie war etwa Anfang vierzig. Hübsch, hatte so etwas Intellektuelles an sich.

Jemand hinter mir fing an zu sprechen. »Athene war die griechische Göttin der Weisheit, des Krieges, der Strategie und ... ähm ...«

Als kollektives Schweigen ausbrach, forderte Cromley den Rest der Klasse auf, sich zu melden. »Weiter. Alle.«

»Gerechtigkeit.«

»Stärke?«

Im Klassenzimmer wurde es wieder still, daher sprang Mrs. Cromley ein. »*Sie* war die Göttin der Schönen Künste, der Landwirtschaft, des Handwerks, zum Beispiel Weben und Metallbearbeitung, der Kultur ... Athene war und ist immer noch sehr interessiert an Kultur und Gesellschaft. *Sie* hat sich gerühmt, nicht nur Teil der griechischen Gesellschaft zu sein, sondern auch jeder darauffolgenden. Wenn ihr glaubt, dass die Dame nur griechisch spricht, die Menschheit ignoriert und ständig mit einem Olivenzweig in der Gegend herumfuchtelt, habt ihr euch geirrt.« Einige Studenten mussten lachen.

Cromley stieß sich vom Pult ab und ging langsam hin und her. »Da wir ihre Feinde sind, kann man wohl davon ausgehen, dass *Sie* mittlerweile alles über uns weiß, was es zu wissen gibt. Wie wir denken, was wir essen, wie wir reden, was uns wichtig ist, wie unsere modernen Waffen aussehen und unsere Technologien. Wir haben es hier nicht mit einer Göttin zu tun, die in der Antike stecken geblieben ist. *Sie* ist eine Meisterin der Strategie und *Sie* wäre nicht dort, wo *Sie* heute ist, wenn *Sie* dumm oder zu stolz wäre, um sich auf andere Lebensweisen einzulassen. Athene ist durchtrieben, sehr intelligent und mächtig. *Sie* war die Fürsprecherin von Helden und Menschen bis« – sie blieb stehen und legte eine dramatische Pause ein – »irgendwann im zehnten Jahrhundert, bis *Sie* Zeus tötete, seinen Tempel übernahm und der Krieg der Pantheons begann. Kann mir jemand sagen, warum *Sie* das getan hat?«

Interessiert sah ich mich im Klassenzimmer um. Die meisten Studenten waren ein, zwei Jahre älter als ich, da es ein Kurs auf College-Niveau war. Trotzdem schien niemand die Antwort zu kennen.

»Die Wahrheit ist«, sagte Cromley schließlich, »niemand weiß es. Niemand weiß, was der Grund für das Zerwürfnis war. Nur, dass es schnell, schonungslos und endgültig war. Einige behaupten, es sei ein Machtkampf gewesen, der sich schon lange Zeit angedeutet habe; einige behaupten, es sei Verrat gewesen. Wieder andere sind der Meinung, dass sich die Götter im Laufe der Zeit verändern, dass sie sich über Tausende von Jahren hinweg langsam von gut in schlecht und wieder zurück wandeln. Dass sie einen Kreislauf von Persönlichkeiten durchleben, wenn man so will.

Während dieses langen Krieges begann Athene, unsere Vorfahren in das zu verwandeln, was wir τέρας nennen. Das ist das griechische Wort für ›Monster‹. Man weiß, dass *Sie* eine ganze Armee aus Geknechteten geschaffen hat, die für ihre Sache kämpfen sollten. Viele von ihnen sind in den Schlachten getötet worden. *Sie* hatte es vor allem auf Vampire, Hexen, Gestaltwandler und Halbgötter abgesehen, da deren angeborene Fähigkeiten es ihr erlaubten, τέρας mit großer Macht zu schaffen. Aus den Hexen hat *Sie* Harpyien gemacht, aus Gestaltwandlern alle möglichen Arten von Monstern. Die Halbgötter hat *Sie* entführt, damit *Sie* aus ihnen ihre unsterblichen Jäger machen konnte. Auch Menschen hat *Sie* benutzt. Das alles hat dazu geführt, dass wir uns zusammengeschlossen und gemeinsam gegen Athene gestellt haben. Und seit sich einige der von ihr geschaffenen τέρας gegen *Sie* gewandt und sich uns angeschlossen haben, stehen wir auf ihrer Abschussliste.«

Die Vorfahren, von denen Cromley sprach, hatten sich vor *sehr* langer Zeit von der Evolutionslinie der Menschen abgespalten und anders entwickelt. Vampire, Hexen, Monster … Während der kurzen Zeit in Athenes Gefängnis hatte ich außerdem gelernt, dass die Gefangenen drei weitere Kategorien zur Unterscheidung verwendeten: *Geboren* – Wesen, die zur Macht geboren waren, wie beispielsweise Vampire, Hexen und Gestaltwandler. *Gemacht* – Wesen, die von dem Miststück selbst gemacht oder in etwas Groteskes verwandelt worden waren. Und dann gab es noch die *Schönheiten* – Mädchen, die so schön waren, dass sie ihren Neid weckten. Schönheiten landeten irgendwann in der Kategorie *gemacht*, um Athenes Ego zu schützen. Medusa war früher solch eine Schönheit gewesen.

In der Dunkelheit von Athenes Gefängnis war ich gefragt worden, ob ich eine Schönheit sei. Der Gedanke daran brachte mich zum Lachen, denn wenn man sich bei mir Haare und Augen wegdachte, blieb ein Gesicht übrig, das absoluter Durchschnitt war. Nicht hässlich. Nicht schön. Einfach nur normal.

»Ari.«

Ich blinzelte. »Ja?«

Cromley runzelte die Stirn. »Ich habe den anderen gerade von deinen Vorfahren erzählt. Den Gorgonen.«

»Oh ...«, erwiderte ich langsam, während ich mich umsah. Was sollte ich dazu sagen? *Ähm, ja, es ist echt total scheiße, verflucht zu sein und zu wissen, dass eines Tages ein ekelhaftes Monster mit lauter Schlangen auf dem Kopf aus einem werden wird.*

Athene hatte jede meiner Vorfahrinnen gejagt. Und warum? Weil sie das waren, was *Sie* aus ihnen gemacht hatte? Weil *Sie* Angst hatte vor der Macht, die *Sie* ihnen aus Versehen gegeben hatte? Allein der Gedanke daran ließ meinen Puls rasen. Meine Finger ballten sich zu Fäusten.

Cromley beschloss, ihren Vortrag ohne einen Beitrag von mir fortzusetzen, was auch ganz gut war, denn ich war mir nicht sicher, ob ich in dem Moment auch nur einen Ton herausgebracht hätte.

Athene hatte die einst so schöne und gottesfürchtige Medusa verflucht und sie zu einer Gorgo gemacht, und das alles nur, weil irgend so ein Scheißkerl von Gott Medusa auf dem Fußboden von Athenes Tempel am Meer vergewaltigt hatte. Hatte Athene dem Gott die Schuld daran gegeben? Natürlich nicht. Die Göttin der *Gerechtigkeit* hatte Medusa dafür verantwortlich gemacht und die Schönheit meiner Vorfahrin verflucht. Aus ihr wurde dann etwas so Grauenhaftes, dass ein Blick in ihr Gesicht genügte, um jeden in Stein zu verwandeln.

Allerdings hatte Athene vergessen, die Götter davon auszunehmen.

Die Göttin der Weisheit hatte eine Gottesmörderin geschaffen.

Und als ihr das klar geworden war, hatte *Sie* Perseus den Auftrag gegeben, ihr Geschöpf zu töten. Was er auch tat. Womit keiner der beiden gerechnet hatte, war Medusas Kind, das diese versteckt hatte. Ein Kind, das wie seine Mutter dazu verflucht war, sonderbare Augen und Haare in der Farbe des Mondlichts zu haben, ein Kind, das in die Fußstapfen seiner Mutter treten und mit einundzwanzig Jahren zu einem Monster werden würde, in dem Alter, in dem die Medusa verflucht worden war.

Das war der Anfang. Und so war es weitergegangen, von Mutter zu Tochter, bis zu mir.

Und dem Fluch zufolge blieben mir nicht einmal mehr vier Jahre.

Irgendwann vor meinem einundzwanzigsten Geburtstag war es mir bestimmt, eine Tochter zu bekommen, von den Söhnen des Perseus gejagt zu werden und entweder Selbstmord zu begehen – wie meine Mutter –, getötet zu werden oder mich in das Monster zu verwandeln, vor dem ich so schreckliche Angst hatte.

Aber ich war anders als alle anderen vor mir.

Ich war nicht nur die Tochter einer Gorgo. Mein Vater war ein Sohn des Perseus, einer der Jäger, die Athenes monströse Kreaturen aufspüren und vernichten sollten. τέρας-Jäger. Und das hatte mich offenbar zu einer besonderen Art von Freak gemacht, einem, der nicht mit einundzwanzig »erwachsen« oder zu einem Monster werden musste, um Leute in Stein zu verwandeln. Ich konnte es jetzt schon, allein durch eine Berührung. *Allerdings war ich nicht besonders gut darin.*

Aber ich gab mir Mühe. Violet verließ sich auf mich. Mein Vater, der Athene verraten hatte, weil er sich in meine Mutter verliebt hatte, statt sie zu töten, verließ sich auf mich. Vermutlich war Athene jetzt gerade dabei, die beiden zu foltern. Meine Finger klammerten sich an die Kante meines Pults, meine Gedanken überschlugen sich, während Cromley ihren Vortrag über Athene fortsetzte.

»In den alten Mythen, die der Welt bekannt sind, ist meistens die Rede von Athenes Güte, ihrem Sinn für Gerechtigkeit, ihrer Unterstützung für die Menschheit und den Helden, auf deren Seite *Sie* stand. Doch die Mythen berichten nicht nur von ihren guten Taten, sondern auch von ebenso vielen Grausamkeiten. *Sie* verhielt sich ungerecht bei ihrer erbarmungslosen Rache an Medusa. *Sie* ließ Tiresias erblinden, weil er *Sie* zufällig nackt beim Baden gesehen hatte. *Sie* neigte zu Wutanfällen, Eifersucht und Taten, die selbst für die Antike unvorstellbar grausam waren. Und heute ist *Sie* bekannt für die Gräuel, die *Sie* Unschuldigen antut, für die sadistischen Psychospiele, die Brutalität, die Folter ...«

Plötzlich begann mein Herz zu rasen. Abrupt stand ich auf und stieß meinen Stuhl zurück, der laut quietschend über den Boden kratzte. Cromley hörte auf zu reden. Ich war schon aus der Tür mit meinem Rucksack in der Hand und lief den Gang hinunter, ehe sie mich fragen konnte, was mit mir los war.

Was *los* war? Bei Cromleys Schilderungen wurde mir schlecht. Violet und mein Vater waren in der Gewalt der Göttin, da wollte ich nicht auch noch hören, wie grausam Athene war. Das wusste ich bereits. Ich konnte mir lebhaft vorstellen, was die beiden im Moment durchmachten, das brauchte ich nicht noch von jemand anderem zu hören.

Ich rannte in die Mädchentoilette, lehnte mich an die Tür und versuchte, wieder zu Atem zu kommen. Dann ging ich zum Waschbecken, spritzte mir kaltes Wasser ins Gesicht und starrte eine Weile mein Spiegelbild an.

Was zum Teufel tat ich da eigentlich? Wie konnte ich auch nur für eine Sekunde denken, dass ich Athene besiegen konnte? Ich war nicht einmal der David für ihren Goliath; ich war eher eine Ameise, die vor dem Mount Everest stand.

Trotzdem musste ich etwas unternehmen. Violet. Sie war doch noch ein Kind, erst acht Jahre alt. Aber das würde Athene egal sein; die Göttin würde ihr trotzdem wehtun.

Plötzlich wurde mir so übel, als hätte ich etwas Giftiges gegessen. Ich schluckte und hatte plötzlich zu viel Speichel im Mund.

Oh Gott.

Ich drückte die Hände auf meinen Bauch, rannte in eine der Kabinen und übergab mich.

Meine Handflächen waren feucht, als ich mich an den Wänden der Kabine abstützte. Ich blieb so stehen, bis ich wieder normal atmen konnte und mein Puls nicht mehr raste.

Da öffnete sich die Tür zur Toilette. Jemand ging über den Fliesenboden. Ich drückte die Spülung und verließ die Kabine. Um zum Waschbecken zu gelangen, musste ich um ein junges Mädchen herumgehen. Dort angekommen spülte ich mir den Mund aus und spritzte mir noch einmal kaltes Wasser ins Gesicht.

Nachdem ich mich mit einem Papierhandtuch abgetrocknet hatte, löste ich meine Haare aus dem Knoten und schüttelte sie aus.

Während ich tief ein- und ausatmete, versuchte ich, das mulmige Gefühl in meinem Magen loszuwerden.

Ich begann, auf beiden Seiten einen Zopf in Höhe der Schläfen zu flechten, den ich zusammen mit dem Rest meiner Haare zu einem festen Knoten nach hinten binden wollte. So konnten sich keine Strähnen an der Stirn lösen und mir in die Augen fallen, wenn ich trainierte.

Ich war gerade damit fertig, eine Partie Haare in drei Strähnen zu teilen, als mir auffiel, dass mich das Mädchen über den Spiegel anstarrte. Sie war etwa so alt wie Violet, hatte offene brünette Haare und braune Augen. Angezogen war sie wie alle anderen an der Presby: schwarze Hose, dazu ein weißes Poloshirt. Na ja, alle außer mir; ich war heute von Kopf bis Fuß in Schwarz gekleidet.

Ich kniff die Augen zusammen und sah sie im Spiegel an. »Was?«

»Sind die echt?«, fragte die Kleine mit piepsiger Stimme und großen runden Augen.

»Meine Haare?« Sie nickte. »Ja, die sind echt.«

Ich hatte meine Haare so lange gehasst, dass es mir schwerfiel, sie so zu sehen wie andere – ein glänzender weißer Vorhang, der mir bis zur Taille ging. Ich hatte sie schon deshalb gehasst, weil sie Aufmerksamkeit erregten, und wenn man ein Kind war, das von Pflegeeltern zu Pflegeeltern weitergereicht wird, ist es manchmal besser, sich verstecken zu können und *nicht* aufzufallen, um –

Ich verdrängte diese Gedanken und bedachte das Mädchen im Spiegel mit einem gequälten Lächeln. Dann widmete ich mich wieder meinem Zopf, während ich zu dem Schluss kam, dass die ganze Scheiße, die mir als Kind passiert war, vermutlich auch dann passiert wäre, wenn meine Haare anders ausgesehen hätten. Vielleicht war ich ja einfach nur deshalb misshandelt worden, weil ich da gewesen war, gerade verfügbar und wehrlos.

»Stimmt es? Bist du wirklich eine Gottesmörderin?«, fragte das Mädchen ängstlich.

Ich flocht den ersten Zopf zu Ende und machte dann mit der anderen Seite weiter. Ich wusste, warum sie fragte. Vermutlich hatten sämtliche Schüler und Studenten Angst davor, dass ich meine Schlangen auspacken und sie alle in Stein verwandeln würde. Es gefiel mir nicht, im Mittelpunkt zu stehen, und noch viel weniger gefiel es mir, wenn der Grund dafür Angst war.

Da es mir irgendwie peinlich war, ich aber gleichzeitig das Mädchen beruhigen wollte, sagte ich das Dümmste, was mir gerade einfiel: »Bin ich. Und ich setze meine Kräfte nur dafür ein, Gutes zu tun.« Ich nickte in Richtung der Kabinen, während mir das Blut in die Wangen schoss. »Wenn du mal musst, gehst du jetzt besser.«

Sie blinzelte, erwachte aus ihrer Starre und verschwand schnell in einer der Kabinen. Mein Spiegelbild verdrehte die Augen angesichts der Lüge, die ich ihr erzählt hatte. Es war viel komplizierter. Ich hatte vor, meine Macht zur Selbstjustiz zu benutzen, ich wollte mich rächen. Und ich war mir nicht so sicher, ob dieses Vorhaben in die Kategorie »Gutes« fiel oder nicht.

Nachdem ich die Zöpfe geflochten hatte, drehte ich sie mit dem Rest meiner Haare zusammen zu einem festen Knoten und schlang das schwarze Band von meinem Handgelenk darum. Und dann ging ich in die Behindertenkabine, um mich umzuziehen.

Sechs

Du bist früh dran.«

Ich ließ die Tür zum Kerker hinter mir zufallen und begrüßte Bran mit einem Schulterzucken. »Ich bin so weit.« Ehrlich gesagt war es mir sogar lieber, von ihm fertiggemacht zu werden, als mich noch einmal so verzweifelt und hilflos zu fühlen wie gerade auf der Toilette. Ein gutes Training half mir immer, wieder auf andere Gedanken zu kommen, selbst wenn es nicht ohne ein paar Beulen und blaue Flecke für mich ausgehen sollte.

Ich ließ meinen Rucksack neben der Tür fallen, ging in die Mitte des Raums und setzte mich auf den Boden, um mich zu dehnen. Es dauerte keine Minute, bis Brans Schatten auf mich fiel. Ich hob den Kopf. Er verschränkte die Arme vor der Brust und starrte mit grimmigem Gesichtsausdruck auf mich herunter. »Wenigstens hast du dich dieses Mal etwas passender angezogen.«

»Ich hab die Sachen mitgebracht.« Die weite Cargohose und das Sporttop waren zwar schon ziemlich alt, aber die bequemste Trainingskleidung, die ich hatte.

»Steh auf.«

Ich rappelte mich auf, ließ meine Fingerknöchel knacken und bedachte ihn mit einem rotzfrechen Lächeln, das er mit Sicherheit zu schätzen wusste. »Soll ich Ihnen heute mal in den Hintern treten, Ramsey?«

Auf seinem Gesicht machte sich ein Grinsen breit. »Versuch's mal, Schneewittchen.«

»Schneewittchen hat schwarze Haare. Bei Disney-Filmen haben Sie noch was aufzuholen.«

Das war der Anfang von dreißig Minuten schonungslosem Training. Bran wollte, dass ich mich gegen alle möglichen Angriffe zur Wehr setzen konnte – schließlich konnte ich meine Macht ja schlecht einsetzen, wenn es Athenes Schergen oder ihren Jägern vorher gelang, mich zu töten. Das gehörte alles zum Training, sagte er. Schlag-, Tritt-, Stoß- und Blocktechniken. Angriff. Verteidigung. Lernen, wie ich die Körperteile meines Gegners so verbog, dass er von mir abließ.

Dann war das Schwerttraining an der Reihe.

Ich war so fertig, dass ich kaum mehr atmen konnte; Hand, Handgelenk und Unterarm brannten vor Anstrengung und den ständigen Erschütterungen von Stahl, der auf Stahl traf. Bran warf sein Trainingsschwert hinter sich, sodass es über den Boden schlitterte und die Wand dahinter traf. Mit der einen Hand packte er mich an der Schulter, mit der anderen schlug er mir mit voller Kraft in den Bauch.

Ich krümmte mich vor Schmerz zusammen, ließ mein Schwert fallen und rang keuchend nach Luft, die ich nicht bekam.

»JETZT! GENAU JETZT!« Er ging im Kreis um mich herum, so konzentriert, dass ich es spüren konnte. »Nutz den Schock, diese eine Sekunde, in der dich die Angst überfällt! Mach dir diesen *einen* Moment zunutze, wenn du nur reagierst, und lass dann deine Energie, deine Gefühle aus dir heraus. Deine Macht wird folgen. Denk nicht darüber nach; tu es einfach.«

Ich hob abwehrend die Hand, während ich immer noch vornübergebeugt dastand, unfähig zu sprechen. Der Schmerz breitete sich wie ein heftiger Krampf in meinem Oberkörper aus.

Er ging immer noch um mich herum. Ich wusste, dass er gleich noch einmal zuschlagen würde. *Stell dich nicht so an! Wenn du es nicht schaffst, mit ihm fertig zu werden, wirst du auch nicht mit dem fertig, was Athene dir entgegenzusetzen hat!* Tränen traten mir in die Augen, doch ich drängte sie zurück und richtete mich auf.

Und dann blockte ich seinen Schlag ab.

»Nutz deine Macht!«

So ging es Runde um Runde weiter, immer weiter, es schien Stunden zu dauern. Ich versuchte, meine Macht zu nutzen, etwas geschehen zu lassen, doch es gelang mir nicht.

»Hör auf, es zurückzuhalten«, brüllte er mich an. »Hör auf, dich nur mit deinem Körper zu verteidigen!«

Schlag. Block. Stoß. Ich konnte nichts dafür. Ich war menschlich; das war das Einzige, was ich tun konnte.

»Wenn du den Schmerz spürst, schlägst du zurück! Du hast dich zu sehr unter Kontrolle. Du steckst den Schmerz ein, schluckst ihn runter und bleibst konzentriert. Das ist das Problem.«

Ich gab meine Verteidigungshaltung auf und nahm die Arme herunter. »Was zum Teufel ist das denn für eine Art zu kämpfen?«, fragte ich genervt, während ich keuchend nach Atem rang. »Das ist das Erste, was man lernt: ruhig zu bleiben und konzentriert. Und jetzt soll ich genau das Gegenteil machen?«

Bran blieb stehen und stützte die Hände in die Seite. »Ja, Selkirk, genau das sollst du tun. Selbst ein Baby würde das hinkriegen. Ich muss dich brechen, bevor ich dich aufbauen kann. Angst und Adrenalin wecken deine Macht. Du musst dich daran gewöhnen, wie sie sich anfühlt, du musst zulassen, dass sie an dieser verdammten Mauer in dir vorbeikommt, erst *dann* können wir uns um Konzentration und Kontrolle kümmern.« Er ging wieder in Position.

Links von mir nahm ich eine schemenhafte Bewegung wahr. Ich sah ihn kommen und blockte seinen ersten Schlag mit meinem Unterarm ab, während ich mich fallen ließ und in Erwartung seines nächsten Angriffs herumwirbelte. Doch er versetzte mir einen Fußtritt und traf mich mit seinem Stiefel seitlich am Knie.

Ich schrie auf, während sich mein ganzer Körper dem Schmerz entgegenwarf. Und da war es, das kurze Aufblitzen des Schocks, als würde mein Herz nach Luft schnappen. Der Moment, von dem Bran gesprochen hatte.

Ich packte ihn am Fußgelenk. Wie bei einer Schleuder schossen Angst und Adrenalin durch mich hindurch und über meine Hand wieder hinaus. *Volltreffer*. Ich spürte, wie meine Macht aus mir herausschoss, wie ein Stromschlag, so schnell und Furcht einflößend, dass ich Bran losließ und nach hinten fiel, mit weit aufgerissenen Augen und heftig keuchend.

Heilige Scheiße.

Meine Hand war taub. Ich zitterte so heftig, dass ich nicht aufrecht sitzen konnte und mich mit den Händen auf dem Boden abstützen musste. Sicher, das war das Ziel gewesen, aber es erschreckte mich zu Tode.

Bran saß ein Stück von mir entfernt ebenfalls auf dem Boden und hatte sein Hosenbein aufgerollt. Er starrte auf seinen Fußknöchel und seine Wade, an denen die Haut fast weiß geworden war. Nach ein paar Sekunden ließ er sein Bein los und grinste mich triumphierend an. »Besser.«

Er stand auf und hielt mir seine Hand hin. Ich ergriff sie und ließ mich von ihm hochziehen. »Morgen machen wir weiter«, sagte er. Dann ging er zum Tisch, um etwas zu trinken.

Der Unterricht war zu Ende. Und das war alles, was ich an Lob bekam? *Besser*. Ich schüttelte den Kopf und musste trotz meiner Schmerzen lächeln. Alles tat mir weh.

Bran tat zwar so, als wäre er ein harter Hund, aber er war in Ordnung. Und in den letzten fünfzig Minuten hatte er mir mehr über Schwert- und Nahkampf beigebracht, als ich je für möglich gehalten hätte.

Ich ging zu meinem Rucksack, holte die Wasserflasche heraus, die ich vorhin in der Cafeteria gekauft hatte, und leerte sie bis auf einen kleinen Rest. Dann steckte ich mein Schwert in die Scheide, zog meine Jacke an und verließ den Kerker.

Meine Gedanken kehrten zu Athene zurück. Nachdem mein Training jetzt richtig begonnen hatte, bestand mein nächstes Ziel darin, so zu denken wie *Sie*, herauszufinden, was ihre Schwächen waren und wo *Sie* Violet hingebracht haben könnte.

Und dafür brauchte ich Michels Hilfe.

Das Haus der Lamarlieres lag im *French Quarter*, daher hatte ich von der Presby aus nicht weit zu laufen. Ich ging die St. Peter Street hinunter bis zur Royal, wo Michels dreigeschossiges Haus an der Ecke vor mir aufragte.

Meine Beine zitterten immer noch vor Anstrengung und der Schweiß auf meiner Haut trocknete allmählich, mir wurde kalt. Meine Muskeln protestierten bereits bei jedem Schritt und mir war klar, dass ich morgen mit einem tierischen Muskelkater aufwachen würde. Ich nahm mir vor, auf dem Weg nach Hause bei dem Drugstore in der Nähe der Canal Street vorbeizugehen und eine Packung Schmerzmittel zu kaufen.

Es waren noch nicht viele Leute unterwegs, die am Abend zum Essen ausgehen wollten, trotzdem war einiges los. Leise Musik drang aus offenen Türen, Touristen gingen einkaufen, die Hufe der Pferde klapperten auf dem Asphalt.

Ich holte tief Luft und sog die herrlichen Gerüche ein, die die von der Sonne erhitzten Ziegelsteine, die Bäckereien und Restaurants von sich gaben.

Seit die Novem vor dreizehn Jahren die zerstörte Stadt gekauft hatten, war das *Quarter* komplett restauriert worden. Es war jetzt eine sehr teure Touristenattraktion, die von den Novem kontrolliert wurde und eine ihrer größten Einnahmequellen bildete. Und Mardi Gras spülte noch mehr Geld in die Kassen. Nach Sonnenuntergang ging wieder ein Umzug los, dann würden sich die Massen auf den Bürgersteigen drängen.

Als ich auf das riesige Anwesen an der Ecke zuging, fiel mir auf, dass einige der Passanten mich stirnrunzelnd ansahen. Ich war ziemlich sicher, dass es etwas mit dem Schwert zu tun hatte, das ich an mein Bein geschnallt trug. Für sie war ich mit meinen vermeintlich gebleichten weißen Haaren, den Kampfstiefeln und dem Spielzeugschwert am Oberschenkel nur einer dieser merkwürdigen Teenager, die überall in New 2 herumliefen.

Wenn die wüssten ...

Ich lächelte die Touristen im Vorbeigehen an, sprang auf den Bürgersteig und klingelte. Die Tür öffnete sich. Der Butler warf einen kurzen Blick auf mich, ließ mich herein und führte mich dann in den ersten Stock, in dem der Hauptwohnbereich des Hauses lag.

Ich war erst ein Mal hier gewesen, nach meiner Flucht aus Athenes Gefängnis. Hier hatte ich gehört, wie die Oberhäupter der Novem über mich geredet hatten, als wäre ich nur so etwas wie eine Waffe, die man entweder benutzen oder loswerden musste – *keine* schöne Erinnerung –, bevor ich dann in den *GD* geflohen war.

Ich wartete, während der Butler die hohen Terrassentüren öffnete, die nach draußen führten. Zwischen den schmiedeeisernen

Pfeilern, die den Balkon zum Innenhof stützten, hingen riesige Farne, und an jedem Ende führte eine gewendelte Treppe nach unten.

Unter mir lag die große Terrasse und der rechteckige, mit Gras bepflanzte Innenhof, der in einen hübschen Garten im englischen Stil mit einem Pool und einem kleinen Gästehaus überging. Doch Michels Garten nahm ich gar nicht richtig wahr.

Mitten auf dem Rasen stand Sebastian.

Während ich ihn anstarrte, klammerten sich meine Hände langsam an das Eisengeländer. Ich wünschte mir so sehr, das Chaos in mir würde verschwinden. Jedes Mal, wenn ich ihn sah, war es da, und ich empfand eine Mischung aus Aufregung, Angst, Wärme, Glücksgefühl, Unruhe ...

Der Butler ging wieder hinein, schloss die Türen hinter sich und ließ mich allein.

Michel stand etwa drei Meter von Sebastian entfernt und redete leise mit ihm. Verblüfft sah ich zu, wie sich über Sebastians ausgestreckter Hand eine Kugel aus hellem blauem Licht bildete, die etwa so groß wie ein Fußball war. Er spielte damit, bewegte seine Hand über die Kugel und wieder davon weg, während diese vor ihm schwebte.

Michel fuhr fort, ihm Anweisungen zu geben. Ich lauschte angestrengt, um ihn zu verstehen.

Sebastian bewegte die Kugel über seinen Kopf und ließ sie von einer Hand zur anderen wandern, dann drückte er sie wieder nach unten, bis sie auf Höhe seines Brustkorbs vor ihm schwebte. Seine Bewegungen sahen elegant und fließend aus, wie Tai Chi, kontrolliert, als würde er ... etwas ... aus der Luft oder der Erde holen und daraus das Licht bilden. Doch die Kugel wurde nicht größer, es sah eher so aus, als würde sie sich verdichten und dabei kleiner und heller werden.

Michel sagte wieder etwas; dieses Mal hörte es sich strenger an. Sebastian hielt inne. Das blaue Licht war jetzt nur noch so groß wie ein Tennisball. Er legte beide Hände um das Licht, während es noch etwas heller wurde, dann holte er aus und warf es zu seinem Vater.

Michel streckte seine Hände aus und fing den Ball aus blauem Licht. Als er ihn berührte, explodierte das Licht und floss um ihn herum, bis es sich schließlich in Nichts auflöste. Michel war ein paar Schritte nach hinten gestoßen worden, was ihn sichtlich beeindruckte. Er ging zu Sebastian und klopfte ihm auf die Schulter.

Dann hob Michel den Kopf und sah mich an.

Mir schoss das Blut in die Wangen. Mit Mühe brachte ich ein schwaches Winken zustande. Sebastian drehte sich um. Seine schwarzen Augenbrauen zogen sich zusammen, doch ich konnte nicht erkennen, ob er die Stirn runzelte oder die Sonne ihn zum Blinzeln brachte.

»Ari. Komm zu uns herunter«, rief Michel.

Nach dem Training mit Bran hatte ich mich weder umgezogen noch geduscht. *War ja klar,* dachte ich. Michel sagte etwas zu seinem Sohn und lachte, als unter mir der Butler auf die Terrasse hinaustrat und anfing, den Tisch im Innenhof zu decken.

Was immer Michel auch gesagt hatte, es veranlasste Sebastian dazu, sich zu mir umzudrehen. Er hob den Kopf; sein Blick lag eindeutig auf mir, doch aus dieser Entfernung konnte ich den Ausdruck in seinen Augen nicht erkennen. Aber irgendwie hatte ich kein gutes Gefühl. Genau genommen hatte ich Gänsehaut auf Armen und Oberschenkeln.

Und dann war er weg.

Sebastian. Weg. Er ließ aufgewirbelte Luft hinter sich zurück, die ich für Sekundenbruchteile sehen konnte, ungefähr so, als würde ein Sattelzug mit hundert Stundenkilometern auf eine Nebelwand treffen.

Plötzlich traf mich diese Luft im Rücken.

Ich wirbelte herum und musste mich am Geländer abstützen. »Großer Gott!«

Vor mir stand Sebastian mit einem schiefen Grinsen im Gesicht, seine grauen Augen sahen mich belustigt an. »Mein Dad möchte, dass du zum Abendessen bleibst.«

Ich stieß die Luft aus, die ich angehalten hatte, während der Schock langsam aus meinem Körper wich. Ein bisschen jedenfalls.

Michel wollte, dass ich zum Essen blieb, aber ich fragte mich, ob sein Sohn das auch wollte. Bei Sebastian wusste man nie so richtig, woran man war. »Schon mal daran gedacht, dass man so was auch wie ein normaler Mensch fragen kann?«, fuhr ich ihn an. »Das war krass.«

Er zuckte mit den Schultern und lächelte mich treuherzig an. »Ich bin nicht normal …«

»Ja, klar.«

Ich folgte ihm die Treppe hinunter zur Terrasse.

»Ari, du bist so blass«, bemerkte Michel, während er einen Stuhl zurückzog und mir bedeutete, mich zu setzen. »Es tut mir leid. Das eben« – er sah zum Balkon hoch – »das war meine Idee.«

Ich räusperte mich. »Ich wusste nicht, dass ihr … ähm … so was könnt.« Was auch immer dieses *so was* war.

»Das können nur die Geübtesten oder Begabtesten in unserer Familie. Allerdings kann man seine Zauberkräfte danach eine Weile nicht mehr nutzen. Eine Ruhepause, wenn man so will, bevor es wieder möglich ist. Bastian hinkt mit seinem Training erheblich hinterher, aber das macht er mit seinem Talent wieder wett. Würdest du uns beim Essen Gesellschaft leisten?«

»Gerne.« Ich war froh, dass ich mich setzen konnte, meine Beine fühlten sich immer noch wie Pudding an. Nachdem Michel und Sebastian ihre Plätze eingenommen hatten, wurden Servierplatten und Getränke gebracht.

»Ich habe den besten Koch im *Quarter*. Ich hoffe, du magst die Cajun-Küche«, sagte Michel, während er sich von dem Essen nahm, das mitten auf dem Tisch stand. »Während meiner Gefangenschaft habe ich oft an seine Kochkunst denken müssen. Bitte bedien dich.«

Ich war am Verhungern. Nachdem ich mir von allem ein bisschen genommen hatte, fing ich an zu essen. Michel erzählte, während wir aßen, und achtete darauf, mich und Sebastian mit Fragen über die Schule und unser Leben im *GD* ins Gespräch einzubeziehen.

»Was war denn das eben genau?«, fragte ich, als die Unterhaltung etwas ins Stocken geriet. »Die Kugel aus Licht?«

»Ich trainiere mit meinem Vater«, antwortete Sebastian, doch als die beiden einen schnellen Blick wechselten, bekam ich das Gefühl, dass sie mir etwas verschwiegen. »Die Lichtkugel besteht im Grunde genommen aus Energie, die man der Umgebung entzieht. Energie ist überall um uns herum, aber die meisten Leute können sie nicht spüren.«

»Einige schon«, sagte Michel zwischen zwei Bissen. »Wenn sie ein Gespür dafür haben oder in der Nähe von Orten mit starken Energiesignaturen sind, zum Beispiel Ley-Linien.«

»Aber Hexen und Hexenmeister können sie fühlen und nutzen?«

»Ja. Aufgrund unserer Gene – denen, die uns von den normalen Menschen unterscheiden – sind wir in der Lage, die Energie der Erde zu erkennen und uns mit ihr zu verbinden. Wir können sie dazu nutzen, einen Gedanken real werden zu lassen. Darum geht es bei Zauberei. Es hat mehrere Tausend Jahre Evolution, Studium und Training sowie die Weitergabe von Wissen von einer Generation zur nächsten gebraucht, um diese Energie und unsere Begabung zu beherrschen.«

Ich nickte und spießte ein Stück gebratenes Hühnchen auf meine Gabel.

»Wie war dein Training mit Bran?« Michel nahm sein Weinglas und lehnte sich zurück. »Lief es heute besser?«

»Es war gut. Eigentlich bin ich hergekommen, um nach der Bibliothek zu fragen. Wann kann ich sie mir ansehen?«

Er betrachtete mich nachdenklich und schwenkte geistesabwesend den Wein in seinem Glas. »Wir haben noch Zeit. Athene wird zu uns kommen und uns einen Handel anbieten. Du gegen das Kind, da bin ich mir ganz sicher.«

Meine Finger krampften sich um die Gabel. Ich spürte, wie Sebastian neben mir erstarrte. Wir hatten keine Zeit. Jede Minute, die Violet und mein Vater bei Athene verbringen mussten, war eine Minute zu viel. Wie konnte Michel von mir erwarten, einfach abzuwarten?

»*Sie* ist noch unsicher, was *Sie* mit dir machen soll«, fuhr Michel fort. »Ich glaube, *Sie* wollte dich zuerst eigenhändig töten, und hat deshalb ihren zweiten Jäger angewiesen, dich in ihr Gefängnis zu bringen – als Rache für den Tod des ersten Jägers. Aber als du auf dem Ball der Arnauds deine Macht gezeigt hast, hat es sich Athene wohl anders überlegt. *Sie* fragt sich wahrscheinlich, wie du ihr am meisten nutzt, ob es besser ist, dich am Leben zu lassen oder zu töten. Als Gottesmörderin hat sie viele Verwendungsmöglichkeiten für dich.«

Das wusste ich alles schon – Athene hatte es mir selbst gesagt. *Sie* hatte mir einen Platz an ihrer Seite angeboten, eine Machtposition, alles, was ich tun musste, war, dem zuzustimmen und ihre Waffe werden. Was nicht passieren würde, aber entweder dachte

Sie immer noch, dass *Sie* mich dazu bewegen konnte, in ihre Dienste zu treten, oder *Sie* hatte doch vor, mich zu töten.

»Sebastian wird dir die Bibliothek morgen zeigen.« Michel sah seinen Sohn fragend an. »Einverstanden?«

Sebastian nickte.

Ich trank einen großen Schluck Wasser. »Danke«, sagte ich erleichtert. Ich hatte schon fast damit gerechnet, dass er sein Versprechen (und das der Novem) brechen würde.

»Und Sie haben keine Idee, wo Athene meinen Vater oder Violet gefangen halten könnte?«, fragte ich ihn.

Michel schüttelte den Kopf. »Nein. Aber ich vermute, dass *Sie* ein weiteres Gefängnis in der Nähe von New 2 errichtet oder die beiden in ihren Tempel gebracht hat. Aber leider weiß ich nicht, wo er ist. Tempel sind die am besten gehüteten Geheimnisse der Götter. Zumindest vor uns.«

»Könnte ich in der Bibliothek etwas darüber finden?«

»Mit Sicherheit eine ganze Menge. Aber soviel ich weiß, hat noch niemand den Weg dorthin herausgefunden. Die Bibliothek ist riesig, wie du morgen feststellen wirst, aber gib die Hoffnung nicht auf.«

Das habe ich auch nicht vor, dachte ich, während ich mir einen Bissen in den Mund schob.

Wir aßen zu Ende. Das Schweigen am Tisch wurde nur gelegentlich von Michel unterbrochen, der eine Frage stellte oder irgendeine Bemerkung machte. Ich hörte ihm nur mit halbem Ohr zu. Während die Sonne unterging, wurde die Geräuschkulisse jenseits des Innenhofs lauter. Die leisen Töne eines Saxofons mischten sich in das Murmeln des Fußgängerverkehrs und das gelegentliche Echo von knarzenden Kutschen und klappernden Hufen.

Schließlich wurde das Licht im Innenhof eingeschaltet. Große, schmiedeeiserne Lampen, die wie Straßenlaternen aussahen, glühten gelb, in einigen Bäumen hingen weiße Lichterketten. Auch die Unterwasserbeleuchtung des Pools spendete etwas Licht.

»Ich glaube, gleich beginnt ein Umzug. Wollt ihr auf der Veranda vorn zusehen?« Michel legte seine Serviette auf den Tisch und stand auf.

Sebastian und ich taten es ihm gleich.

»Ich glaube, ich sollte besser gehen, bevor es auf den Straßen zu voll wird«, erwiderte ich.

»Ah. Das verstehe ich natürlich. Sebastian wird dich nach Hause bringen.«

Nachdem ich mich bei Michel für das Essen bedankt hatte, ging er Richtung Haus und ließ Sebastian und mich allein am Tisch zurück. Allein und irgendwie verlegen.

»Einen Moment«, sagte Sebastian schnell, dann lief er seinem Vater nach. Sie unterhielten sich kurz am Fuß der Treppe, dann ging Michel hoch zu dem Balkon im ersten Stock und verschwand im Haus.

»Du brauchst mich nicht zu begleiten«, sagte ich zu Sebastian, als er wieder an den Tisch kam. »Außer, du gehst jetzt auch nach Hause.«

»Nein, ich muss noch eine Weile üben, aber das ist schon in Ordnung.«

Jetzt kling nur nicht zu begeistert, dachte ich, während ich tief Luft holte, mich umdrehte und auf das Tor zuging.

Sieben

Sebastian verriegelte das Tor zum Innenhof hinter uns. »Du brauchst mich wirklich nicht zu begleiten«, sagte ich noch einmal.

Er nahm mich an meinem Ellbogen und dirigierte mich durch die immer größer werdende Menge aus Touristen und Einheimischen, von denen viele kostümiert waren. »Ich weiß, Ari. Aber ich möchte es gern.«

Ich hatte nicht viel Erfahrung mit Jungs. Einen Freund hatte ich nie gehabt und ich hatte absolut keine Ahnung, was ich da gerade machte. Ich wusste nur, dass ich diese merkwürdige Spannung zwischen uns nicht länger ertrug. Ich wollte Antworten, Fakten, Ehrlichkeit, anstatt mich die ganze Zeit zu fragen, was er für mich empfand.

Ich kniff mich mit zwei Fingern in die Nasenwurzel und stieß die Luft aus, die ich angehalten hatte, als ich plötzlich einen kräftigen Stoß von hinten bekam, von einer Gruppe, die versuchte, sich durch die Menschenmassen zu drängen. Sie schoben mich näher an Sebastian heran, so nah, dass ich ihn riechen und seine Wärme spüren konnte.

»Ich brauche keinen Begleitschutz«, murmelte ich, während ich mich in die Menge stürzte.

»Ari.«

Er war irgendwo hinter mir, abgedrängt von ein paar Leuten. Die schwungvolle Musik von Blechinstrumenten wurde immer lauter.

Der Umzug kam näher, sie waren jetzt schon in der Royal Street. Farben blitzten auf. Pailletten, glänzende Perlen und Glitter auf der Haut funkelten im Licht. Masken in allen möglichen Formen und Farben bewegten sich in der Menge auf und ab.

Gelächter, Stimmen und Musik vermischten sich.

Jemand stieß mir einen Ellbogen in die Seite und ich verlor das Gleichgewicht. Mist. Hände griffen von hinten nach meinem Arm und Ellbogen und richteten mich wieder auf, als ich hörte, dass Sebastian irgendwo in der Menge nach mir rief.

»Danke«, keuchte ich, während ich mich zu meinem Retter umdrehte, der mich davor bewahrt hatte, von einer Horde betrunkener Feiernder niedergetrampelt zu werden.

Vor mir stand eine riesige Gestalt in einem schwarzen Umhang, die mich durch die Schlitze einer goldenen Mardi-Gras-Maske anstarrte. Immer wieder prallten Leute gegen den Mann, doch er war wie ein Fels in der Brandung und rührte sich keinen Millimeter vom Fleck. Er nickte kurz und verschwand dann in der Menge. Ich stand da und fragte mich, ob ich gerade einem von Michels geheimnisvollen Wächtern begegnet war.

Wieder drängten sich einige Leute gegen mich, doch Sebastian schaffte es, sich bis zu mir vorzukämpfen. Zusammen versuchten wir, zwischen den Menschen hindurch zum Bürgersteig zu gelangen. Als der erste Wagen des Umzugs um die Straßenecke bog, bewegten sich die Zuschauer wie eine Welle nach hinten und rissen uns mit. Na großartig. Ich kam mir vor wie in einer Sardinenbüchse.

Ich hasse solche Menschenmassen, ich hasse es, herumgeschubst, getreten und eingekreist zu werden. Es machte mich aggressiv und ein kleines bisschen nervös.

Ich stolperte über den Bordstein. Sebastian schlang die Arme um meine Taille, was mich davor bewahrte, auf die Leute vor mir zu fallen. Plötzlich entstand wieder Bewegung in der Menschenmasse und wir wurden gegen die Mauer eines Ladens gedrückt.

Na ja, *ich* wurde gegen die Mauer gedrückt, Sebastian gegen meinen Rücken. Ich spürte seinen ganzen Körper auf mir, von Kopf bis Fuß.

Sebastians Arme um meine Taille verstärkten ihren Griff. Er beugte sich zu mir herunter, bis sein Mund so nah an meinem Ohr war, dass ich ihn trotz des Lärms verstehen konnte. »Diese verdammten Umzüge. Halt dich fest. Ich bring uns hier raus.« Während er sprach, hatte ich das Gefühl, als würde alles andere um mich herum leiser werden. »Hab keine Angst.«

Und dann waren wir weg.

Schwerelos.

Plötzlich verschwand der Boden unter meinen Füßen. Und alles andere auch.

In meiner Kehle bildete sich ein Schrei, der als ersticktes Gurgeln meinen Mund verließ.

Und dann saßen wir mit einem Mal auf einem breiten Sims. Hoch über dem Jackson Square. Ach du Scheiße. Er hatte mich auf die – ich sah nach oben.

Es war nicht irgendein Sims. *Oh Gott, oh Gott, oh Gott.*

»Atmen würde helfen.«

»Ich glaube, ich bring dich um«, sagte ich so leise, dass es schon fast ein Flüstern war.

Sebastians Schulter streifte meine, als er versuchte, sein Grinsen zu verbergen. »Du hast eine Menge Zeit dazu, denn wir werden etwa eine Stunde hier oben sein, bis ich wieder genug Energie habe, um uns runterzubringen. Ich konnte ja nicht wissen, dass du Höhenangst hast.«

Ich starrte ihn wütend an. »Ich habe keine Höhenangst. Ich habe lediglich Angst davor, einfach so zu verschwinden und dann auf einem Sims wieder aufzutauchen.«

Ich rieb mir mit der Hand über das Gesicht und seufzte, während ich versuchte, meinen rasenden Puls zu beruhigen, und meinen Blick über den Jackson Square unter mir schweifen ließ.

Wir waren auf der Kathedrale St. Louis, auf dem Sims, der um den Sockel des höchsten Kirchturms in der Mitte verlief. Sebastian saß neben mir. Er ließ die Beine über den Rand baumeln und lehnte sich an die Mauer des Kirchturms hinter ihm, als würde er ständig hier oben hocken.

Der Wind war kalt. Die Lichter der Boote auf dem Fluss hüpften auf den Wellen auf und ab, auf dem Platz unter uns drängten sich die Menschen. Die Blasmusik des Umzugs drang zu uns herauf und mischte sich mit den Gesprächen, die unten auf den Straßen geführt wurden.

Als ich den ersten Schock überwunden hatte, fand ich es eigentlich verdammt cool, hier oben zu sein – wir sahen nach unten auf die Welt, den Umzug, die Musik und doch waren wir für uns, in unserer eigenen kleinen Welt.

»Ich wusste, dass es dir gefallen würde«, sagte Sebastian zufrieden.

Sein Kopf blieb an die Mauer hinter ihm gelehnt, doch er drehte ihn zu mir und sah mich an. Seine grauen Augen funkelten belustigt, doch alles andere an ihm bewegte sich nicht. »Liest du meine Gefühle?«

Er zuckte mit den Schultern und antwortete nicht.

»Ich nehme an, du bist schon mal hier oben gewesen.«

»Mehr als einmal«, erwiderte er, während er auf den Platz unter uns starrte.

»Warum hast du mich neulich geküsst?« Die Frage rutschte mir einfach so raus, bevor ich es verhindern konnte. Hitze kroch mir am Hals hoch ins Gesicht, doch so unangenehm es mir auch war, ich wandte meinen Blick nicht von ihm ab. Ich wollte eine Antwort haben.

Seine Lippen verzogen sich zu einem schiefen Lächeln, das auf einer Seite seines Gesichts ein Grübchen entstehen ließ. Eine rabenschwarze Augenbraue hob sich etwas höher als die andere. Und die Sturmwolken in seinen Augen schienen einem helleren Grau zu weichen. »Warum hast du meinen Kuss erwidert?«

Die Zeit blieb stehen – ein endlos langer, peinlicher Moment, in dem ich wie eine komplette Idiotin aussah, während mein Gehirn krampfhaft nach einer Antwort suchte.

Sebastian zog ein Bein an und drehte sich noch weiter zu mir, während er die Schulter an die Mauer hinter sich drückte. Was würde er sagen? Dass er mich geküsst hatte, weil ich da gewesen war, weil ich im *Gabonna's* praktisch auf ihm gelegen hatte und unsere Gesichter einander so nah gewesen waren, also warum nicht? Mein Magen verkrampfte sich. *Bitte, lass es nicht so was sein.*

»Ich habe dich geküsst«, begann er, mit ruhiger Stimme, direkt und offen, »weil du mich überrumpelt hast. Weil ich mich an dem Tag normal und von dir verstanden gefühlt habe, obwohl wir nur ein paar Stunden zusammen verbracht hatten. Es gibt da ein paar Dinge, die ich bei anderen Leuten spüren kann. Deshalb wollte ich dir auch zuerst nicht helfen, wegen der Ähnlichkeiten, die ich zwischen uns gespürt hatte … wahrscheinlich bin ich einfach davor zurückgeschreckt. Ich wollte nichts damit zu tun haben.« Er lächelte. »Das habe ich dann aber nicht sehr lange durchgehalten, stimmt's?«

»Nein«, sagte ich, während ich sein Lächeln erwiderte.

»Und als du dann im *Gabonna's* aufgewacht bist, die Art, wie du mich angesehen hast ...« Er schluckte und wandte den Blick ab. Eine leichte Röte überzog seine blasse Haut. Dann drehte er den Kopf wieder zu mir. »Ich war so überrascht, ich habe eigentlich gar nichts gedacht, ich habe nur ... gefühlt.« Er brach ab und sah mich lange an. »Aber ich bedaure es nicht. Du etwa?«

Ich schüttelte den Kopf. »Aber ... auf dem Friedhof. Da bist du weggelaufen, als du die Vision von mir als Gorgo gesehen hast.« Ich spürte ein heftiges Brennen in meiner Brust. »Du bist zurückgekommen und hast gekämpft, aber« – ich atmete tief ein und aus – »ich weiß nicht, was du jetzt für mich empfindest oder ob überhaupt noch etwas zwischen dir und mir ist.«

Ich konnte ihn nicht mehr ansehen, daher konzentrierte ich mich auf seine Hand, die auf seinem Knie lag, und auf den silbernen Streifen an dem Lederband um sein Handgelenk.

»Ari, als ich dich so gesehen habe, hat mich das zu Tode erschreckt, vor allem, weil Athene dich in ihrer Gewalt hatte, und ich wusste, dass ich allein nicht gegen *Sie* ankommen konnte. Ich musste Dub und Crank wegbringen und meinen Vater holen, also bin ich losgerannt. Aber ich werde dich nicht anlügen. Es hat mir Angst gemacht, deinen Fluch zu sehen, die Vision davon.«

Ich biss mir auf die Innenseite meiner Wange. Es tat weh, das zu hören. Aber es war ehrlich und ich konnte ihm keinen Vorwurf machen, schließlich ging es mir ja nicht anders. »Mir hat es auch Angst gemacht.« Meine Augen brannten. »Ich hasse es.« Ich starrte nach unten auf den Platz. »Ich will nicht ... so werden.«

Er streckte den Arm aus und schob seine Hand in meine. Sie war warm und die Handflächen etwas rau.

So blieben wir eine ganze Weile sitzen und sahen von unserem luftigen Platz über dem *Quarter* zu, wie die Nacht vorbeizog. Wir sprachen nicht darüber, ob es ein »uns« gab, aber das brauchten wir auch gar nicht. Seine Hand in meiner war Antwort genug.

»Mein Vater irrt sich, wenn er sagt, wir sollten warten«, meinte Sebastian schließlich.

Ich brauchte ihn nicht zu fragen, was er damit meinte, denn eines wusste ich: Wenn wir darauf warteten, dass Athene zu uns kam, dass *Sie* uns ihre Bedingungen mitteilte, würden sich Violet und mein Vater vielleicht nie wieder von ihrer Gefangenschaft erholen.

»Wir müssen zuerst zuschlagen«, erwiderte ich. »Wir müssen einen Weg in ihr Reich finden und das mitnehmen, was zu uns gehört.«

Seine Hand verstärkte ihren Druck. »Damit wird *Sie* nicht rechnen.«

Ein Überraschungsangriff war vielleicht das *Einzige*, was funktionieren würde.

Acht

Als ich aus der Straßenbahn stieg und die Royal Street hinunterging, um zur Presby zu kommen, war die Sonne bereits vollständig aufgegangen. Der Morgen tauchte das *French Quarter* in sein weiches Licht und ließ es wie einen Edelstein funkeln.

Im *Quarter* waren motorisierte Fahrzeuge verboten, was das Viertel um hundert Jahre zurückversetzte und der Grund für die Unmengen an Mauleseln und Kutschen war. Die Touristen waren ganz begeistert davon. Ich auch – keine dröhnenden Motoren, kein lautes Hupen, keine quietschenden Bremsen, keine Auspuffgase, die die Luft verpesteten. Nur Müll- und Lieferwagen durften ins *Quarter* fahren, und das auch nur ganz früh am Morgen.

Ich hätte mir eine der Kutschen nehmen können, die in der Nähe der Canal Street warteten, um die Leute ins *Quarter* zu bringen. Ich entschied mich aber dafür, bis zum Jackson Square zu laufen. Als ich an dem alten Cabildo neben der Kathedrale St. Louis vorbeikam, sah ich nach oben zu den hohen Bogenfenstern im ersten Stock. So verrückt es auch klang, einige der ersten Siedler von New Orleans, die im 18. und 19. Jahrhundert ins Land gekommen waren, saßen jetzt dort oben in den Büros und verwalteten die Stadt.

Sebastian wartete vor der Presby auf mich. Die Tatsache, dass mehrere Jugendliche in Schuluniform an ihm vorbeigingen, er aber in zerrissenen Jeans und einem alten, schon ganz verblichenen

Konzert-Shirt dastand, ließ mich grinsen. Die Rebellin in mir konnte das *sehr gut* nachvollziehen.

Ich blieb vor ihm stehen. »So werden sie dich aber nicht in die Schule lassen. Ich hab neulich eine Riesenstandpauke bekommen, weil ich ein schwarzes T-Shirt anhatte.«

Er warf einen Blick auf meine Kleidung, die sich gar nicht so sehr von meinen normalen Klamotten unterschied, und zog eine Augenbraue hoch. Schwarze Cargohose, weißes, ärmelloses T-Shirt, grauer Hoodie mit Reißverschluss, dazu das τέρας-Schwert an meinem Oberschenkel und ein Dolch in meinem Stiefel.

»Was? Die Hose ist schwarz. Das T-Shirt ist weiß. Und das Schwert bleibt, wo es ist.« Mein Grinsen wurde breiter. »Weil ich was Besonderes bin.«

Er lachte, ein tiefes, raues Lachen, bei dem mir von Kopf bis Fuß warm wurde. »Ich glaube, unser verehrter Direktor würde etwas vermissen, wenn ich nicht mindestens einmal in der Woche in seinem Büro antanzen würde«, erwiderte er. »Er rechnet fest mit mir und ich enttäusche ihn nur ungern. So bin ich, denke immer nur an die anderen ...«

Mein Lachen fühlte sich gut und ein bisschen fremd an. »Ja, klar. Dein Dad hat mir erzählt, dass du nur noch ein paar Kurse für deinen Abschluss brauchst. Machst du dann weiter und gehst aufs College?«

»Jemand muss ja auf dich aufpassen«, meinte er. »Mein Dad sagt, dass du einen positiven Einfluss auf mich hast. Ich bin wieder auf der Highschool, werde bald auf das College des Presby gehen ... Zurzeit bist du, glaube ich, sein absoluter *Liebling*.«

»So bin ich, denke immer nur an die anderen«, wiederholte ich lachend seine Bemerkung von eben. »Dann geht das jetzt klar mit meinem Besuch in der Bibliothek?«

»Ja. Mein Dad hat die Lehrer schon informiert, dass du heute nicht zum Unterricht kommst.«

Sebastian hatte den *GD* früher verlassen als ich, um noch vor Unterrichtsbeginn mit Michel zu sprechen. Er wollte sichergehen, dass ich auch tatsächlich Zugang zur Bibliothek bekam und mich nicht mit irgendwelchen Formalitäten herumschlagen musste, die eines der anderen Oberhäupter der Novem vielleicht für mich vorgesehen hatte.

Er schüttelte den Kopf und hielt mir die Hand hin. Ich nahm sie, als wäre es das Normalste auf der Welt. Und so fühlte es sich auch an. »Warum siehst du mich so komisch an?«, fragte ich.

Er zog mich zum Eingang. »Ich bin ziemlich sicher, dass du die einzige Schülerin bist, die je bewaffnet zum Unterricht in der Presby erschienen ist.«

Ich lachte. »Ach, komm. Hier sind doch alle bewaffnet. Nur nicht mit Schwertern.«

Als wir die Presby betraten, ertönte gerade die Glocke. Die Schüler eilten zum Unterricht und vor uns lag ein sehr stiller Korridor, in dem es laut hallte. Wir kamen an einem Klassenzimmer nach dem anderen und hin und wieder auch mal an einem oder zwei Schülern vorbei. Aus offenen Türen drangen Gesprächsfetzen, Chorproben und Musikunterricht zu uns heraus. Dann gingen wir eine breite Treppe hoch.

»Ari«, sagte Sebastian, als wir den ersten Treppenabsatz erreicht hatten. »Ich darf nicht mit dir zusammen in die Bibliothek, aber was immer du dort auch findest ... Hier draußen kann ich dir helfen. Athene hat auch mein Leben versaut.«

»Ich weiß«, antwortete ich leise.

»Und ich weiß, dass du jemand bist, der gern alles allein macht«, erwiderte er, während eine seiner Augenbrauen in die Höhe schoss.

»In der Beziehung kenne ich mich am besten aus. Aber« – er nahm mich am Arm und zog mich in die Ecke, als eine Gruppe Schüler an uns vorbeigingen – »du darfst nicht einfach losziehen und versuchen, das allein zu erledigen.«

Über seine Schulter hinweg sah ich, dass mir einige der Schüler neugierige Blicke zuwarfen, während sie die Treppe hinuntergingen. Ich wartete, bis sie weg waren, bevor ich ihm antwortete: »Sebastian, *Sie* will nur mich haben. Es bringt doch nichts, wenn sich noch jemand in Gefahr bringt.«

Er verdrehte tatsächlich die Augen. »Na großartig. Du hast überhaupt nichts verstanden.«

»Doch, hab ich.«

»Nein, verdammt noch mal, hast du nicht.« Er packte mich an den Schultern und schob mich tiefer in die Ecke. Falls jetzt noch jemand vorbeikam, würde er kaum etwas von mir sehen können, da Sebastian mich fast völlig mit seinem Körper verdeckte. Er roch frisch – ein leichter Duft nach Shampoo, Deo und Waschmittel stieg mir in die Nase. »Wenn du glaubst, dass ich dir einfach viel Glück wünschen und zum Abschied zuwinken werde, wenn du gehst, um gegen Athene zu kämpfen, bist du dümmer, als ich dachte.«

»Vielen Dank auch.« Das war doch bescheuert. Mir war vollkommen klar, was er meinte. Dass wir zusammen in dieser Sache drinsteckten. Sebastian war genauso davon betroffen, nach dem, was Athene seinem Vater angetan hatte, und weil er Violet gernhatte. Er wollte dabei sein und es passte ihm überhaupt nicht, dass nur ich Zugang zur Bibliothek hatte.

»Du wirst mir einfach vertrauen müssen«, sagte ich. Ich wollte nicht, dass die Göttin ihm etwas antat, dass er der Nächste war, den Athene in ihre Fänge bekam.

Und das Schlimmste daran war, dass Sebastian genau wusste, was für Gedanken mir gerade durch den Kopf schossen. Ich versuchte, ihn aus dem Weg zu schieben, doch er rührte sich keinen Millimeter vom Fleck; er sah einfach nur mit unbewegter Miene auf mich herunter, die Lippen zu einer schmalen Linie zusammengepresst.

Ich gab ihm einen Schubser und schlüpfte zwischen ihm und der Wand hindurch. Dann rannte ich den Rest der Treppe nach oben, während meine Stiefel im gleichen Rhythmus wie mein Herz trommelten.

Ich war schon ein paar Schritte den Flur hinuntergelaufen, als mir bewusst wurde, dass ich keine Ahnung hatte, wo ich hinsollte. Was natürlich total peinlich war, da ich mich mitten im Gang umdrehen und auf ihn warten musste.

Sebastian kam die Treppe herauf und bewegte sich wie auf Schienen auf mich zu. Alles an ihm schien ruhig, dunkel und konzentriert zu sein. Ich schluckte und kam mir ziemlich bescheuert vor, weil ich versucht hatte, mein Ich-mach-das-allein-Mantra auf ihn anzuwenden ... und auf mich.

Er hielt erst an, als er mir fast schon auf den Zehen stand.

»Du machst das nicht ohne mich«, stieß er zwischen zusammengebissenen Zähnen hervor. Seine Augen glänzten wie Stahl. »Ich hab mir nicht zum Spaß den Arsch aufgerissen und so oft mit meinem Vater trainiert. Du brauchst mich. Es mag ja sein, dass du mich nicht dabeihaben willst, aber du brauchst mich.«

Und damit ging er an mir vorbei und marschierte auf eine Treppe zu, die in den zweiten Stock führte.

Sebastian brachte es doch tatsächlich nicht nur fertig, aus mir eine verwirrte, nach Luft schnappende Idiotin zu machen, sondern schaffte es dann auch noch, etwas zu sagen, was mich innerhalb einer Sekunde stinksauer auf ihn machte. *Vielleicht sollte ich das auf die Liste mit seinen Zauberkräften setzen,* dachte ich vor Wut kochend, während ich ihm auf der Treppe nach oben folgte.

Abgesehen von seinem Vater war Sebastian das Mitglied der Familie Lamarliere, das über die meisten Zauberkräfte verfügte. Er war nicht nur einer der seltenen Hexenmeister wie sein Vater, sondern auch ein Vampir wie seine Mutter. Und die war noch dazu eine Blutgeborene, das Kind von Eltern, die beide Vampire waren, und damit die stärkste Art von Vampir, die es gab. Sebastian hatte das Potenzial – oder zumindest die Gene –, um außerordentlich mächtig zu werden. Ihn auf meiner Seite zu haben, war ein Bonus und ein Geschenk, das ich nicht ignorieren durfte.

Und ob er es nun glaubte oder nicht, ich *wollte* das gar nicht allein machen. Ich wollte nur nicht, dass noch jemand dabei in Gefahr geriet. Er hatte recht, aber das machte es auch nicht einfacher, das Ganze zu akzeptieren. Ich hatte den größten Teil meines Lebens damit verbracht, allein zurechtzukommen. Seit ich in New 2 war, hatte sich das geändert. Jetzt hatte ich Sebastian und Michel. Ich hatte Henri, Crank, Dub und Violet. Aber es würde für mich auch noch mehr Kummer und Schmerz bedeuten, wenn ihnen wegen der Sache mit Athene etwas zustieß. Und ich war mir nicht sicher, ob ich damit fertig werden würde.

Doch ich brauchte Hilfe, daran gab es nichts zu rütteln. Sebastian war einer der wenigen in New 2, denen ich vertraute. Und als Erbe der Novem hatte er Zugang zu Dingen, die anderen verwehrt wurden.

»Der zweite Stock wird hauptsächlich von der Verwaltung genutzt«, erklärte Sebastian, als wir an einen Schreibtisch kamen, an dem eine Frau saß. Sie hob den Kopf. »Wieder da, Bastian?«, fragte sie mit einem vielsagenden Blick auf seine Kleidung. »Dein Vater hat dich angemeldet. Geh einfach durch.«

»Weiß sie von der Bibliothek?«, flüsterte ich, während wir einen langen Flur mit Büros auf beiden Seiten entlanggingen.

»Nein. Von der Existenz der Bibliothek wissen nur die Oberhäupter der Novem und deren Erben. Sie glaubt, dass ich das Arbeitszimmer benutzen will. Du wirst schon sehen.« Wir bogen um eine Ecke und steuerten auf eine große Doppeltür am Ende des Flurs zu.

Sebastian steckte eine Karte in einen Scanner, der an der Wand neben der Tür angebracht war. Mit einem leisen Klicken öffnete sich das Schloss. »Das ist der Weg zum Arbeitszimmer. Hier kommt niemand ohne Karte durch und es gibt nur neun Stück davon. Die hier gehört meinem Vater.«

Sebastian zog eine der Türen auf und trat zurück, um mich durchzulassen. Ich hatte einen großen Raum oder wenigstens einen zweiten Flur erwartet, sah aber nur eine Art Wandschrank mit einer weiteren großen Tür vor mir.

»Die Tür ist aus Eisen und mit neun Blut- und Schutzzaubern belegt. Die Schutzzauber werden jede Woche geändert. Um sie aufzuheben und die Tür zu öffnen, muss man die Kombination kennen und zudem noch ein Blutsverwandter sein. Außerdem gibt es noch ein paar Sicherheitsmaßnahmen in der Bibliothek selbst.«

»Und du kennst die Kombination?«

»Mein Dad hat sie mir heute Morgen gezeigt.«

Sebastian zog eine Sicherheitsnadel aus der Tasche und stach sich damit in den Finger. Dann legte er die Hand auf die Tür, in die Tausende kleiner Symbole und Linien, Schnörkel und Muster eingraviert waren. Unter seinem Finger erschien ein blassblaues Licht. Er begann, eines der Muster nachzuzeichnen.

Er zeichnete neun Muster nach. Jedes davon leuchtete blau auf und schimmerte, bis er fertig war. Es war ein Labyrinth, das ich nie hätte wiederholen können, selbst wenn ich es gewollt hätte. Dann begann die Kontur der Tür zu leuchten, bis das Blau zu Weiß wurde und die Tür mit einem deutlich hörbaren Seufzer aufklappte. Sebastian sah mich an. »Das eigentliche Geheimnis liegt dahinter.«

Er stieß die schwere Tür auf. Ihr Ächzen jagte mir einen Schauer über den Rücken. Dann betraten wir ein großes Arbeitszimmer. Es sah genauso aus, wie man sich die Bibliothek eines sehr wohlhabenden Menschen vorstellte – dunkle Holzvertäfelung, riesiger Kamin, Perserteppich, Ledersessel, Lese- und Schreibtische und Bücherregale an allen vier Wänden, so hoch, dass es eine verschiebbare Leiter gab, mit der man an die oberen Bücher gelangen konnte.

»Wo sollen wir anfa... –« Ich runzelte die Stirn. »Moment mal. Ich dachte, du darfst nicht in die Bibliothek? Das ist sie gar nicht, stimmt's?«

Er wippte auf den Füßen auf und ab und lächelte. »Nein.«

Sebastian führte mich auf die andere Seite des großen Raums und blieb vor der Ecke stehen. Bücherregale. Eine Pflanze. Eine riesige alte Vase. Ich war mir nicht sicher, was er sich dort ansah ... vielleicht etwas auf dem Regal?

Ich ging näher heran.

Sebastian starrte auf die knapp zwei Meter große Vase. Sie war so groß, dass ich mich problemlos in ihrem Innern hätte verstecken können, und hatte auf jeder Seite zwei schräge Griffe, an denen Reste schwarzer Farbe zu erkennen waren. Ihr Deckel und die oben liegende Öffnung waren breiter als meine Schultern. Sie hatte einen schlanken Hals und einen Körper, der in der Mitte bauchig und dann wieder schmaler wurde, bevor er in einen etwas breiteren Fuß überging.

Die Vase war vermutlich aus Lehm oder Terrakotta und sah unglaublich alt aus. Rund um ihren Körper waren Linien, Symbole und Figuren eingeritzt.

Das Auffallendste daran war der große, gezackte Sprung an ihrer Vorderseite, der sich vom Hals der Vase bis knapp über den Sockel zog. Er war sehr tief und richtig dunkel in der Mitte, was erahnen ließ, wie dick der Rand der Vase war.

»Okay«, sagte ich. Offenbar entging mir hier etwas. »Was ist das hier?«

»Anesidoras Krug. Auch als Büchse der Pandora bekannt.«

Ich blinzelte und sah ihn skeptisch an. »Wie bitte?« Mir rutschte ein nervöses Lachen heraus. Sebastian lachte nicht, was nichts Gutes bedeuten konnte. Mein Blick wanderte von ihm zum Krug. Sebastian blieb ernst. »Ähm, ich sag's ja nicht gern, aber das da ist keine Büchse.«

»War es auch nie. Es war immer ein Krug. Irgendein Typ hat das griechische Wort mal ins Lateinische übersetzt und es Büchse anstatt Krug genannt. Und die Bezeichnung blieb dann hängen.«

»Ich verstehe nicht, was das mit der Bibliothek zu tun hat.«

»Ari, das *ist* die Bibliothek. In diesem Krug ist – nein, ich zeig's dir besser.«

Er griff nach meiner Hand, doch ich wich zurück. Das war doch wohl ein Scherz. Es musste ein Scherz sein. Richtig? Meine Skepsis wuchs.

»Ich weiß, es klingt ziemlich verrückt, aber … dieser Krug wurde einem der ersten *Doués* geschenkt. Ein Geschenk von einem Gott, an dessen Namen sich niemand mehr erinnern kann. Es ist ein Ort für alles, was den Vorfahren der Novem wichtig und heilig war, und wurde als Bibliothek unserer Geheimnisse weitergegeben, als Ort, den kein Gott betreten kann. In diesem Krug ist unsere gesamte Geschichte. Er kann nicht zerstört werden und bewahrt alles auf, was man hineinlegt.«

Ja, klar. »Ich dachte, man soll Pandoras Büchse nicht öffnen?«

Er zuckte mit den Schultern. »Keine Ahnung. Das ist vermutlich nur ein Mythos.«

Ich zog eine Augenbraue hoch. »Verstehe. Nur ein *Mythos*«, erwiderte ich mit tonloser Stimme. »Sagt der Vampirhexer zur Gorgo.«

Auf seinem Gesicht erschien ein breites Grinsen. »Ich weiß, was du meinst.«

Ich musste lächeln. Dann schüttelte ich den Kopf und sah wieder den riesigen Krug an. »Und was jetzt? Soll ich eine geheime Kombination drücken, damit er sich öffnet? Oder nehme ich einfach den Deckel ab?« Das Ding war groß genug für einen ganzen Haufen Bücher und Schriftrollen, daher musste ich es wohl nur aufmachen und inständig hoffen, dass die Dokumente in einer Sprache geschrieben waren, die ich verstand.

»Nein, du ziehst einfach den Spalt da auseinander und gehst rein.« Als ich verwirrt blinzelte, erklärte er es mir: »Pandora hat ihre ›Büchse‹ nicht geöffnet. Sie ist gesprungen. Wenn du willst, kannst du das alles nachlesen, wenn du drin bist. Es ist alles dort. Mehr, als du je wissen wolltest …«

»Du kommst nicht mit?«

Er schüttelte den Kopf. »Ich kann nicht. Ich habe erst Zugang zur Bibliothek, wenn ich die Nachfolge meines Vaters angetreten habe. Das gilt für alle Erben.«

»Aber dein Dad hat dich doch mal reingeschmuggelt, oder nicht?«

»Ja, als ich klein war, aber dabei hat er die Regeln der Novem gebrochen. Das solltest du besser nicht nachmachen.«

»Und woher soll ich wissen, nach was ich suchen soll, wie ich die Informationen über Athene finde? Die Novem benutzen für ihre Bibliothek wahrscheinlich nicht die Dezimalklassifikation.«

»Sehr witzig. Nein, der Bibliothekar wird dir helfen. Er erklärt dir auch die Regeln für die Benutzung der Bibliothek. Und die solltest du auf jeden Fall beachten.«

»Nur, damit das klar ist: Ich weiß, dass wir hier in New 2 sind, der Ort für alles Bizarre und so, aber das hier ist ... noch mal eine Stufe höher.«

Er lachte leise. »Als mein Dad mich damals mitgenommen hat, hat mich dieses Ding zu Tode erschreckt.«

»Willst du mir damit etwa sagen, dass der kleine Sebastian tapferer war als ich?«

»Dir wird nichts passieren. In der Bibliothek selbst ist es nicht gefährlich, solange du dich an die Regeln hältst. Und du kannst jederzeit wieder gehen.«

Ich holte tief Luft und stellte mich vor den Krug, während ich versuchte, die Gänsehaut auf meinen Armen zu ignorieren. Die Vorstellung, dass ich *in* den Krug hineingehen sollte, war so ... merkwürdig. Ich straffte die Schultern. Ich würde das schaffen. So schwer konnte es ja nicht sein. Sebastian war als kleiner Junge mit seinem Vater zusammen in der Bibliothek gewesen. Ein Sprung in einer Vase würde mich doch nicht davon abhalten, Violet oder meinen Vater zu finden.

Ich streckte die Hände aus, legte die Daumen auf die Außenseite des Kruges und steckte meine Finger in den kalten, gezackten Spalt.

Neun

Und wieder fällt Ari in das Kaninchenloch, dachte ich, als sich die Ränder des Tonkruges nach außen bewegten und grelles Licht aus dem Spalt herausstrahlte und wie elektrische Funken an meinen Fingern, Händen und Armen emporkroch.

Die Ränder des Kruges klappten auseinander. Mein Herz klopfte wie wild, als ich den Kopf einzog und auf das helle Licht zuging, das von Dunkelheit umgeben war.

Ich nahm die Hände von den Rändern des Spalts, trat in den Krug und richtete mich dann auf. Die Energie, die mit einem leisen Summen durch mich hindurchfloss, wurde allmählich schwächer, genau wie das Licht. Weiße Punkte tanzten vor meinen Augen. Ich bewegte mich nicht, ich machte keinen Schritt.

Musik drang zu mir, wie ein Blatt, das von einer sanften Brise durch die Luft geweht wird. Eine italienische Oper, in die sich das charakteristische Kratzen einer Schallplatte mischte. Die Musik klang irgendwie gedämpft und blechern, als käme sie aus einem Trichter. Die weißen Punkte vor meinen Augen verschwanden und ich sah einen riesigen, in Kerzenlicht getauchten Raum, dessen Wände in dunklen Schatten verschwanden. Es war unmöglich, die Größe des Raums abzuschätzen. Als würde die Bibliothek wie eine Insel in der Schwärze des Alls schweben.

Einige Schritte vor mir stand eine Art Empfangsschalter aus Marmor, dahinter befand sich ein Lesebereich mit langen Tischen,

Stühlen und Lampen. An diesen Bereich schlossen sich unzählige hohe Bücherregale mit schmalen Gängen dazwischen an, die so weit nach hinten reichten, dass sie in der Dunkelheit verschwanden. Die Bibliothek war größer, als ich es mir je hätte vorstellen können, und ich wusste, dass es völlig unmöglich war, mich hier ohne fremde Hilfe zurechtzufinden.

Ich schluckte und rief mir ins Gedächtnis, weshalb ich hergekommen war. Dann trat ich an den Schalter. Als ich einen Blick über die Schulter warf, sah ich hinter mir den Spalt, der nur noch schwach erleuchtet war. Entweder war ich geschrumpft oder der Spalt war jetzt doppelt so groß wie auf der Außenseite des Kruges. Ein Schauer durchlief mich, einer, der einen überfällt, wenn einem plötzlich bewusst wird, wie klein und unbedeutend man ist, wie schnell man verloren gehen kann. Das hier war nicht nur das Innere des Kruges – das hier war eine andere Dimension.

Der Empfangsschalter vor mir war so lang, dass er auf beiden Seiten in der Schwärze verschwand, von der die Bibliothek umgeben war. Er reichte mir bis knapp an die Brust. Die Marmorplatte auf der Oberseite war glatt und weiß, und obwohl ich sie noch gar nicht angefasst hatte, wusste ich, dass sie sich kalt anfühlen würde.

»Thema?«

Als ich die sonderbare männliche Stimme hörte, zuckte ich zusammen und drehte mich in die Richtung, aus der sie kam. Großer Gott! Ich drückte eine Hand auf meine Brust, um mich zu vergewissern, dass mein Herz noch an Ort und Stelle war und klopfte, weil ich absolut sicher war, dass es sich gerade vor Schreck aus dem Staub gemacht hatte.

Rechts von mir stand jemand hinter dem Schalter. Und dieser Jemand war kein Mensch.

Ich wusste zwar nicht, was ich erwartet hatte, aber dieses ... Ding mit Sicherheit nicht. »Was bist du?«, platzte ich heraus.

Bronzefarbene Augenlider blinzelten über Augen aus weißem Stein, in denen runde braune Scheiben die Iris darstellten. »Ein Automat. Der Bibliothekar. Thema, bitte.«

Seine »Haut« bestand aus winzigen Bronzeplättchen, die ihm kleinste Bewegungen erlaubten. Er trug eine weiße Toga wie die alten Griechen, was irgendwie merkwürdig aussah, da er ja aus Metall bestand, aber falls er anatomisch korrekt gebaut war, war es natürlich logisch, dass er Kleidung trug. In seinem Innern waren wahrscheinlich unendlich viele Zahnräder und eine Energiequelle. Offensichtlich war er auch mit einer Spracherkennung ausgestattet, die ihm Sprechen und Verstehen ermöglichte. Wer auch immer das hier gebaut hatte, war ein Genie oder ein Zauberer gewesen. Vielleicht auch beides.

»Thema, bitte.«

Ich räusperte mich. »Ähm, ja, okay ...«, stammelte ich und beeilte mich, meine Gedanken wieder zu sortieren. »Ich brauche alles, was es über Athene, ihren Tempel, ihre Schwächen gibt. Alles über den Krieg zwischen Athene und den anderen Göttern. Oh, und Flüche, die von Göttern ausgesprochen wurden, und Geschichten oder Mythen über Leute, die sie wieder losgeworden sind, wären auch nicht schlecht.«

Der Automat drehte sich um, ging ein paar Schritte am Schalter entlang und öffnete eine kleine Tür, die mir noch gar nicht aufgefallen war. Dann trat er zurück und ließ mich in den Lesebereich. Der Bibliothekar machte mir keine Angst, aber ich war ziemlich überrascht gewesen. Ich fühlte mich von ihm nicht bedroht – wäre es anders gewesen, wäre ich schon längst wieder auf dem Rückweg zum Spalt.

Als ich an den Rand des Lesebereichs kam, wurde mir klar, woher die Musik kam – dort stand ein alter Schallplattenspieler, aus dem ein großer Trichter herausragte. Das Lied erreichte gerade seinen Höhepunkt, es wurde immer lauter und dramatischer, bis es schließlich mit unendlich viel Gefühl zu Ende ging.

»Was ist das für ein Lied?« Meine Neugier war nicht zu bremsen.

»›Nessun dorma.‹ In deiner Sprache bedeutet das ›Keiner schlafe‹. Es ist eine Arie aus dem letzten Akt von *Turandot*, einer Oper, die von Giacomo Puccini komponiert wurde«, antwortete der Bibliothekar mit monotoner Stimme. Eine sprechende Enzyklopädie. »Sie wird von Kalaf, dem unbekannten Prinzen, für die Prinzessin Turandot gesungen. Sie weigert sich, ihn zu heiraten. Er bietet ihr an, dass sie ihn hinrichten lassen kann, wenn sie bis Sonnenaufgang seinen Namen errät. Gelingt es ihr nicht, muss sie ihn heiraten. Die Prinzessin ordnet an, dass in dieser Nacht niemand ihrer Untertanen schlafen soll, bis sie seinen Namen herausgefunden haben. Sollte es ihnen nicht gelingen, würden sie alle sterben.«

»Das ist ja furchtbar«, murmelte ich. Die Prinzessin klang genauso brutal und ungerecht wie Athene. »Wie geht es aus?« Die Platte war zu Ende und gab nur noch eine Mischung aus Rauschen, Knacken und Kratzen von sich.

»Die Sonne geht auf, aber der Prinzessin und ihren Untertanen ist es nicht gelungen, den Namen des Prinzen herauszufinden. Er nennt ihr seinen Namen und überlässt ihr die Entscheidung, ob sie ihn hinrichten lassen oder lieben will. Sie entscheidet sich dafür, ihn zu lieben.« Der Bibliothekar schob mir einen Stuhl hin. »Setz dich bitte. Ich komme gleich wieder.«

Ich blieb neben einem der Tische stehen und beobachtete, wie der große bronzefarbene Automat zu dem alten Plattenspieler ging, den Tonarm hob und die Nadel wieder auf den Anfang der

Oper setzte. Dann verschwand er in einem der langen Gänge zwischen den Regalen.

Ich setzte mich nicht, sondern sah mir einige Regale in der Nähe des Lesebereichs an. Sie waren mit Büchern, Manuskripten, Pergamentrollen und Schrifttafeln vollgestopft. Andere Regale enthielten Kunstgegenstände: Kästen, Krüge, kleine Statuen, Schilde und Waffen. Ich ging langsam weiter, ließ meinen Blick über die Regale schweifen und sah mir alles an.

Je weiter ich ging, desto schwächer wurde das Licht, doch es war immer noch so hell, dass ich Dinge aus fast allen kulturellen Epochen – jedenfalls aus allen, die ich kannte – erkennen konnte, dazu noch einige andere, die ich zeitlich überhaupt nicht einschätzen konnte. Der Gang endete in einem Bereich mit Tischen und Gegenständen, die nicht in die Regale passten: große Statuen von Menschen, Göttern und Tieren, ein Streitwagen, ein riesiges Ölgemälde, ein Thron aus Gold. Auf den Tischen befanden sich Schaukästen und Tabletts mit Münzen aus Gold, Bronze und Silber.

Neben mir stand ein langer Tisch aus massivem schwarzem Holz. Ein kleiner Marmorkorb, in dem ein Baby aus Marmor lag, wollte nicht so recht zu dem passen, was ich bis jetzt gesehen hatte. Aber vielleicht lag es auch daran, dass sich zwei an den Handgelenken abgebrochene Marmorhände an den hinteren Rand des Korbs klammerten.

»Das Material, das du angefordert hast, liegt vorn.«

»Oh Mann!« Wegen des Automaten würde mich irgendwann noch mal der Schlag treffen. Für einen Metallroboter bewegte sich der Bibliothekar beunruhigend leise. Wahrscheinlich war ich aber auch nur zu sehr in Gedanken versunken gewesen.

»Was ist mit der Statue da los?«, fragte ich.

»Das sind die Hände des Zeus. Und das ist das Kind, dem vom Schicksal bestimmt worden war, ihn zu töten.«

Der Bibliothekar drehte sich um. Nach einem letzten Blick auf die merkwürdige Statue folgte ich dem bronzefarbenen Automaten durch den Gang, während er die Regeln für die Benutzung der Bibliothek herunterleierte, die in etwa so lauteten:

Nicht auf Büchern, Schrifttafeln oder Pergamentrollen herumreiben.

Nicht draufpusten.

Nichts daran verändern.

Nicht laut daraus vorlesen.

Und vor allem: nichts am Schalter vorbeitragen.

Wir blieben vor einem der Tische stehen, auf dem mich vier hohe Bücherstapel, ein Haufen Pergamentrollen und zwei Tontafeln erwarteten. Du meine Güte.

Der Bibliothekar ging zum Schalter, bückte sich und holte eine lange, rechteckige Glasplatte darunter hervor. Sie wölbte sich an beiden Enden nach unten, sodass sie, als er sie auf den Tisch legte, ungefähr zehn Zentimeter von der Tischplatte entfernt war. Am Rand der Platte war etwas in das Glas graviert, Tausende winziger Symbole.

»Damit wird übersetzt, was du siehst. Stell die Platte über den Text und du wirst im Glas lesen können, was dort geschrieben steht. Und vergiss nicht, dass du dir keine Notizen machen und nichts am Schalter vorbeibringen darfst.«

Er ging weg.

»Was passiert, wenn ich es trotzdem tue?«, rief ich ihm nach.

Der Bibliothekar blieb stehen und drehte sich um. Seine künstlichen Augen machten mich wahnsinnig. »Dann hast du das Recht auf dein Leben verwirkt. So einfach ist das.«

Als ich zusah, wie er in einem der Gänge verschwand, hatte ich den Eindruck, die Temperatur in der Bibliothek wäre um ein paar Grad gesunken. Keinerlei Gefühl. Es interessierte ihn nicht im Geringsten. Die Antwort des Bibliothekars machte mir die Wichtigkeit der Regeln deutlicher als alles andere. Mein Tod wäre ihm vollkommen egal. Es würde kein Zögern und kein Bedauern geben.

Da ich nicht länger darüber nachdenken wollte, zog ich einen Stuhl zu mir und fing mit einer Tontafel an. Sie war klein, nur so groß wie ein Taschenbuch, und mit winzigen Schrägstrichen und Symbolen übersät, die in den Ton gedrückt worden waren. Ich legte sie vorsichtig unter die Glasplatte. Plötzlich bildeten sich Wörter im Glas – eine sonderbare Art der Zauberei, die ich nicht hinterfragte.

Der Text handelte von einer sumerischen Frau namens Tiashur und einer Hexe, die einen Fluch aufhob, mit dem der Gott Enlil die Frau bestraft hatte.

Interessante Geschichte, aber ich fand keine Hinweise darauf, *wie* die Hexe den Fluch aufgehoben hatte, es war immer nur von »entwirren« die Rede. Ich biss mir in die Wange und fragte mich, ob es wirklich so einfach war. Ob ich tatsächlich nur eine Hexe brauchte, die die Worte entwirrte, die Athene vor so vielen Jahren zu Medusa gesagt hatte, um mich von meinem Fluch zu befreien.

Als mein Verstand müde wurde und sich weigerte, noch mehr Informationen aufzunehmen, nahm ich die Glasplatte und trug sie zum Schalter. Der Bibliothekar hielt die kleine Tür für mich auf, ich ging zu dem Spalt in der schwarzen Wand, zog ihn auseinander und trat in das Arbeitszimmer der Novem.

Und stand plötzlich Josephine Arnaud gegenüber. Oberhaupt der Familie Arnaud. Blutgeborener Vampir und Sebastians *Grandmère*.

Josephine strahlte Reichtum und europäische Eleganz aus. Ihre Frisur saß immer perfekt, an ihrer teuren Kleidung war nie auch nur eine winzige Falte zu sehen. In ihren dunklen Augen brannte ein scharfer Verstand. Sie war ein paar Hundert Jahre alt, sah aber aus wie eine schöne junge Frau.

Außerdem war sie ein furchtbares Miststück, das in derselben Liga wie Athene spielte.

Eine Sekunde lange musterten wir uns gegenseitig, dann ging ich an ihr vorbei und marschierte durch die Wolke ihres eleganten Parfüms hindurch auf die Tür zu. Ich hatte ihr nichts zu sagen. Josephine hatte meinen Vater an Athene ausgeliefert und wollte mich benutzen, um noch mehr Macht zu bekommen. Ich war ihr scheißegal. Was auf Gegenseitigkeit beruhte.

Ich war schon fast an der Tür, als sie mich mit ihrem französischen Akzent ansprach: »Hast du gefunden, wonach du gesucht hast?«

Ich zögerte, weil ich wusste, dass es besser gewesen wäre, wenn ich einfach weitergegangen wäre, aber dann drehte ich mich um und stellte mich vor sie hin. »Wenn ich etwas gefunden hätte, würde ich es Ihnen nicht sagen, Josephine. Sie hätten mir sowieso nicht helfen können, oder?«, fragte ich, womit ich sie an ihr Angebot erinnerte, als Gegenleistung für meine Loyalität ihr gegenüber den Fluch aufzuheben.

»Deinen Fluch kann niemand aufheben. Er ist zu alt, zu mächtig, zu verworren und wurde zudem noch von einer Göttin ausgesprochen.« Sie lachte und schüttelte den Kopf. »Deine Naivität ist einfach unglaublich. In dreieinhalb Jahren wirst du dich in eine Gorgo verwandeln.« Sie reckte ihr Kinn nach oben. »Und mein Enkelsohn wird eine wichtige Lektion für sein Leben gelernt haben.«

Als ob sie sich für Sebastians Persönlichkeitsentwicklung interessieren würde. Josephine interessierte sich nur für Macht.

»Hinter seinem Interesse an dir steckt lediglich Rebellion. Du bist anders. Verboten. Etwas, von dem er genau *weiß*, dass es falsch ist.« Ihre dunklen Augen musterten mich von Kopf bis Fuß. »Jetzt sieht er deine Schönheit, er wird von ihr angezogen, obwohl er weiß, dass darunter das Böse lauert. Dieser Flirt mit der Gefahr fasziniert ihn.« Ihr Blick wanderte zu dem Krug. »Pandora war genauso. Ihr Schein war trügerisch. Die griechischen Dichter nannten sie *kalon kakon*, ein schönes Übel. Es wird nicht lange dauern, bis du jene um dich herum zerstörst, so wie sie das getan hat.«

Meine Finger ballten sich zu Fäusten. »Wenn das passiert, Josefine, wenn ich mich in ein Monster verwandle, werde ich zuerst zu Ihnen kommen. Und es wird nichts geben, womit Sie mich aufhalten können.«

Zehn

Ich drehte mich um und kehrte Josephine den Rücken zu, wohl wissend, dass sie mir das Genick hätte brechen können, dass sie mich hätte töten können, bevor ich die Eisentür erreicht hatte. Sie hätte es tun können, aber sie tat es nicht.

Die Novem hatten vereinbart, mich in der Stadt zu behalten, mich vor Athene zu beschützen und mir Zugang zur Bibliothek zu gewähren. Und ich wusste, dass Josephine dem nur zugestimmt hatte, weil sie dachte, dass der Kampf mit Athene eine Selbstmordmission für mich werden würde.

Egal. Ich hatte mein ganzes Leben damit verbracht, Leuten das Gegenteil von dem zu beweisen, was sie über mich dachten. Da kam es auf eine Person mehr auch nicht an.

Ich zog die große Eisentür auf, machte vier Schritte und stieß die Doppeltür auf. Was Josephine anbelangte, würde ich immer eine Zielscheibe auf dem Rücken haben. Die Frage war nur, wann sie zuschlagen würde.

Mit jedem Schritt, den ich die Treppe nach unten ging, verschwand ein bisschen mehr von der Wut, die in mir kochte. Als ich das Erdgeschoss erreicht hatte, war ich nicht mehr so wütend, dafür aber ziemlich angenervt. Ich fluchte leise und murmelte sämtliche Beleidigungen vor mich hin, die ich Josephine gerne an den Kopf geworfen hätte. Als ich in den Aufenthaltsraum für die Freistunden marschierte, ignorierte ich die neugierigen Blicke, die mich trafen. Das, was Josephine über Sebastian gesagt hatte, spukte mir immer noch im Kopf herum.

Ich wusste, was Josephine für ein Spiel spielte. Sie hatte ihre Worte so gewählt, dass sie sich in einem ruhigen Moment in meine Psyche bohren würden, wenn ich allein war und von Selbstzweifeln geplagt wurde, wenn ihre Bemerkungen mir am meisten wehtun würden. Mir war klar, warum sie das tat, aber das Schlimmste war, dass sie vielleicht sogar recht hatte. Wenn ich keine Möglichkeit fand, mich von dem Fluch zu befreien, würde es genau so kommen, wie sie es gesagt hatte. Ich würde zur Gorgo werden und Sebastian würde mich verlassen.

Ich suchte mir einen ruhigen Tisch und ließ meinen Rucksack darauf fallen. Dann zerrte ich meinen Notizblock heraus und warf den jungen Schülern, die am nächsten Tisch saßen, einen bösen Blick zu. Sie drehten sich sofort um.

Als wäre ich eine Art Freak-Show.

Egal. Mach dich an die Arbeit und vergiss sie. Sie sind unwichtig.

Ich setzte mich, holte tief Luft, um wieder herunterzukommen, und fing an, alles aufzuschreiben, was ich von den Texten, die ich in der Bibliothek gelesen hatte, noch wusste. Nachdem ich mir ein paar Notizen gemacht hatte, konnte ich mich auf meine Aufgabe konzentrieren und Josephine vergessen – und die Tatsache, dass anscheinend die gesamte Schule nicht Besseres zu tun hatte, als mich bei jeder sich bietenden Gelegenheit anzugaffen.

Das plötzliche Quietschen, mit dem der Stuhl auf der anderen Seite des Tisches über den Fußboden gezogen wurde, ließ mich aufblicken. Mein Stift fuhr über den Rand des Papiers. Ein Junge ließ sich auf den Stuhl fallen.

»Wenn das nicht die Mondkönigin höchstpersönlich ist.«

Bilder vom Ball der Arnauds schossen mir durch den Kopf, bevor ich es verhindern konnte. Ich wirbelte über die Tanzfläche, ein Meer aus prächtigen Abendkleidern und Masken. Es war wie ein glitzernder Traum gewesen ...

Gabriel Baptiste, Erbe der Novem und blutgeborener Vampir, lehnte sich lässig mit dem Stuhl zurück, verschränkte die Arme vor der Brust und starrte mich an, während sich seine Lippen zu einem spöttischen Lächeln verzogen.

Meine Wangen begannen zu brennen. Bei dem Ball hatte ich mit Gabriel getanzt. Ich hatte mit ihm geflirtet und ihm, einem maskierten Fremden, beinahe erlaubt, meinen Hals zu küssen – und vermutlich noch mehr, wenn nicht plötzlich Sebastian aufgetaucht wäre.

Zuerst Josephine und jetzt auch noch Gabriel. Ich schüttelte den Kopf. Was für ein Scheißtag.

»Mein Vater hat mir erzählt, dass du auf die Presby gehen würdest. Ich hab's ihm nicht so richtig geglaubt. Aber« – er lächelte – »hier bist du.«

Ich verdrehte die Augen.

»Alle reden über dich. So was spricht sich schnell rum. Gorgo. Gottesmörderin. Freak. Du sollst unsere Rettung sein, du sollst uns vor Athene beschützen, stimmt das?«

Seine spöttischen Worte hatten einen scharfen Unterton, als käme sein männliches, blutgeborenes Ego nicht mit der Vorstellung zurecht, dass ich die Novem rettete oder, genauer gesagt, ihn. Sebastian hatte recht gehabt. Blutgeborene hatten ein gewaltiges Ego.

Zwei andere Jungen ließen sich neben ihm nieder und ein Mädchen, das ihre Bücher an die Brust drückte, stellte sich hinter ihn. Ich lehnte mich langsam zurück, legte meinen Stift aus der Hand und klappte meinen Notizblock zu. Dann warf ich ihnen einen leicht gelangweilten, gleichgültigen Blick zu, den ich schon vor Jahren perfektioniert hatte.

Fast hätte ich gelächelt. Sie glaubten wohl, dass sie mich einschüchtern konnten ... Amateure. *Versucht ihr erst mal, einer durchgeknallten Göttin des Krieges gegenüberzutreten.*

»Es wird erzählt, dass du dich mit Athene anlegen willst«, sagte das Mädchen. »Und angeblich haben sie dich in die Bibliothek gelassen.«

Davon sollte eigentlich niemand etwas wissen. »Und mit wem hab ich das Vergnügen?«

»Anne Hawthorne. Meine Mutter ist Oberhaupt der Familie Hawthorne. Ich werde ihr Erbe antreten.«

Also eine Hexe. Die Hawthornes, Cromleys und Lamarlieres waren die drei Hexenfamilien der Novem. Annes Mutter, Rowen, hatte an der Sitzung des Rates der Neun teilgenommen, als der Entschluss gefallen war, dass ich die Schule besuchen und Zugang zur Bibliothek erhalten würde. Mir war schleierhaft, warum sie den Krug eine »geheime Bibliothek« nannten, wenn sowieso jeder Bescheid wusste.

»Wir sind alle Erben der Novem«, erklärte Gabriel. »Daher wissen wir Dinge, die die anderen in unseren Familien nicht wissen. Bald werden wir hier das Sagen haben.«

Es hörte sich an wie eine ... Drohung. Als wäre ich ein Problem, das sie eines Tages lösen würden. Gabriel Baptiste spielte sich auf, als wäre er jetzt schon das Oberhaupt der Novem.

Ich schob meinen Notizblock in meinen Rucksack. »Gabriel, kommst du bitte langsam zum Punkt?«

Er starrte mich etwas zu lange an. »Den Weg zu Athene findest du nicht in einem Buch.«

Mein Blick sagte hoffentlich »Na und?«.

»Komm, Gabriel. Wir gehen«, drängte Anne, die sich umsah und plötzlich blass wurde. Sebastian war hereingekommen.

Gabriel ignorierte sie. »Ich weiß, wo du suchen solltest.«

»Wo?«

»In den Ruinen.«

»Ich dachte, die Ruinen wären Sperrbezirk«, erwiderte ich. Sebastian hatte uns bemerkt. Er sah aus, als hätte er ausgesprochen schlechte Laune. Seine Miene verfinsterte sich. Ich konnte die Spannung, die plötzlich in der Luft lag, förmlich spüren.

Während Sebastian auf uns zukam, warf Gabriel ihm einen Blick zu. Dann sah er mich mit einem spöttischen Lächeln an. Ich konnte einfach nicht glauben, dass ich diesen Typ näher als zwei Meter an mich herangelassen hatte. »Die Novem machen die Regeln. Wir brechen sie. Ist das nicht immer so? Meine Freunde und ich gehen dorthin, um ... zu spielen.« Zu jagen. Es war klar, was er meinte, und er wollte, dass ich ihn verstand. »Manchmal sehen wir dort ihre widerwärtigen Kreaturen. Vielleicht solltest du dich dort mal ein bisschen umschauen, versuchen, eine dieser Kreaturen zu fangen. Ist nur so ein Vorschlag.«

»Warum erzählst du mir das?« Garantiert nicht, weil er so ein herzensguter Vampir war; ich war ziemlich sicher, dass Gabriel nichts lieber wollte, als dass ich für immer in den Ruinen von Midtown verschwand.

»Betrachte es als einen Gefallen, für den du dich eines Tages vielleicht revanchieren kannst.« Er zögerte. »Du solltest zu unserer Mardi-Gras-Party am Freitag kommen.« Er ließ seinen Stuhl nach vorne kippen und erhob sich.

Sebastian stellte sich ihm in den Weg. Ich stand langsam auf, während die Luft zwischen ihnen zu knistern begann.

Schließlich ging Sebastian an Gabriel vorbei und kam zu mir.

Als Gabriel mit seinen Freunden den Raum verließ, sah Anne noch einmal zurück. Ihr Blick machte mehr als deutlich, dass sie sich für Sebastian interessierte. Dann ertönte die Pausenglocke und die Schüler fingen an, ihre Bücher einzupacken und hinauszugehen.

Sebastian ließ seinen Rucksack auf den Tisch fallen. »Was zum Teufel hat er gewollt?«

»Er sagte, ich solle in den Ruinen nach Athene suchen.«

»Das passt zu ihm.« Sebastian schwieg für einen Moment. »Willst du hier raus und bei *Gabonna's* Mittag essen?«

»Ja, gern.«

Ich packte meine Sachen zusammen und verließ die Presby, während ich mich immer noch über Gabriel ärgerte. Er war genauso wie Josephine und einige der anderen Oberhäupter der Novem. Inzwischen hatte ich sie alle einmal getroffen. Mittlerweile schien es mir, dass die meisten von ihnen nur für Intrigen, Macht und Politik lebten. Selbst Michel spielte dieses Spiel hin und wieder mit. Vermutlich musste man das auch, wenn man sich gegen jemanden wie Josephine behaupten wollte.

Macht und Politik waren auch die Gründe, warum Josephine meiner Mutter »geholfen« und versucht hatte, meine Macht zu benutzen. Mein Fluch war für sie ein Werkzeug. Gegen Athene. Und für eine Menge anderer Leute in New 2. Wenn ich nicht genau gewusst hätte, worum es ihnen dabei ging, hätte ich mich sogar geschmeichelt gefühlt.

Sebastian und ich gingen zu Fuß zu *Gabonna's*, einem Restaurant und Jazzklub in der St. Ann Street. Dort hatte er mich auch hingebracht, als ich nach dem Besuch des Voodoo-Priesters Jean Salomon mit einem Migräneanfall auf der Straße zusammengebrochen war.

Dort war ich in seinen Armen aufgewacht. Und dort hatte er mich geküsst.

Die Tür des Restaurants wurde von einer fast einen Meter großen Statue eines Saxofon spielenden Alligators aufgehalten. Ich folgte Sebastian hinein und setzte mich mit ihm zusammen in eine Ecknische. Nachdem wir Sandwiches und Getränke bestellt hatten, sagte er: »Hör nicht auf Gabriel.«

Der Klavierspieler ging an uns vorbei, begrüßte Sebastian mit einem Nicken und setzte sich dann an sein Instrument. Eine langsame, scheinbar schwerelose Melodie erfüllte das Restaurant.

»Das hab ich auch nicht vor«, erwiderte ich. »Aber auf dem Weg hierher habe ich nachgedacht. An dem, was er sagt, ist vielleicht was dran.« Ich griff in meinen Rucksack und holte meinen Notizblock heraus. »Ich habe herausgefunden, dass die Götter ihre eigenen Reiche geschaffen haben, um ihre Tempel und Paläste zu verstecken. So was wie eine andere Dimension. Das Ganze funktioniert wie ein automatisches Sicherheitssystem. Andere Götter können das Reich nicht betreten, es sei denn, der Gott, der das Reich geschaffen hat, erlaubt es ihnen. Menschen können problemlos hinein, allerdings weiß ich noch nicht, warum das so ist. Ich habe Geschichten über Leute gelesen, die durch Zufall durch ein Tor in ein anderes Reich gegangen sind oder sich auf die Suche nach dem Land der Götter gemacht und es auch gefunden haben.«

Pam, die Kellnerin, trat an den Tisch und brachte unsere Getränke.

»Sebastian, wir brauchen nur dieses Tor zu finden«, sagte ich, während ich mich zu ihm beugte. Ich hatte das Gefühl, dass wir vielleicht doch eine Chance hatten, Violet und meinen Vater zu finden. »Ich wette, es ist irgendwo in den Ruinen. Das wäre der beste Ort, um es zu verstecken. Außerdem wäre es ein bequemer Zugang für ihre Jäger und Kreaturen, die kommen und gehen können, wie es ihnen passt, richtig?«

Sebastian überlegte. »Von dort hätte *Sie* uns auch all die Jahre beobachten können. Die Ruinen wären die perfekte Tarnung.«

Die Frage war nur, warum Athene so ein großes Interesse an New 2 hatte. Waren meine Mutter, mein Vater und ich der Grund dafür? Oder steckte noch mehr dahinter?

»Außerdem habe ich herausgefunden, dass Athene die meisten Götter in ihrem eigenen Pantheon, dem Olymp, töten konnte, weil sie ihr vertrauten, weil sie zu ihrer Familie gehörten. Und es war ganz einfach für *Sie*, sie zu töten, denn nachdem *Sie* Zeus aus dem Weg geräumt hatte, hatte *Sie* sein Schild, die Ägis. Und die schützte *Sie* vor den anderen Göttern. Die Ägis machte *Sie* unverwundbar. Offenbar waren nach dem Krieg nur noch ein paar Götter aus einzelnen Familien übrig …«

»Und über den Grund hast du nichts herausgefunden? Warum *Sie* eigentlich mit diesem Amoklauf angefangen hat?«

Ich schüttelte den Kopf. »Nein, nichts. Vielleicht ist *Sie* einfach ausgerastet. Nach Tausenden Jahren wäre es doch denkbar, dass sie einfach mal durchdreht.«

Als unsere Sandwiches serviert wurden, unterbrachen wir unser Gespräch und aßen schweigend. Je mehr ich darüber nachdachte, desto überzeugter war ich, dass sich das Tor irgendwo in den Ruinen befand.

»Wir sollten zu Jägern werden«, schlug ich vor.

»Was? Und einen ihrer Schergen fangen?«

Ich spülte meinen Bissen mit einem Schluck meines Getränks hinunter. »Genau. Und die Kreatur dazu zwingen, uns zu sagen, wie sie hierherkommt. Und wo Athene ihre Gefangenen hält.«

»Ich glaube, ich mache mich besser nie bei dir unbeliebt. Das ist jetzt nicht dein Ernst, oder?«

War es mein Ernst? Würde ich es fertigbringen, ein lebendes Wesen zu foltern, um an Informationen zu kommen? Ich stöhnte, legte die Hände auf das Tischtuch und ließ meinen Kopf darauf fallen. »Ich weiß es nicht«, murmelte ich auf dem Weg nach unten. Ich wollte nicht so sein, doch wenn ich daran dachte, was Violet und mein Vater gerade durchmachten …

Sebastians Hand berührte meinen Rücken. Ich hob den Kopf, als er seinen Arm um meine Schultern legte und mich an sich zog. »Hör einfach der Musik zu. Denk mal eine Minute lang an gar nichts. Ab und zu ist das okay, weißt du?«

»Ich weiß.« Während die Musik weiterspielte, lehnte ich meinen Kopf an seine Schulter..

* * *

Wir blieben fast eine Stunde im *Gabonna's*, bevor wir wieder zur Presby zurückgingen. Dort brachte ich eine weitere anstrengende Trainingsstunde mit Bran hinter mich, doch dieses Mal war ich schneller beim »Anzapfen der Macht«, und er machte mir sogar ein Kompliment – es geschahen also doch noch Zeichen und Wunder. Ich wusste, dass er recht hatte, je öfter ich meine Macht einsetzte, desto mehr würde ich mich an sie gewöhnen. Allerdings war ich noch weit davon entfernt, sie als etwas Normales zu empfinden. Bran war aber so zufrieden mit mir, dass er sagte, ich solle zum Schwarz-Gold-Maskenball der Ramseys kommen, der alljährlich stattfindenden Mardi-Gras-Party seiner Familie. Er war nicht überrascht, als ich die Einladung ausschlug. Der Gedanke daran, in einer riesigen Menschenmenge zu sein, reden, lächeln und höflich tun zu müssen, klang anstrengender, als die Sache mir wert war.

Sebastian und ich machten uns einen entspannten Nachmittag. Nach der Schule setzten wir uns eine Weile auf den Jackson Square und beobachteten Leute, dann aßen wir in einem der Cafés in der Nähe zu Abend. Nachdem die Dunkelheit über die Stadt hereingebrochen war, beschlossen wir, noch einen Spaziergang auf der Uferpromenade zu machen, bevor wir die Straßenbahn nach Hause nahmen.

Abends war die Uferpromenade der angesagteste Ort von ganz New Orleans. Straßenlaternen leuchteten, Pärchen gingen Händchen haltend spazieren, Spieler strömten in das gerade fertig restaurierte *Harrah's* und wieder heraus. Lachen und Gesprächsfetzen vermischten sich mit der Musik der Straßenkünstler, die Trompete und Saxofon spielten. Straßenhändler bevölkerten die parallel zum Fluss verlaufende Uferpromenade und verkauften Blumen, Schmuck, Masken und Perlenketten. Ich sog die kalte Luft ein, die nach Mississippi und dem Salzwasser des Golfs von Mexiko dahinter roch.

»Bist du sicher, dass du nicht auf die Party willst?«, fragte Sebastian, während er mich mit der Schulter anstieß.

»Ja, ich bin sicher. Ich würde lieber in den *GD* zurückgehen und schlafen.«

»Ich auch, aber ansehen musst du es dir trotzdem mal. Der Schwarz-Gold-Maskenball ist ziemlich cool. Siehst du?« Er deutete auf ein Schiff vor uns.

Die *Creole Queen* war im Wasser neben der Uferpromenade angedockt und nicht zu übersehen. Die Reling war mit Lichterketten geschmückt, die sich im Wasser spiegelten und die *Queen* aussehen ließen, als würde sie auf Pailletten schweben.

Der Raddampfer war brechend voll mit Gästen, die alle in Schwarz und Gold gekleidet waren. Auf der Uferpromenade vor dem Schiff hatten sich mehrere Kostümierte in kleinen Gruppen versammelt. Sie redeten, lachten und stießen mit Champagner an, während Jazzmusik vom Heck des Schiffes herbeigetragen wurde. Touristen fotografierten das Spektakel und sahen der Party zu; die Kostüme in Schwarz und Gold zogen viele Zuschauer an.

Alle Kostümierten trugen prächtige Masken, durch deren ovale Löcher Augen hervorlugten, was mich an Violet denken ließ und daran, wie sehr es ihr hier gefallen hätte. Die einfachen goldenen Masken – ohne jede Verzierung, glatt, von der Stirn bis zur Nasenspitze reichend –, die die Männer trugen, machten mir allerdings Angst. Als sie mich anschauten ... ich hatte das Gefühl, als würden archaische Raubtiere mich belauern. Sie drehten ihre Köpfe wie stumme Marionetten und schienen für einen Moment in der Zeit stehen zu bleiben, während ihre schwarzen Augen geheimnisvoll funkelten.

Trotz der unheimlichen Masken war es ein wunderschöner Anblick, als befände man sich in einem eleganten Traum voll funkelnder Lichter und einer aristokratischen Fantasiewelt.

Wir suchten uns eine Bank in einer dunklen Ecke, die ein Stück von dem Trubel entfernt stand. Ich setzte mich so hin, dass ich den faszinierenden Anblick des Schiffs genießen konnte. »Du kannst ruhig gehen. Auf die Party, meine ich. Du musst nicht meinetwegen hierbleiben«, sagte ich über die Schulter. »Michel ist wahrscheinlich auch dort, oder?«

»Ja, wahrscheinlich.« Als Sebastian den Arm auf die Rückenlehne der Bank legte, schmiegte ich mich an ihn. Er beugte sich zu mir herunter, sein Atem strich über meinen Hals, als er sagte: »Aber ich habe keine Lust. Hier gefällt es mir viel besser.«

Ich war froh, dass er mein idiotisches Grinsen im Dunkeln nicht sehen konnte.

Elf

Und wieder saß ich an einem Tisch in der bizarren Geheimbibliothek der Novem. Auch dieses Mal gab der alte Plattenspieler überwältigende Musik von sich. »Was hören wir?«, fragte ich den Bibliothekar, als er noch einen Stapel mit Material für mich brachte.

»Vivaldi. *Die vier Jahreszeiten*. Gerade läuft *Der Winter*. Bist du mit diesen Texten hier fertig?«

»Ja, danke.«

Der Bibliothekar nahm die beiden Schriftrollen und den kleinen Stapel Tontafeln an sich. Ich sah zu, wie er den Gang hinunterlief. Das Licht spiegelte sich auf den winzigen Bronzeplättchen, aus denen sein Kopf und sein Hals bestanden.

Nach dem Unterricht war ich schnell über den Jackson Square in das Café du Monde gelaufen und hatte mir ein paar Beignets gekauft. Dann hatte ich mich mit Michel in der Presby getroffen, wo er mich in die Bibliothek hineingelassen hatte. Es war schon spät, aber ich wollte den neuen Stapel durcharbeiten, bevor ich wieder in den *GD* ging.

Ich fand einen Hinweis auf eine Hexe aus dem alten Ägypten. Sie hatte einen Fluch entwirrt, mit dem die Göttin Sekhmet einen Mann belegt hatte. Jede Nacht verwandelte er sich in einen Löwen und fraß seine ganze Familie auf. Jeden Morgen wachte er als Mann wieder auf, mit seiner Familie am Leben, nur um den Albtraum in der nächsten Nacht wieder zu erleben.

Armer Kerl, dachte ich, gefangen in einer ägyptischen Psycho-Version von *Und täglich grüßt das Murmeltier*. Ich zog die Schriftrolle unter dem Übersetzer hervor und legte sie beiseite.

Das war jetzt das zweite Mal, dass ich einen Hinweis auf eine Hexe fand, die einen von einem Gott ausgesprochenen Fluch entwirren konnte. Es *war* also möglich. Jetzt brauchte ich nur noch eine Hexe zu finden, die das Gleiche für mich tun konnte. Nichts einfacher als das.

Das Letzte, was noch auf dem Tisch lag, war eine runde Steinplatte mit Hunderten spiralförmig angeordneten Symbolen. Ich schob die Scheibe unter die Glasplatte und wurde stocksteif, als die Worte »Athene«, »Tempel« und »Tor« erschienen.

Das Ding war so eine Art Handbuch für Athenes Hohepriesterin. Es erklärte, wie man aus dieser Welt in den Tempel der Göttin im Olymp kam, wo die Priesterinnen in ihr Amt eingeführt wurden, Opfer darbrachten und Anweisungen von Athene erhielten.

Athenes Blut, das in einem kleinen Krug aus Alabaster aufbewahrt wurde, wurde von einer Hohepriesterin zur nächsten weitergegeben und dazu benutzt, vier Symbole zu zeichnen, die die Umrisse eines Tors ergaben, wenn man sie miteinander verband.

Ich las die Scheibe mindestens zehn Mal, bis ich sie auswendig konnte, dann sank ich auf meinem Stuhl zusammen und stieß einen tiefen Seufzer aus. Ich starrte ins Leere und war völlig fassungslos, als mir klar wurde, was ich da gefunden hatte: einen Weg in Athenes Reich.

Ein eiskalter Schauer lief mir über den Rücken.

Ich brauchte drei Dinge, um das Tor so zu öffnen, wie es früher die Hohepriesterinnen getan hatten: Athenes Blut, die Symbole für das Tor, die ich auswendig gelernt hatte, und Jungfräulichkeit, da jede Priesterin Athenes Jungfrau gewesen war. Zwei der drei Dinge konnte ich also abhaken; jetzt musste ich nur noch überlegen, wie ich an Athenes Blut kam.

Als ich die Bibliothek verließ, war es draußen schon dunkel. Sobald sich die Doppeltür hinter mir schloss, setzte ich mich im Flur auf den Fußboden und zeichnete die Symbole in meinen Notizblock, genau so, wie ich sie auf der Steinplatte gesehen hatte.

Dann eilte ich die Treppe hinunter ins Erdgeschoss, doch das Geräusch von Stahl, der auf Stahl traf, ließ mich meine Richtung ändern. Neugierig folgte ich dem Lärm einen Gang hinunter bis in den Innenhof hinter dem Hauptgebäude, wo Schwertkampf auf der Rasenfläche geübt wurde.

Ich blieb neben einer gusseisernen Bank stehen und sah zu, wie zehn Jugendliche – in meinem Alter und ein bisschen älter – trainierten. Es war nur ein Mädchen darunter, dunkelhaarig, mit einem entschlossenen Ausdruck im Gesicht.

Bran warf einen Blick über die Schulter und entdeckte mich. Ich hob die Hand und ging zu ihm. »Möchtest du mitmachen? Das wäre eine gute Ergänzung zu unserem Training«, meinte er.

»Was für ein Kurs ist das?«

»Schwertkampf für Fortgeschrittene. Zum größten Teil Collegestudenten. Zum größten Teil Ramseys.«

Während ich den Schwertkämpfern zusah, fragte ich mich, wie es wohl war, so eine große Familie zu haben. »Sind Kinder von Ihnen dabei?«, erkundigte ich mich.

»Nur entfernte Verwandte, außer dem Mädchen da. Kieran. Meine Tochter«, sagte er stolz. »Die Jüngste in diesem Kurs.«

»Das überrascht mich nicht.« Ich wollte nicht allzu beeindruckt klingen. Brans Ego war schon groß genug. »Wie alt ist sie?«

»Dreizehn. Sie könnte dir in weniger als sechzig Sekunden den Kopf vom Körper trennen. Das hätte sie übrigens schon mit zehn geschafft.«

Ich lachte. »Ich werd's mir merken. Sie haben nicht zufällig noch ein paar Sprösslinge an der Presby, denen ich besser aus dem Weg gehen sollte?«

Bran zog angesichts meiner Wortwahl eine Augenbraue hoch. »Nein, nur noch sie.«

Dann schwieg er und sah zu, wie die Jugendlichen ihre Übungen absolvierten. Ich kaute auf der Innenseite meiner Wange herum und fragte mich, was das zu bedeuten hatte. Hatte er noch andere Kinder, die bereits ihren Abschluss an der Presby gemacht hatten, oder, schlimmer, war Kieran das einzige überlebende Kind von ihm?

»Warum bist du hier, Selkirk?«

»Reiner Zufall. Ich habe noch ein bisschen recherchiert.«

»In der Bibliothek, nehme ich an. Ich hoffe, du denkst gründlich nach, bevor du etwas Dummes tust.«

Ich musste an die Steinplatte denken und schluckte. »Ich hätte nicht gedacht, dass Sie das interessiert«, scherzte ich, wurde dann aber ernst. »Wenn ich einen Weg finde, um in Athenes Tempel zu kommen, tu ich es. Würden Sie versuchen, mich aufzuhalten?«

Er dachte lange nach. »Jeder hat eine bestimmte Aufgabe in seinem Leben. Ich würde dich nicht von deiner abhalten. Aber ich möchte dir einen Ratschlag geben, für den Fall, dass du tatsächlich einen Weg in den Tempel findest: Ignoriere deine Gefühle und verlasse dich auf dein Training. Verstanden?«

»Ja. Ich soll mit meinem Kopf denken, nicht mit meinem Herzen.«

»Nicht ganz. Das Herz ist das, was einen Krieger groß macht. Denk mit deinem Kopf, ja, aber dein Herz gibt dir Leidenschaft und Zielstrebigkeit. Den ganzen anderen Mist – Ängste, Sorgen – ignorierst du. Paarweise!«, rief Bran der Gruppe zu. Sofort bildeten sich Zweiergruppen. »Du bist noch nicht so weit«, fuhr er fort. »Du hast nur wenig Kontrolle über deine Macht und deine Kenntnisse in Zauberei und Schwertkampf sind beschämend.«

»Vielen Dank auch.«

»Aber Herz hast du. Und deine Macht ist ungezügelt und stark, daher gibt es vielleicht ...«

»Halt«, sagte ich energisch. »So viele Komplimente halt ich nicht aus. Was würden Sie an meiner Stelle tun?«

»Ich würde das Unmögliche möglich machen.«

Ich lachte. Natürlich würde er das tun.

Er grinste.

»Und jetzt im Ernst«, drängte ich ihn.

»Ich würde alles tun, was ich könnte, und noch etwas mehr, Selkirk. In einem großen Opfer, einer noblen Tat liegt eine ungeheure Macht. Es gibt Momente ... kurze, glorreiche Momente, in denen das Unmöglich möglich wird. Vergiss das nie.«

Er musterte die Gruppe, während ich ihn mit offenem Mund anstarrte.

Wer hätte gedacht, dass Bran so philosophisch werden konnte? Er war mehr als nur eine Sportskanone und ich hatte den starken Verdacht, dass er aus Erfahrung sprach. »Okay«, sagte ich schließlich. »Irgendwann müssen Sie mir mal etwas über Ihr Leben erzählen.«

Er schnaubte. »Nur, wenn du es dir verdient hast, Selkirk.«

Jetzt hatte ich wohl ein Ziel.

Als ich wieder im *GD* war, konnte ich mich kaum noch auf den Beinen halten.

Die Beignets waren köstlich gewesen, hatten aber nicht lange satt gemacht. Es war schon ziemlich spät und ich war am Verhungern. Ich ging in die Küche. In einem Handtuch auf der Arbeitsplatte lag noch etwas Brot, von dem ich mir ein großes Stück abriss. Dann löffelte ich mir noch ein paar übrig gebliebene rote Bohnen und Reis in eine Schale.

Ich setzte ich mich an den Küchentisch und begann zu essen.

»Hallo.« Crank ließ sich mir gegenüber auf einen Stuhl fallen. »Wo bist du gewesen?«

»Recherchieren in der Bibliothek«, antwortete ich mit vollem Mund.

»Hast du was gefunden?«

»Vielleicht ...«

»Ari hat in der Bibliothek etwas gefunden«, sagte sie zu Dub, der hereinkam, sich die Augen rieb und herzhaft gähnte. Er ignorierte uns, machte den Kühlschrank auf und starrte eine Weile ins Leere, bevor er ihn wieder zumachte und sich neben mich an den Tisch setzte.

Dub kratzte sich am Kopf. »Ich bin auf der Couch eingeschlafen. Ich hab mich schon gefragt, wo du bleibst ...« Er griff an mir vorbei und stibitzte ein Stück von meinem Brot.

»Hör auf, mein Essen zu klauen«, sagte ich, als er sich noch mehr nehmen wollte. »Hol dir selber was.«

Er seufzte und legte den Kopf auf den Tisch. »Ich kann nicht. Dazu bin ich zu faul.«

Henri kam herein und nahm sich einen Stuhl »Du warst in der Bibliothek? Was hast du gefunden?«

Eine Sekunde später folgte Sebastian. Er lehnte sich an die Küchentheke.

Ich zuckte mit den Schultern und schob mir noch einen Bissen in den Mund. »Ich habe noch einen Text gelesen, in dem es darum geht, dass eine Hexe den Fluch eines Gottes entwirren konnte.«

»Das ist gut, oder?«, warf Crank begeistert ein. »Das bedeutet, dass wir eine finden und bitten müssen, dir zu helfen.«

»Falls es so eine Hexe noch gibt«, erklärte ich. »Die beiden Hinweise, die ich bis jetzt gefunden habe, waren sehr alt. Nichts aus den letzten 500 Jahren.«

»Ich kann meinen Dad danach fragen«, bot Sebastian an.

»Danke.« Ich konzentrierte mich darauf, so viele Bohnen wie möglich auf meinen Löffel zu bekommen. »Außerdem habe ich eine Steinplatte gefunden, auf der davon die Rede war, dass Priesterinnen durch ein Tor zwischen unserer Welt und Athenes Tempel hin- und herreisen konnten. Und es gibt vielleicht eine Möglichkeit, so ein Tor zu öffnen.« Ich lächelte gequält. »Dazu brauchen wir nur ein bisschen von Athenes Blut.«

Henri schnaubte. »Ja, klar. Ganz einfach. Und wenn wir schon dabei sind, können wir auch gleich für den Weltfrieden sorgen und Leben auf dem Mars entdecken.«

Ich schnitt eine Grimasse.

»Damit wären wir bei Dingen, die *nie* passieren werden«, warf Dub ein, während er sich zurücklehnte und die Hände hinter dem Kopf verschränkte. »In die Kategorie fällt wohl auch, Henri dazu zu bringen, dass er mal badet und sich die Haare schneidet. Und dass Ms. Morgan sich in ihn verliebt.«

Crank kicherte. »Weltfrieden ist vielleicht einfacher.«

Sebastian grinste still vor sich hin. Henri wurde rot wie eine Tomate und sprang wütend auf. Ich lachte.

»Leck mich, Dub«, stieß Henri hervor. Dann stürmte er aus der Küche.

»Noch etwas, das nie passieren wird, Henri!«, rief Dub, als Henri wütend über das Parkett trampelte. Die Haustür wurde aufgerissen und fiel mit einem lauten Knall ins Schloss.

Armer Henri. Er war so verliebt in Ms. Morgan, die junge Frau, die den Kindern und Jugendlichen im *GD* Essen brachte und sie im Lesen unterrichtete, zumindest wenn sie es lernen wollten. Offenbar war sie ein Engel. Und hier im Haus war sie eindeutig Henris wunder Punkt. Niemand dachte sich etwas dabei, Henri ständig damit aufzuziehen, weil er es meistens auch verdient hatte. Wir teilten alle kräftig aus. Aber nachtragend war keiner von uns. Wir waren schon eine komische Familie.

Nachdem ich gegessen hatte, unterhielt ich mich noch ein wenig mit den anderen, spülte mein Geschirr und ging dann nach oben.

Ich setzte mich auf meinen Schlafsack und nahm meinen Notizblock, um mir noch einmal die Symbole anzusehen und mich zu fragen, wie um alles in der Welt ich an Athenes Blut kommen sollte.

Ein leises Klopfen an der Tür schreckte mich aus meinen Gedanken. Als ich den Kopf hob, sah ich Sebastian im Rahmen stehen. »Kann ich reinkommen?«

»Klar.«

Er setzte sich neben mich, mit dem Rücken an die Wand und keinen drei Zentimetern Abstand zwischen unseren Schultern. »Was ist das?«

»Die Symbole, die Athenes Hohepriesterin zum Öffnen des Tors benutzt hat.«

»Ich nehme an, sie werden mit Athenes Blut gezeichnet.«

»Genau, aber das hilft uns jetzt überhaupt nicht weiter.«

Ich hasste es, so weit gekommen zu sein, nur um dann in einer Sackgasse zu landen; es war so unglaublich frustrierend. Wie lange würde es dauern, Violet und meinen Vater zu retten? Und wie viel Zeit blieb mir noch, bevor Athene ihnen etwas antat, was sich nicht mehr rückgängig machen ließ?

Sebastian nahm meine Hand. Unsere Finger spielten miteinander. Ich mochte es, ihn zu berühren, die Wärme seiner Haut zu spüren, so mit ihm verbunden zu sein wie jetzt. Ich sah ihn an und lächelte gequält.

»Was?«, fragte er.

Sein Daumen fuhr zärtlich über die Außenseite meiner Hand. »Du weißt, was an meinem einundzwanzigsten Geburtstag passiert. Und du weißt auch, was passieren könnte, wenn ich versuche, Violet und meinen Dad zu retten.« Ein Teil von mir wollte ihm wohl sagen, dass er es sich sparen konnte, etwas mit mir anzufangen.

Er nickte, ob zustimmend oder verstehend, wusste ich nicht so genau. Und ich konnte nicht anders, ich musste an das denken, was Josephine zu mir gesagt hatte, darüber, warum Sebastian sich von mir angezogen fühlte. War ich es? Oder war es die Herausforderung, die Rebellion, die Gefahr, die ich ausstrahlte, so, wie sie das behauptet hatte?

Ich starrte auf unsere Hände, während das Schweigen zwischen uns immer länger wurde.

»Ari.« Seine Stimme klang so unglaublich vertraut und innig, als er meinen Namen sagte.

Wenn ich ihn jetzt ansah, würde er mich küssen. Ich wollte es so sehr, aber ...

Meine Hand drückte seine. In meinem Zimmer wurde es immer wärmer. Oder vielleicht war auch nur mir warm. Ich schluckte und hob den Kopf. Unsere Blicke trafen sich.

Plötzlich ging mit einem lauten Knall die Tür auf.

Henri stand vor uns, völlig außer Atem, Dub und Crank hinter sich. »Die Erben der Novem ... im Saenger-Theater ... ihre Mardi-

Gras-Party.« Er holte tief Luft. »Sie haben einen von Athenes Schergen geschnappt.«

Sofort überfiel mich ein ungutes Gefühl. Ich war diesen Kreaturen bereits begegnet und es war mir noch lebhaft in Erinnerung. Aber das ... das könnte die Lösung zu meinem Problem sein. Ich sprang auf und suchte meine Waffen zusammen.

»Sie haben ihn im Theater erwischt?«, fragte Sebastian, während ich mir mein Schwert an den Oberschenkel schnallte und meine Neunmillimeter in den Hosenbund steckte. Henri nickte. Sebastian fluchte leise. »Idioten.«

Ich zog meine Jacke an, dann drehte ich meine Haare zu einem Knoten und steckte ihn mit zwei Haarstäbchen aus Holz fest. »Ist das die Party, von der Gabriel gesprochen hat?« Als ich mit meinen Haaren fertig war, zog ich meine Stiefel an.

»Ja, die veranstalten sie jedes Jahr. Ihr eigener ›Ball‹. Keine Regeln. Keine Eltern.«

»Ich dachte, die Ruinen wären zu gefährlich?«

»Das Saenger liegt am Rand des Viertels, wie das Charity Hospital. Nicht innerhalb der Ruinen, aber auch nicht restauriert.«

Ich hastete den anderen hinterher aus dem Zimmer und lief die Treppe hinunter, während das Adrenalin in meinem Körper mein Herz schneller schlagen ließ. Wenn wir mit dieser Kreatur sprechen könnten, wenn wir sie dazu bringen könnten, uns zu sagen, wo das Tor war ...

Crank stand mit Henri und Dub zusammen am Fuß der Treppe. Sie war kreidebleich, hatte die Augen weit aufgerissen und starrte ins Leere. Ich wurde langsamer.

Für Crank waren die Ruinen ein Ort des Schreckens. Sebastian hatte sie dort gefunden, neben der Leiche ihres Bruders sitzend, der ungefähr so alt gewesen war wie Sebastian selbst und auch so ähnlich ausgesehen hatte. Sie hatte unter Schock gestanden, hatte gedacht, Sebastian wäre ihr Bruder, und war ihm aus den Ruinen gefolgt. Seitdem hielt sie ihn für ihren Bruder.

Und Sebastian sah keinen Grund, ihr die Wahrheit zu sagen.

Ich war der Meinung, dass sie sich damit auseinandersetzen würde, wenn sie so weit war. Doch als ich jetzt den Ausdruck auf ihrem Gesicht sah, war mir sofort klar, dass sie auf keinen Fall mitgehen würde. Crank leugnete, was mit ihrem Bruder passiert war, aber sie wusste genau, was in den Ruinen lauerte.

Ich ging die restlichen Stufen nach unten und zog den Reißverschluss meiner Jacke hoch. »Dub, warum bleibst du nicht mit Crank zusammen hier? Es wird nicht lange dauern.«

Er wollte unbedingt mit. Ich sah es ihm an – er war ganz versessen auf ein bisschen Action. Es war egal, dass er noch so jung war; vermutlich hatte er schon mehr Gewalt und Gräueltaten gesehen als die meisten Cops, die ich aus Memphis kannte.

Crank sagte nichts. Sie würde niemals darum bitten, hierbleiben zu können. Sie war zu stolz, zu dickköpfig und wollte unbedingt alles so machen wie die Jungs.

Dub ging zur Haustür und riss sie auf. »Wenn ihr glaubt, dass ich nachts in die Ruinen gehe, seid ihr verrückt.«

Crank war so erleichtert, dass ihre Schultern zusammensackten. Und ich wäre am liebsten zu Dub gegangen und hätte ihn umarmt, aber er wich meinem Blick aus.

»Wenn wir bis morgen früh nicht zurück sind, geht ihr zu meinem Dad«, sagte Sebastian zu ihnen.

Crank und Dub nickten.

»Und wehe, du setzt einen Fuß in mein Zimmer, du Weichei«, sagte Henri beim Hinausgehen, während er Dub die Haare zerzauste.

»Wir sind nicht lange weg«, fügte ich lässig hinzu. Dann ging ich auf die Veranda hinaus und in den dunklen *Garden District*. Ich hatte kein gutes Gefühl dabei.

Zwölf

Wir drei näherten uns dem Saenger-Theater von der Canal Street aus. Musik dröhnte uns entgegen, mit einem pulsierenden, schnellen Bass, den ich am ganzen Körper spürte.

Ich steckte die Hände in die Taschen und sah nach oben, während wir über die Straße gingen. Die gewaltige Mauernische über dem Eingang hatte eine gewölbte Rückwand und wurde von zwei klassischen Säulen flankiert. In der Nische stand die riesige Statue einer nackten Frau – eine der Musen, vielleicht auch irgendeine Göttin.

Jemand hatte der Statue eine Mardi-Gras-Maske über das Gesicht gezogen und violette, goldene und grüne Mardi-Gras-Ketten um den Hals geschlungen, was ihre Nacktheit noch betonte und sie erotischer, schamloser und verrucht wirken ließ.

Die Statue stimmte uns auf das ein, was uns erwartete, als wir durch das Foyer in den Zuschauerraum traten. Der Balkon über unseren Köpfen ließ den Raum zuerst sehr dunkel wirken. Mehrere Sitzreihen unter dem Balkon machten diesen Bereich des Theaters zu einem perfekten Ort, um unbeobachtet miteinander zu knutschen oder sich in Ruhe mit Freunden zu unterhalten, doch als wir ein paar Schritte hineingegangen waren, sahen wir plötzlich einen gewaltigen Saal vor uns. Es war wie der Übergang in eine andere Welt und eine andere Zeit.

In der Mitte des Theaters brannte ein riesiges Lagerfeuer, das die drei Stockwerke hohen Wände beleuchtete.

»Wow«, flüsterte ich. Mir war, als stünde ich in einem riesigen Innenhof, umgeben von den Wänden einer Kaiservilla aus dem alten Rom.

Die Wände des Theaters waren gestaltet wie die Außenseite von Tempeln und Gebäuden mit Spitzdächern und Säulen, doch dahinter steckte nur eine geschickte Illusion. Teile der Decke waren erhalten geblieben und mit einem Nachthimmel bemalt, der Rest war eingestürzt und Wind und Wetter ausgesetzt.

Auf der Bühne spielte eine Band, wild und extrem, mit bemalten Gesichtern und bunt gefärbten Haaren. Die laute Musik sprang mich an, sie pulsierte durch meinen Körper und machte mich nervös.

Jenseits des Balkons waren sämtliche Sitze herausgerissen worden – der Größe des Zuschauerraums nach zu urteilen, mussten es Tausende gewesen sein.

Alle Gäste tanzten, tranken, aßen, lachten, schrien, stritten, küssten sich. Der Bass ließ die Bühne erzittern. Die Kleider der Mädchen waren knapp, die Masken elegant und geheimnisvoll. Im Licht des Feuers funkelte und glitzerte alles. Es war eine zügellose, dekadente Szene, wild und sinnlich ... hypnotisierend.

»Hier lang«, sagte Sebastian, während er mich mit sich zerrte.

Wir gingen gerade am Lagerfeuer vorbei, als ein Junge seinen Freunden zurief: »Seht euch das mal an!« Er machte eine Bewegung mit den Händen. Plötzlich wurde eine der Flammen im Feuer heller, schoss in die Höhe und nahm dann die Umrisse einer tanzenden Frau an. »Mach ihr mal eine Stripteasestange!«, brüllte jemand.

Alle brachen in schallendes Gelächter aus.

Henri führte uns zwischen den Feiernden hindurch um das Feuer herum, bis wir die linke Seite des Theaters erreicht hatten, wo eine kleine Gruppe im Kreis stand.

Ich entdeckte Gabriel sofort. Er trug ein weißes Hemd und eine dunkle Hose, Teile von einem Anzug, bei dem er Krawatte und Jackett weggelassen hatte. Der Kragen seines Hemds war aufgeknöpft, eine schlichte goldene Maske verbarg die obere Hälfte seines Gesichts.

Er wandte sich um und sah mich an. Einige der anderen drehten die Köpfe in meine Richtung, vermutlich die übrigen Erben der Novem und ihre Freunde. Die kleine Gruppe bestand aus älteren Jugendlichen – denen, die an der Presby das Sagen hatten und eines Tages die Stadt regieren würden.

Gabriel trat einen Schritt aus dem Kreis, sodass eine von Athenes grotesken Kreaturen sichtbar wurde.

Ich blieb stehen. Diese Art hatte ich schon einmal gesehen. Eines dieser Wesen hatte versucht, mir den Kopf abzureißen. Es sah aus wie ein Mensch, doch seine Gliedmaßen waren völlig verkrüppelt, als hätte man ihm alle Gelenke verrenkt und verdreht. Es stand vornübergebeugt da. Seine Haut war grau, ledrig und völlig haarlos. Über den linken Augenwinkel zog sich eine alte Narbe, was das Augenlid darunter schlaff herunterhängen ließ. Es hatte zwei kleine Öffnungen als Nasenlöcher, aber von einer Nase konnte man nicht sprechen. Auch besaß es keine Lippen, nichts, um die winzigen, scharfen Zähne zu verbergen, mit denen es gerade die Umstehenden anknurrte.

Die Kreatur war dünner und wesentlich älter als die, mit denen ich auf dem Friedhof gekämpft hatte. Schwächer. Was vielleicht auch erklärte, warum die Erben sie hatten fangen können.

»Ich wusste, dass ihr kommen würdet«, sagte Gabriel grinsend.

Sebastian erstarrte, Henri schnaubte abfällig, während er die Arme vor der Brust verschränkte.

Gabriel sah von Sebastian zu Henri. Der wütende Blick, den er Henri zuwarf, ließ mich vermuten, dass die beiden sich kannten.

»Wir amüsieren uns gerade prächtig. Wollt ihr mitmachen?«

Ein maskiertes Mädchen in einem eng anliegenden schwarzen Kleid breitete die Arme aus. Ein heftiger Wind fuhr auf uns herunter und hüllte die Kreatur ein. Sie begann zu schreien, als unsichtbare Fesseln um sie herum enger gezogen wurden. Das Mädchen in dem schwarzen Kleid hielt die Spannung einige Sekunden aufrecht und ließ dann los. Dann rannte ein Junge in den Kreis, so unnatürlich schnell, dass er nur als verschwommener Fleck wahrzunehmen war, dem meine Augen kaum folgen konnten. Auf dem Oberkörper der Kreatur sah man plötzlich mehrere Schnittwunden, bevor der »Fleck« neben Gabriel stehen blieb.

Das Ding schrie und wehrte sich heftig, als der Boden um seine Füße herum einbrach. Wurzeln schossen von unten heraus und bohrten sich wie Speere in seine Füße. Die Musik war ohrenbetäubend laut. Hinter mir loderte das Feuer, die Party ging weiter, als würde sich niemand dafür interessieren, dass das Wesen hier gefoltert wurde.

Sie spielten, testeten, wetteiferten mit ihren Zauberkräften, wollten herausfinden, zu was sie fähig waren. Aber es war kein fairer Kampf. Es war überhaupt nicht fair.

Ich konnte nicht mehr zusehen. Ohne nachzudenken, trat ich vor, packte Gabriel am Arm und drückte fest zu. »Sag ihnen, dass sie aufhören sollen. Das ist falsch.«

Er starrte auf meine Hand an seinem Arm. Langsam schob er seine Maske nach oben. Seine Augen glänzten, das Gesicht war leicht gerötet; offenbar hatte er schon einiges getrunken. Er grinste und zeigte mir seine spitzen Eckzähne. Der Blick, der über meinen Hals kroch, war unmissverständlich.

»Versuch's doch«, stieß ich hervor.

»Es wäre kein Versuch, Schätzchen. Wenn ich deinen Hals haben will, bekomme ich ihn auch, das kannst du mir glauben.«

Die Kreatur schrie wieder auf.

»Hört auf, ihm wehzutun.«

Gabriel runzelte die Stirn. »Warum? Sei doch kein Spielverderber. Das *Ding* ist der Feind. Wir sind im Krieg gegen Athene.«

»Und? Was habt ihr vor? Wollt ihr es zu Tode foltern? Feind hin oder her, es ist falsch, und das weißt du auch.«

Gabriel lachte. »Vielleicht hast du ja ein bisschen zu viel Mitgefühl für diese Kreatur, weil ihr im Grunde genommen das Gleiche seid. Ihr seid beide von Athene gemacht worden. Ihr seid beide ... *Monster*.«

Weißglühende Wut stieg in mir auf, so extrem, dass unmittelbar darauf eine sonderbare Ruhe folgte. Ich wollte meine Neunmillimeter ziehen, war aber nicht sicher, wie Blutgeborene oder die anderen hier darauf reagieren würden, mit einer Pistole bedroht zu werden. Oder erschossen zu werden, falls es so weit kommen sollte. Blutgeborene hörten mit Anfang zwanzig auf zu altern, wenn ihre regenerativen Gene die Oberhand gewannen und sie nahezu unsterblich machten. Gabriel war noch nicht so alt, was bedeutete, dass eine Kugel ihn unter Umständen töten konnte, wenn es schlecht lief.

Trotzdem war ich der Meinung, dass Gabriel einen Dämpfer verdient hatte und seine Freunde ruhig sehen sollten, dass auch er Schwächen hatte. Langsam hob ich die Hand und zog die beiden Holzstäbe aus meinen Haaren.

Sie fielen als glänzender weißer Vorhang bis zu meiner Taille. Wie erwartet, riss Gabriel die Augen auf und starrte fasziniert meine Haare an.

Und in diesem Moment wirbelte ich herum, packte ihn an der Schulter und fegte ihm die Beine weg. Als er fiel, schob ich mich hinter ihn, schlang meine Beine um seine Taille und legte meine Arme um seine Schultern. Dann drückte ich ihm die spitzen Enden der Stäbe gegen die Halsvene.

Ich presste meinen Kiefer an sein Ohr. »Die einzigen Monster hier sind du und deine kranken Freunde«, fauchte ich. »Foltern und töten macht einen nicht stark oder beliebt, es macht einen nur zu einem selbstsüchtigen Stück Scheiße wie Athene. Und jetzt lässt du das Ding gehen.«

Gabriel versuchte, sich aus meinem Griff zu befreien. Ich hatte keine Ahnung, was um uns herum geschah. Jeder hier hatte irgendeine Begabung und wir waren den anderen zahlenmäßig so unterlegen, dass ich mich fragte, warum Gabriel nicht einfach zu lachen begann.

»Mmm«, flüsterte er. »Deine Haare riechen verdammt gut.«

Plötzlich wurde alles langsamer. Mein Körper fühlte sich warm und schwer an, meine Gedanken entglitten mir. Gabriel drehte sich in meinen Armen herum, zog mich in seinen Schoß und drückte meinen Oberkörper sanft auf den Boden. Meine Haare fielen nach hinten. Er lächelte auf mich herab.

Mein Kopf kippte zur Seite, mein Hals wölbte sich ihm entgegen. Ich hatte das Gefühl, in einem Traum zu sein. Es sah aus, als ob Henri und Sebastian gegen Luft ankämpften; Anne Hawthorne und das andere Mädchen hatten die Arme ausgebreitet und hinderten die beiden irgendwie daran, näher zu kommen.

Gabriel beugte sich zu mir herunter und berührte mit den Lippen meinen Hals. Ich keuchte, doch es hörte sich an wie in Zeitlupe.

»Ich frage mich, ob du so gut schmeckst, wie du aussiehst.«

Als seine Zähne meine Haut berührten, erschauerte ich.

Mein Herz raste. Mein Blick ging zu der Gruppe. Die Flammen des Lagerfeuers flackerten langsam über die Masken, die Kleider, das Gelage um uns herum.

Und dann sah ich, wie sich hinter Anne und dem anderen Mädchen ein dunkler Schatten erhob. Athenes Scherge. Er schlug das Mädchen in dem schwarzen Kleid nieder. Sebastian und Henri, die jetzt nicht mehr festgehalten wurden, stürmten auf Gabriel und mich zu, doch die Kreatur erreichte uns zuerst. Sie fegte Gabriel von mir herunter, packte mich am Handgelenk und riss mich hoch wie eine Stoffpuppe. Die hypnotisierende Verbindung zwischen Gabriel und mir riss sofort ab. Mit einem Mal konnte ich wieder klar denken.

Ich hatte keine Zeit, wieder zur Besinnung zu kommen, denn die Kreatur stürmte durch die Menge, mit mir im Schlepptau. Ich konnte kaum Schritt halten.

Schreie hallten durch den Zuschauerraum, als die Kreatur einen nach dem anderen zur Seite stieß. Irgendwo hinter mir hörte ich Henri etwas brüllen. Wo zum Teufel war Sebastian?

Die Kreatur bahnte sich ihren Weg durch die Menge der Partygäste und schleuderte die im Weg Stehenden mit ihrem freien Arm zur Seite. Eine laute Explosion ließ das Theater beben. Dann spürte ich eine Welle heißer Luft über meinem Kopf. Als ich einen schnellen Blick über die Schulter warf, sah ich, dass hohe Stichflammen aus dem Lagerfeuer schossen, so als hätte jemand Brandbeschleuniger hineingegossen.

Im Bruchteil einer Sekunde bekam ich mit, wie Sebastian sich von dem Feuer abwandte und mich von Weitem im Auge behielt. Als die Kreatur mich ins Foyer zerrte, kam er uns nach.

Ich wurde so schnell mitgeschleppt, dass ich nichts anderes tun konnte, als zu versuchen, nicht hinzufallen. An meine Waffen kam ich auch nicht. Ein stechender Schmerz schoss durch meine Schulter, die mit Sicherheit auskugeln würde, wenn das Ding mich nicht bald losließ.

Erst als wir draußen und hinter der nächsten Straßenecke waren, blieb die Kreatur endlich stehen und ließ mich los.

Ich stolperte nach Luft ringend, ein brennendes Gefühl in der Lunge, als sie sich ganz langsam von mir wegbewegte. Als ich den Griff meines τέρας-Schwertes packte, folgten die Augen der Kreatur meiner Hand. Keiner von uns bewegte sich. Das Wesen starrte mich wieder an und dieses Mal sah ich etwas in seinen Augen – Bewusstsein, Intelligenz ... Dankbarkeit?

Es blinzelte und senkte den Kopf, als würde es mir danken. Als Sebastian und Henri um die Ecke rannten, floh es bereits über die South Rampart Street.

Henri hatte den Blick auf die Kreatur gerichtet. Sebastian rannte an mir vorbei, sah sich kurz nach mir um und brüllte: »Alles okay?«

Ich nickte stumm, völlig fassungslos über das, was gerade passiert war. Doch dann rannte ich ihnen hinterher, so schnell ich konnte. Dieses Ding war unsere Eintrittskarte zu Athenes Tempel; wir durften es nicht verlieren.

Ich holte Sebastian nur ein, weil er auf einmal langsamer lief. Henri war uns schon ein ganzes Stück voraus und die Kreatur hatte einen noch deutlicheren Vorsprung.

»Henri, verlier es nicht aus den Augen!«, brüllte Sebastian ihm zu.

Henri lief schneller, sprang in die Luft und verwandelte sich in einen Falken.

In einen rot gefiederten Falken.

Ein Kreischen drang durch die Luft, als der Vogel steil nach oben schoss. Er war auf der Jagd.

Ich wurde langsamer, blieb heftig keuchend stehen und stützte mich mit den Händen auf den Knien ab. »Henri ... ist ... ein ... Falke.« Ich richtete mich auf und ging im Kreis herum. Jetzt war mir alles klar. Seine merkwürdigen braun-gelben Augen. Die Tatsache, dass er im Auftrag der Novem Gebäude von Ratten und Schlangen befreite. Ja, klar, ganz einfach, wenn man ein Raubvogel war. »Hättet ihr es mir irgendwann mal gesagt?«

»Er wollte es dir selbst sagen. Oder zeigen. Komm mit, die Kreatur will in die Ruinen. Wenn Henri sie verfolgt, kommen wir von hier aus zu Fuß hin.«

Während wir nach Westen rannten, weg von Sicherheit und Zivilisation, tief in die Ruinen von Midtown, wanderten meine Gedanken zu Gabriel zurück. Ich ärgerte mich, weil ich schon wieder zugelassen hatte, dass er aus mir ein hypnotisiertes Kaninchen machte. Ich wusste einfach nicht, wie ich gegen so etwas ankämpfen oder es verhindern sollte.

Sebastian stieß mich mit der Schulter an. »Dazu braucht man Übung.«

»Wie bitte?«

»Man braucht Übung, um sich dem Einfluss eines Blutgeborenen zu widersetzen.«

Ich stolperte und lief dann schneller, um Sebastian wieder einzuholen. »Es wäre besser, du würdest damit aufhören.«

»Womit?«

»Meine Gedanken zu lesen oder wie auch immer du das nennst.«

»Deine Gedanken lese ich nicht. Ich lese deine Gefühle und für die Einschätzung von eben brauchte ich mir nicht besonders viel Mühe zu geben. Schließlich kann ich zwei und zwei zusammenzählen. Wenn mir das passieren würde, wäre ich auch sauer.«

»Ja, klar. Irgendwie bezweifle ich, dass du dir jemals Sorgen darüber machen musst, ob Gabriel es schafft, dir in den Hals zu beißen.« Er lächelte und zuckte mit den Schultern. Wir gingen einige Schritte weiter, bevor ich fragte: »Und? Wie halte ich ihn davon ab, mich zu manipulieren?«

Wir verließen den Bürgersteig, wichen einem Haufen Abfall und Trümmerbrocken aus und gingen dann in der Mitte der Straße weiter.

»Du musst dir nur ständig darüber bewusst sein, was er vorhat. Gabriel wartet darauf, dass du abgelenkt bist oder nicht aufpasst. Nur dann kann er dich beeinflussen. Er braucht dazu knapp eine Sekunde, mehr nicht. Du musst die ganze Zeit Widerstand leisten, denn in dem Moment, in dem du das nicht tust, wird er seine Kräfte einsetzen.«

»Er ist so ein Idiot.« Am liebsten hätte ich eine ganze Schimpftirade auf Gabriel losgelassen. »Wenn ich schon nach einem Jungen so verrückt werde, dann nur, weil ich das so will, nicht, weil mich irgend so ein Arsch dazu zwingt.«

Großer Gott, wie bescheuert war das denn? *Halt die Klappe, Ari. Bevor es noch peinlicher wird.*

»Damit eins klar ist ... ein Mädchen dazu zu zwingen, *verrückt* nach mir zu sein, ist überhaupt nicht meine Art.« Er versuchte nicht einmal, seine Belustigung zu verbergen. »Mir ist es lieber, wenn das *Verrücktwerden* freiwillig ist.«

Ich verdrehte die Augen und rannte schneller, bevor er sehen konnte, dass meine Gesichtsfarbe von Rot zu Dunkelrot gewechselt hatte.

Dreizehn

Midtown sah aus wie ein Kriegsgebiet.

Aber vor dreizehn Jahren hatte hier wohl tatsächlich Krieg geherrscht. Gigantische Wassermassen hatten Müllcontainer, Fahrzeuge und eine Million anderer Dinge quasi als Frontsoldaten verwendet. Manche der Trümmer waren so groß gewesen, dass sie Stützpfeiler und Ecken mitgerissen hatten und Bürogebäude und Hochhäuser teilweise eingestürzt waren. Orkanartige Winde hatten Fensterscheiben eingedrückt, im Innern gewütet und alles Mögliche herausgeschleudert.

Wir betraten Niemandsland. Einen Ort, vor dem mich Sebastian schon an meinem allerersten Tag in New 2 gewarnt hatte. Einen Ort, an dem man nach Sonnenuntergang nichts mehr verloren hatte.

Und doch liefen wir jetzt mitten auf der South Rampart Street durch Midtown. Bei Nacht. Ich hoffte ernsthaft, dass Sebastian einen Plan hatte.

»Wo gehen wir hin?«, fragte ich leise, obwohl ich mir ziemlich sicher war, dass ich die Antwort schon kannte.

»Mitten in die Ruinen.« Er nickte in Richtung der Hochhäuser. »Wir nennen es *Center City*.«

»Bist du dir sicher, dass das eine gute Idee ist? Direkt in die Ruinen zu gehen?«

»Wir sind zu zweit. Solange wir zusammenbleiben, dürfte nicht viel passieren. Die Kreaturen hier jagen allein und sie haben es auf

Einzelpersonen abgesehen. Wenn eine von ihnen versucht, zwei Leute anzugreifen ... müsste sie ...«

»Was? Was müsste sie?«

»Sehr hungrig sein.«

»Na großartig. Perfekt«, murmelte ich , während ich die dunklen, leer stehenden Gebäude musterte. Ein Schauder lief mir über den Rücken. »Ich weiß, dass es mir hinterher leidtun wird, aber was genau läuft hier eigentlich rum?«

»Loup-garous, Metamorphe, Revenants ... Eine ganze Menge.«

»Ich weiß nicht mal, was das für Kreaturen sind.«

Er warf mir ein schiefes Lächeln zu. »Loups-garous und Metamorphe sind außer Kontrolle geratene Gestaltwandler. Sie sind wild. Sie wissen nichts mehr von ihrem menschlichen Leben. Wenn sie könnten, würden sie ihre eigene Familie jagen. Und ›Revenant‹ kommt aus dem Französischen. Es bedeutet Wiedergänger, jemand, der von den Toten zurückkommt ...«

Ich packte Sebastian am Arm und blieb abrupt stehen. »Moment mal. Redest du von Leichen, die als Untote in der Gegend rumlaufen? So was wie Zombies?«

»Ja und nein.« Er wirkte sehr ruhig und völlig in Einklang mit der Umgebung. »Man kann sie nennen, wie man will, glaube ich. Revenants sind mehr als nur untote Menschen. Sie sind seelenlose Vampire. Und sag jetzt nicht, dass Vampire keine Seele haben. Das ist ein Mythos. Ich, meine Mutter, meine Großmutter, Gabriel ... wir haben alle eine Seele. Wir wurden in diese Welt geboren, genau wie Menschen. Auch die Menschen, die in Vampire verwandelt werden, behalten ihre Seele; sie wachen einfach als Taggeborene wieder auf.«

»Und wie verliert dann ein Vampir seine Seele und wird zum Revenant?«

»Das passiert, wenn ein Vampir einen Menschen verwandeln will und dabei Mist baut. Ein Mensch, der während des Blutaustausches stirbt, wird ohne Seele wiedererweckt, und ohne eine Seele ist er nicht mehr ... er selbst. Deshalb haben die Novem strenge Regeln für die Verwandlung von Menschen aufgestellt. Einen Menschen an den Rand des Todes zu bringen und sein Blut auszutauschen, *bevor* seine Seele den Körper verlässt, ist eine exakte Wissenschaft. Revenants sind in der Regel das Ergebnis von Amateuren.«

»Und warum werden sie nicht gleich getötet, wenn man merkt, dass etwas schiefgelaufen ist?«

Sebastian schwieg einen Moment, während wir in die Girod Street abbogen. Vor uns ragten graue Hochhäuser in den Nachthimmel, die mit ihren leeren Fensterhöhlen nur noch wie Skelette ihres früheren Selbst aussahen. Unsere Schritte hallten, als wir über Trümmer stiegen und an verrosteten Fahrzeugen vorbeigingen. Überall lag Zeug herum, das nicht hierhergehörte – eine Badewanne, ein Karussellpferd, das auf die Seite gekippt war, ein Pontonboot ...

»Stell dir vor, dass du jemanden retten möchtest, den du liebst«, sagte er. »Oder jemanden verwandelst, damit er nicht alt wird und du ihn verlierst. Und dann machst du einen Fehler ... Könntest du ihn töten? Könntest du ihn mit Benzin übergießen und verbrennen? Denn das ist die einzige Möglichkeit, um sie endgültig zu töten, wenn sie erst einmal wiederauferstanden sind. Also lassen ihre Schöpfer sie gehen. Aber wie ich schon sagte, die Novem sind in dieser Beziehung sehr streng, daher gibt es nicht so viele von ihnen.«

Die Gegend war so still, dass jedes Geräusch, jeder Schritt, jedes metallische Knarren wie Donner hallte. Sebastians Worte bedrückten mich. Selbst bei der Erschaffung der lebenden Toten war Menschlichkeit im Spiel. Verlust. Reue. Liebe.

»Wann werden die Novem hier aufräumen?«

»Wer weiß. Vielleicht nie. Sie werden zuerst den *GD* restaurieren, bevor sie hier anfangen. Hin und wieder schicken sie ein paar Henker her, um zu verhindern, dass die Ruinen zu voll werden, aber abgesehen davon überlassen sie das Viertel sich selbst.«

Die Straße vor uns wurde von einem riesigen Trümmerhaufen blockiert. Bei einem der Gebäude war eine Seite eingestürzt, woraus sich eine mehrere Meter hohe Barriere aus Baustahlmatten, Beton und Glas gebildet hatte.

»Pass auf Glas und Metall auf«, sagte Sebastian, während wir an der niedrigsten Stelle über den Haufen kletterten. Überall in den Ruinen roch es nach Betonstaub und Schimmel. Ein durchdringender Gestank lag in der Luft, der sich in meinem Rachen festsetzte. Egal wie oft ich schluckte, ich wurde ihn einfach nicht los.

Plötzlich hörten wir den Schrei des Falken. »Da lang«, sagte Sebastian.

Als wir den Trümmerhaufen hinter uns gelassen hatten, kamen wir zur Kreuzung an der Loyola Street.

Die Haare in meinem Nacken stellten sich auf.

Jemand beobachtete uns aus den Schatten der Ruinen heraus.

Hier draußen waren wir Zielscheiben. Ich spürte tausend Augen auf uns gerichtet, auf beiden Seiten der Straße, über uns in den hohen Gebäuden, überall.

Langsam drehte ich mich um mich selbst und starrte auf die riesigen Gebäude des Entergy Tower und des Hyatt Regency, hinter denen der Superdome lag.

Meine Hand tastete nach der Neunmillimeter, meine Finger schlossen sich um den Griff. Das kühle Metall beruhigte mich. Immer wieder hörten wir Geräusche, Kratzen von Metall, dumpfe Schläge, Krabbeln.

»Sie verfolgen uns«, flüsterte ich Sebastian zu, als wir Seite an Seite die Straße überquerten. »Warum greifen sie nicht an? Und warum zum Teufel hast du keinen Flammenwerfer mitgenommen?«

Ich versuchte nicht, witzig zu sein – ich stand kurz vor einer Panikattacke. Wie sollten wir gegen etwas kämpfen, das nicht starb, es sei denn, man verbrannte es? Wir gingen auf den Entergy Tower zu. Er ragte aus einem riesigen Trümmerhaufen hervor. Die meisten der achtundzwanzig Stockwerke hatten keine Außenwände mehr.

»Noch nicht losrennen«, warnte Sebastian. »Geh einfach ganz ruhig weiter. Vielleicht zögern sie so lange, dass wir es in den Tower schaffen. Aber wenn sie angreifen, rennst du, als wäre der Teufel hinter dir her.«

Ich bekam eine Gänsehaut. Mir gefiel das überhaupt nicht; ich fühlte mich hier draußen im Freien ausgesprochen unwohl. Mein Herz raste. Ich schwitzte, obwohl es kühl war.

Als wir auf den Tower zugingen, stürzte der Falke aus dem Himmel zu uns herunter und verwandelte sich in Henri. Es geschah in einer fließenden Bewegung und dann ging er einfach neben Sebastian her und gab uns sofort einen Lagebericht. »Das Tor ist im Entergy Tower. Siebzehnter Stock. Ostseite. Ich habe das Ding in einen Wandschrank gesperrt, bevor es verschwinden konnte. Der Schrank wird es allerdings nicht lange aufhalten können.« Wir gingen schneller. »Zwei Metamorphe, einer in der Nähe des Hyatt, der andere in der Nähe des Trümmerhaufens.« Okay, das war gar nicht mal so schlecht, mit denen würden wir schon ... – »Drei Revenants. Einer auf dem Parkdeck, einer auf dem Dach des Towers und der dritte ist direkt hinter uns!«

Henri drehte sich genau in dem Moment um, in dem die Kreatur mit ihm zusammenstieß. Er ließ sich auf den Rücken fallen und nutzte den Schwung, um den Revenant wegzuschleudern.

Ich sah das Ding nur kurz – zerfetzte Kleidung, bleiche, eingefallene Haut, verfilzte Haare –, aber es war grauenhaft.

»Scheiße«, fluchte Sebastian.

»Beeilung!« Henri lief auf den Tower zu.

Ich zog meine Waffe und hob sie hoch. Plötzlich sprang ein Wolf in meinen Weg, ein knurrendes, langgliedriges Tier. Ich drückte ab. Er jaulte und wich einige Schritte zurück, während ich die Pistole in die linke Hand nahm und mit der rechten mein τέρας-Schwert zog, mit dem ich in einem weiten Bogen ausholte, als der Wolf wieder angriff.

Er war mir so nah, dass mir sein fauliger Atem entgegenschlug. Das Schwert drang durch Haut und Muskeln. Es geschah alles so schnell. Ich überlegte nicht, ich reagierte nur.

Sebastian, Henri und ich bewegten uns dicht aneinandergedrängt weiter und behielten die Umgebung im Auge. Der Eingang zum Turm war nur noch wenige Meter entfernt. »Du hast doch gesagt, dass die Novem den Bestand kontrollieren, und dass diese Kreaturen immer allein auf Jagd gehen«, flüsterte ich Sebastian zu.

»Tun sie ja auch. Normalerweise. Sie müssen Hunger haben.« Plötzlich sprang ein großer schwarzer Panther vom Trümmerhaufen herunter und lief über die Straße. Dann machte er einen Satz auf das Dach eines Autowracks und stieß sich davon ab, um uns anzugreifen.

»Den übernehm ich!« Sebastian hob die Hände und machte eine weit ausholende Bewegung, während er sich gleichzeitig um die eigene Achse drehte. Wind kam auf. Neben uns wurde ein Auto ohne Türen und Fenster hochgehoben, so als wäre es von dem Luftwirbel erfasst worden, den Sebastian mit seiner Bewegung erzeugt hatte. Der Wagen bewegte sich auf die Raubkatze zu, erfasste sie und krachte dann mit ihr zusammen in eines der Gebäude.

»Los, rein hier!« Henri hielt uns die Tür auf. Wir rannten in den Tower und stürmten die Treppe hoch. Als wir den dritten Stock erreicht hatten, hörten wir von unten einen lauten Knall, als etwas oder gleich mehrere uns verfolgten.

Na großartig. Nur noch vierzehn Stockwerke bis in den siebzehnten Stock.

Als wir den neunten Stock erreicht hatten, brannten meine Beine und meine Lunge, ich musste mich am Geländer hochziehen, um weiterzukommen. Trotzdem liefen wir weiter. Den Geräuschen unter uns nach zu urteilen, kamen die Kreaturen näher. Ich hatte keine Ahnung, was geschehen würde, wenn wir es in den siebzehnten Stock schafften. Ich wollte nur früher als sie beim Tor sein.

Wir schafften es. Sebastian winkte uns durch, dann packte er einen alten Metallstuhl und verkeilte damit den Türgriff. Es würde sie nicht lange aufhalten, aber vielleicht lange genug, um ...

»Wo ist das Tor?«, fragte ich Henri.

»Folgt mir!«

Wir rannten den Flur entlang, während der Wind durch das Gebäude heulte. Angst kroch in mich hinein. Ich war kein großer Fan von Höhen. Und jetzt waren wir in einem sehr großen, sehr hohen Gebäude, das keine Außenwände mehr besaß ... Mir wurde schon schlecht, wenn ich nur daran dachte.

Nachdem wir ein paarmal um die Ecke gelaufen waren, kamen wir in ein Großraumbüro. Ein kräftiger Wind blies herein – kein Wunder, schließlich hatte der gesamte Raum nicht eine Außenwand. Man konnte von hier aus die Lichter des *French Quarter* sehen. In den Metallgriffen eines Wandschranks steckte eine Stahlstange. Die Schranktüren erzitterten unter heftigen Schlägen von innen und an einer Tür lösten sich bereits die Angeln aus der Wand. Athenes Kreatur würde sich bald befreit haben.

»Ich glaube, das Tor ist in dieser Wand. Seht ihr die vier Symbole?«, sagte Henri, der völlig außer Atem war.

Als ich näher an die Innenwand links von mir trat, konnte ich vier mit Blut gemalte Symbole erkennen, die ein großes Viereck ergaben, wenn man sie miteinander verband.

Ich richtete meine Aufmerksamkeit wieder auf den Wandschrank. Das Wesen musste uns sagen, wo das Tor hinführte und was uns auf der anderen Seite erwartete. »Könnt ihr es festhalten, wenn wir's rauslassen?«

Blaues Licht erschien über Sebastians Händen, als er und Henri sich vor den Schrank stellten. Sie nickten beide und sahen zuversichtlich aus. Was man von mir nicht gerade behaupten konnte. Das Ding war vielleicht nicht mal in der Lage, mit uns zu kommunizieren.

»Scheiße«, fluchte Henri plötzlich. Er drehte sich um und sah zu der fehlenden Außenwand.

Der Revenant vom Dach. Er war anscheinend an der Außenseite des Hochhauses nach unten geklettert und starrte uns jetzt kopfüber mit fiebrig glänzenden Augen an. Er kroch herein, an der Decke entlang bis zu uns und ließ sich dann fallen.

Wir wichen zurück und bewegten uns langsam auf die Wand mit den Symbolen zu. Die Kreatur im Wandschrank hämmerte immer noch gegen die Türen und war kurz davor, die Angeln aus der Wand zu reißen. Plötzlich stürmte ein zweiter Revenant in den Raum. Obwohl ich wusste, dass eine Kugel ihn nicht aufhalten würde, zog ich instinktiv meine Pistole und drückte ab.

Die Revenants kamen auf uns zu, als plötzlich Athenes Scherge aus dem Schrank ausbrach, an uns vorbeirannte und in der Wand mit den Symbolen verschwand.

Henri sprang vor uns, breitete die Arme aus und rannte direkt auf die Revenants zu. »Das mach ich!«, brüllte er. Dann warf er sich auf die Kreaturen und schob sie mit aller Kraft nach hinten.

Oh Gott, sie bewegten sich direkt auf die fehlende Außenwand zu! Ich schrie auf, als Henri die beiden Revenants über den Rand stieß und sie ihn mit sich rissen.

»Henri!« Ich rannte ihnen nach, ließ mich dann aber wegen meiner Höhenangst auf den Bauch fallen und kroch das restliche Stück bis zur Kante. *Oh Gott, oh Gott, oh Gott ...*

Der Wind peitschte mir ins Gesicht und blies meine offenen Haare nach oben. Henri und die Revenants waren miteinander verschlungen. Ich konnte erkennen, wie die Kreaturen sich an Henri festklammerten, um ihn mit in die Tiefe zu nehmen. Meine Finger krampften sich um die Kante der Bodenplatte. Glasscherben bohrten sich in meine Handballen.

Sie überschlugen sich immer wieder. Die Wucht des Falls riss einen der Revenants weg, doch der andere hing wie festgeklebt an Henri.

Jetzt mach schon, Henri ...

Henri verwandelte sich in einen Falken und entwischte dem Revenant, der ihn mit heftig schlagenden Armen wieder zu greifen versuchte. Die Flügel des Falken breiteten sich aus, er drehte nach rechts ab und flog weg von dem Revenant, der zwischen zwei ausgestreckten Fingern eine Schwanzfeder hielt.

Ich wandte den Blick ab, bevor die Kreatur auf dem Boden aufschlug, und sah stattdessen Henri zu, wie er auf die Lichter des *Quarters* zuflog.

»Auch eine Möglichkeit, ein Zimmer von Ungeziefer zu befreien.«

Als ich Sebastians trockene Bemerkung hörte, richtete ich mich halb auf und stützte mich auf die Ellbogen. Er schüttelte den Kopf und grinste.

»Du bist verrückt. *Henri* ist verrückt.« Ich rutschte zuerst ein gutes Stück vom Rand weg, bevor ich aufstand. Ich zitterte von Kopf bis Fuß.

»Ich würde ja sagen ›Willkommen in New 2‹, aber ich glaube, das hast du schon gehört. Lass mich mal sehen.« Sebastian kam zu mir, nahm meine Hand und drehte sie herum.

Das einzige Geräusch im Raum war der Wind, der durch das dunkle Gebäude pfiff. Er riss an unserer Kleidung und schickte meine Haare in alle Richtungen, während Sebastian eine Glasscherbe aus meinem Handballen zog. Blut quoll aus der Wunde, schimmerndes Rubinrot auf einem Hintergrund aus Schwarz, Grau und Weiß.

Sebastians Griff um meine Hand wurde fester.

Wir hoben beide den Kopf und blickten uns an, als uns klar wurde, was da gerade geschah. Seine grauen Augen wurden heller, sie sahen jetzt wie Silber aus.

Ich hielt die Luft an.

Manchmal vergaß ich einfach, dass Sebastian das Kind eines blutgeborenen Vampirs war. Er hatte mir einmal gesagt, dass alle seiner Art Blut nur schwer widerstehen konnten. Es bedeutete nicht, dass er jemals Blut trinken würde, doch eine Sache wusste ich: Wenn er es tat, würde er von dem Tag an ein Bluttrinker sein. Ein Arnaud, genau wie Josephine, und das war etwas, was Sebastian nie sein wollte.

Er schloss meine offene Hand, machte einen Schritt zurück und ging dann um mich herum zu der Wand mit den Blutsymbolen.

Ich atmete hörbar aus.

»Ari, sieh mal.« Ich ging auf ihn zu, blieb dann aber abrupt stehen. Seine Hand steckte *in* der Wand. »Es funktioniert.«

Ich packte ihn am Arm und riss seine Hand zurück. »Wir wissen nicht, was auf der anderen Seite ist.«

»Ari ...«

»Ich ... ich weiß nicht, was ich tun soll«, gestand ich. »Was sollten wir –« Ich zögerte. Hinter diesem Tor waren vermutlich mein Vater und Violet. Und die Kreatur war wohl schon dabei, Athene darüber zu informieren, dass wir ihr bis zum Tor gefolgt waren.

»*Ari.*«

Als mir der warnende Unterton in seiner Stimme bewusst wurde, lief mir ein Schauder über den Rücken. Sebastian hatte sich von der Wand weggedreht. Er hatte die Hand gehoben, über der sich bereits blaues Licht bildete.

Vor uns stand noch ein Revenant.

Er sprang in dem Moment auf uns zu, in dem ein Metamorph durch die Tür des Büros kam. Als blaues Licht durch den Raum schoss, wich ich zurück, stolperte aber über etwas, das auf dem Boden lag. Wild mit den Armen rudernd fiel ich nach hinten. Oh Gott. Nicht nach hinten!

Sebastian drehte sich um und streckte die Hand nach mir aus, doch es war schon zu spät. Ich fiel durch Athenes Tor.

Vierzehn

Eine Welle aus Panik und Schock rollte über mich hinweg. Das war zu früh. Ich war noch nicht bereit, ich konnte meine Macht noch nicht kontrollieren ...

Ich landete unsanft auf dem Rücken. Ein stechender Schmerz jagte durch meine Ellbogen, die das meiste von dem Sturz abgefangen hatten. Nur undeutlich nahm ich Hitze, Stimmen und Musik wahr. Bevor ich mich darauf konzentrieren konnte, fiel Sebastian durch das Tor und stolperte über mich.

Mein Blick folgte ihm, als er vor einer riesigen Halle zum Stehen kam, in der Menschen und Kreaturen bei einem Festmahl saßen. Sie schauten alle zu uns herüber.

Ich hatte das Gefühl, als wäre sämtliches Blut aus meinen Adern verschwunden und durch Eiswasser ersetzt worden. Mein Blick wanderte von Sebastian zur Halle. Niemand war aufgestanden oder hatte aufgehört zu essen, aber als ich sah, wie sie mich anstarrten, krampfte sich mein Magen zusammen.

Gewaltige griechische Säulen umgaben die schmalen Seiten des Raums. Hinter der rechten Säulenreihe konnte ich eine Treppe erkennen, die in einen Garten führte. Am Rand standen steinerne Schalen, in denen Feuer brannten. Lange Tische bildeten ein großes, offenes Rechteck und in der Mitte des Raums befand sich ein Wasserbecken, das von einer niedrigen Steinbank umgeben war, so niedrig, dass ich glattes dunkles Wasser und die Spiegelung der Flammen auf der Oberfläche erkennen konnte.

Auf den Tischen stand alles, was man von einem antiken Festmahl so erwartete, aber es gab auch große Platten mit Pommes frites, Kartoffelchips, Keksen und Pizzen.

Diener füllten Gläser auf und ersetzten leere Platten durch volle.

Als ich einen Blick hinter mich warf, sah ich, dass auf beiden Seiten des Tors, durch das wir gekommen waren, Wächter postiert waren. Es war eine schlichte, marmorverkleidete Wand mit Blutsymbolen an den vier Ecken, die so behauen worden war, dass sie wie eine echte Tür aussah. Rechts von der Wand befand sich eine große Nische, in der die Marmorstatue eines Mannes – eines riesigen Mannes mit Bart – stand. Er sah wütend und schockiert aus und hatte die Arme vor sich ausgestreckt. Die Hände fehlten und der Anblick ließ mich sofort an die Steinhände denken, die in der Bibliothek der Presby den Korb mit dem Kind gehalten hatten.

Sebastian nahm meine Hand. Wir stellten uns nebeneinander. Die Wesen an den Tischen sahen sehr unterschiedlich aus, und auf den ersten Blick konnte ich nicht erkennen, wer Mensch, Hexe, Vampir oder Halbgott war. Doch die Albträume stachen heraus – die grotesken Hexen, Athenes Schergen mit ihrer grauen Lederhaut, Harpyien ...

Aber eigentlich sah ich dort nur eine Person, die wichtig war.

Athene saß am anderen Ende der Halle, mit dem Gesicht zu uns, und hatte die Füße auf den Tisch gelegt. Ihr Mund verzog sich zu einem leichten Grinsen, bevor *Sie* in die runde Frucht biss, die *Sie* in der Hand hielt. Hinter ihr, dicht an der Wand, befand sich ein Podest, auf dem drei Thronsessel standen, der größte davon in der Mitte.

Die Göttin starrte mich an, zufrieden, fast heiter.

Sie schluckte den Bissen hinunter, dann verzogen sich ihre vollen Lippen zu einem Lächeln, das ihre perfekten weißen Zähne enthüllte. Athene nahm die Füße vom Tisch. Die Wesen in der Halle drehten sich zu ihr um und starrten *Sie* gebannt an, als *Sie* auf den Tisch stieg, auf der anderen Seite wieder heruntersprang und mit einem triumphierenden Funkeln in ihren smaragdgrünen Augen auf uns zukam.

Ihre langen schwarzen Haare waren offen, einige Strähnen hatte sie zu kleinen Zöpfen geflochten, die mit Knochenperlen und Lederstreifen geschmückt waren. *Sie* trug einen hautengen schwarzen Overall aus Leder. Als Licht auf den Anzug fiel, konnte man einzelne Schuppen erkennen. Ohne Zweifel noch ein Kleidungsstück aus einer Kreatur, die früher einmal lebendig gewesen war – oder es immer noch war. Der Overall, den *Sie* bei unserer letzten Begegnung getragen hatte, hatte sich wie ein lebender Parasit an ihrem Körper bewegt.

Ihr Anblick ließ mich erschauern.

Athene war wunderschön. Groß, kurvig und perfekt. Perfekt in jeder Hinsicht, wenn man nach dem Äußeren ging, doch im Innern war *Sie* so hässlich wie die Nacht. Verdorben. Wahnsinnig. Böse.

»Du hast den Balg der Lamarlieres mitgebracht.« *Sie* blieb vor Sebastian stehen und musterte ihn prüfend. »Du siehst genauso aus wie dein Vater«, sagte *Sie* zu ihm.

Ich wollte nicht, dass *Sie* mit ihm redete oder ihn sonst wie beachtete. Die Tatsache, dass er hier war, war alleine schon schlimm genug. Athene würde ihm ohne Skrupel etwas antun, um mir wehzutun. »Wo ist Violet?«, fragte ich.

Sie drehte sich zu mir und sah mich mit einem berechnenden Blick an. »Violet. Ein faszinierendes kleines Ding, nicht wahr? Anders. So wie du. Ari, hast du wirklich geglaubt, dass du einfach in mein Reich kommen und sie mitnehmen kannst? Dass du *mich* besiegen könntest?«

»Ich hab dich schon mal besiegt.«

»Nein«, stieß *Sie* hervor, während *Sie* sich zu mir beugte. »Das waren die Novem, und nur, weil ich es zugelassen habe. Aber jetzt sind sie nicht hier, oder?« *Sie* richtete sich wieder auf. »Ich mag Violet. Ich glaube, ich behalte sie. Ich werde sie beeinflussen, ich werde sie aufziehen ... Schließlich ist sie noch jung und formbar.«

Die Göttin versuchte, mich zu provozieren. *Sie* wollte mir beweisen, dass *Sie* die Kontrolle hatte, dass ich nur ein unwichtiges Spielzeug war, das *Sie* nach Lust und Laune benutzen konnte.

»Lass Violet und meinen Vater mit Sebastian zurückgehen, dann gehöre ich dir«, bot ich ihr an. »Ich werde tun, was du willst.«

Ich zwang mich, den entsetzten Blick Sebastians zu ignorieren. Das war eine Sache zwischen mir und Athene. Schon immer.

Athene beugte sich wieder zu mir. »Ich will dich mal auf den neusten Stand bringen. Du gehörst mir schon.«

Das Geräusch von Ketten, die über Steinboden schleiften, hallte durch den Tempel. Die Gäste setzten sich aufrechter hin. Auf Athenes Gesicht breitete sich ein Grinsen aus, das eine Gänsehaut bei mir auslöste. »Perfekt.« *Sie* deutete in die Richtung, aus der das Klirren der Ketten kam. »Ich präsentiere euch den mächtigen Theron!«, rief sie der Menge zu. Die Wesen jubelten und schlugen auf die Tische, während *Sie* sich mit ihrem boshaften Grinsen im Gesicht wieder an mich wandte. »Die Abendunterhaltung ist eingetroffen.«

Zwei von Athenes Schergen hielten einen Mann zwischen sich und schleppten ihn über die Mosaikfliesen. Seine Beine waren in Ketten gelegt, die Füße schleiften kraftlos über den Boden. Der Kopf hing schlaff nach unten. Er trug schwarze Boxershorts, sonst nichts. Wulstige rote Striemen – frische Narben – zogen sich über seine bleiche Haut. Als sie näher kamen, krampfte sich mein Magen zusammen. Nasse blonde Haare an Hals und Gesicht des Mannes. Er hob den Kopf und starrte Athene hasserfüllt an. Dann sah er mich und riss die Augen auf.

Oh Gott. Ich wusste, wer das war. Ich hatte sein Gesicht noch nie gesehen, doch ich wusste es. Ich wusste es ...

Mein Vater.

Tränen schossen mir in die Augen. Ich lief an Athene vorbei, doch *Sie* packte mich von hinten und riss mich zu sich. Einer ihrer Arme schlang sich um meine Taille, der andere legte sich auf meinen Oberkörper. Ihre Wächter hatten Sebastian ergriffen, bevor er reagieren konnte. Die Göttin hielt mich fest und flüsterte mir ins Ohr, während mein Herz wie wild schlug.

»Du kannst ihn nicht retten, Ari. Nichts kann jemanden retten, der mich so hintergangen hat.«

Mein Vater versuchte, sich zu wehren, doch er war zu schwach und wurde von den Wächtern zum Wasserbecken gezerrt. Meine Gedanken überschlugen sich, in meinem Kopf herrschte Chaos. Ich wusste nicht, was ich tun sollte.

Athene ließ mich los und klatschte in die Hände. »Menai!«

Am Ende eines langen Tisches stand eine junge Frau auf und lief zu uns herüber. Sie war groß und schlank und wirkte irgendwie gelangweilt. Ihre dunkelroten Haare fielen ihr in weichen Wellen über die Schultern. Sie trug braune Schnürstiefel aus Wildleder, die ihr bis zu den Knien reichten, dazu einen kurzen Rock. Auf ihrem Rücken lag ein Bogen, dessen Sehne quer über ihrem Brustkorb verlief.

»Du passt auf diese beiden hier auf«, befahl Athene. Dann ging *Sie* zu ihrem Platz zurück.

Die beiden Wächter vom Tor stießen uns in Richtung der Bogenschützin, die jetzt wieder zu ihrem Tisch zurückging und auf der langen Bank Platz für uns schaffte.

Wie betäubt setzte ich mich zwischen Sebastian und Menai.

Die Wächter entfernten sich ein paar Schritte von uns, blieben aber hinter uns stehen. Menai fing an, ihren Teller mit Speisen zu beladen. »Du solltest was essen.« Sie sah mich mit ihren dunkelgrünen Augen an. »Das ist vielleicht das einzige Mal, dass du die Gelegenheit bekommst.«

Blankes Entsetzen packte mich, als mein Blick zu meinem Vater ging. »Was werden sie mit ihm machen?«

»Sie werfen ihn in das Becken.« Menai riss ein großes Stück von ihrem Brot ab und steckte es sich in den Mund. »Genau wie gestern. Und vorgestern.« Sie starrte kauend auf das Wasser und sah mich nicht an, als sie sagte: »Ich schlage vor, du bleibst sitzen. Wenn du aufstehst und versuchst, ihm zu helfen, wird *Sie* ihn töten. Verstanden?«

Athene sprang auf den Tisch und trampelte über das Essen. Dann ließ *Sie* sich wieder auf ihren Stuhl fallen und legte die Füße hoch. Ihr Blick wanderte kein einziges Mal zu meinem Vater; *Sie* sah die ganze Zeit nur mich an.

Die Wächter nahmen meinem Vater die Ketten ab und stießen ihn dann trotz seiner flehentlichen Bitten in das Wasserbecken.

Das Platschen war so laut, dass es von den Wänden widerhallte. Alle hielten den Atem an.

Das Wasser geriet in Bewegung. Der Kopf meines Vaters tauchte auf. Ich packte die Tischkante und klammerte mich daran fest. Er machte einen Schwimmstoß zum Beckenrand, dann begann er zu schreien.

Panik überfiel mich, ich bekam kaum noch Luft.

WAS ZUM TEUFEL IST DA IM WASSER?, schrie ich immer wieder in Gedanken.

Musik dröhnte durch die Halle, schnell und hart. Ein Schwanz schlug auf das Wasser. Die Gäste jubelten, als mein Vater schrie und blutiges Wasser schluckte.

Ich wollte aufstehen, kam aber nur ein paar Zentimeter hoch, bevor Sebastians Hand wie ein Schraubstock auf meinem Oberschenkel lag und mich nach unten drückte. Mit der anderen Hand packte er meinen Arm. In meiner Kehle bildete sich ein Schrei. Ich wollte aufstehen! *Oh mein Gott, ich musste* ... Tränen liefen mir über das Gesicht. »Lass mich los.«

»Du kannst ihm nicht helfen«, sagte er. »Athene wartet nur darauf, dass du zu ihm läufst. Sieh *Sie* an. Ari. *Sieh* Sie *an*.«

Ich blinzelte, während Tränen von meinem Kinn auf den Tisch tropften, und drehte den Kopf in Athenes Richtung. Eine ihrer rabenschwarzen Augenbrauen schoss in die Höhe. *Sie* biss in ihre Frucht, kaute und begann zu strahlen.

Die Schreie meines Vaters hallten durch den Tempel und in meinen Ohren. Der Geruch des Essens wurde unerträglich. Gleich würde mir schlecht werden.

Menai aß ungerührt weiter, den Blick auf meinen Vater gerichtet, doch ihre Stimme war sehr leise. »Athene hat diese Art der Folter von den Römern gelernt. Muränen. Fleischfresser. Besonders grausam, da sie einen zweiten Kiefer haben. Der große Kiefer beißt sich fest. Der kleine Kiefer fährt aus und reißt Fleischbrocken heraus.«

Vor Schock und Tränen verschwamm alles vor meinen Augen. »Halt den Mund«, stieß ich zwischen zusammengebissenen Zähnen hervor. Ein Arm meines Vaters hing schlaff über den Rand des Beckens. Seine Finger zuckten ...

»Theron ist unsterblich. Sein Pech. Er wird es überleben, seine Wunden werden ein bisschen verheilen und morgen Abend wird er wieder so weit sein, dass sie ihn ins Becken werfen können.«

Meine Fingernägel gruben sich tiefer in den Tisch und hinterließen Abdrücke im Holz. »Halt den Mund.«

»Wie ich schon sagte, du solltest jetzt besser was essen. Es könnte durchaus sein, dass morgen *du* in dem Becken landest ...«

Blinde Wut raubte mir das letzte bisschen Selbstbeherrschung. »HALT DEN MUND!«

Mein Puls geriet außer Kontrolle, er war so laut und schnell in meinen Ohren, dass er das Geschrei und die Musik übertönte. Ich bewegte mich völlig instinktiv. Meine Hand schoss nach vorn, packte die Gabel neben meinem Teller und stieß sie Menai mit voller Wucht in den Handrücken.

Ich spießte ihre Hand auf den Tisch.

Sie schrie auf, drehte sich um und packte mich mit ihrer freien Hand am Hals. Ich hielt die Gabel fest, riss meine andere Hand aus Sebastians Griff und packte das Mädchen ebenfalls an der Kehle, getrieben von Angst und Wut. Dicke Tränen liefen mir über die Wangen. Ich bekam keine Luft mehr, aber das war mir egal.

Menais Gesicht wurde dunkelrot. Ihre Augen traten hervor, genau wie die Adern an ihren Schläfen und unter der dünnen Haut an ihren Augen. Niemand stand auf, um ihr zu helfen. Ich hörte lautes Gelächter und anfeuernde Rufe, die Menai von den anderen erhielt. Sie fanden das lustig.

Wir drückten beide noch fester zu.

Ich spürte es, ich spürte, wie das Monster in mir erwachte, wie es sich bewegte und lauerte. Meine Macht schoss durch meinen Arm und aus meiner Hand heraus, so stark, dass ich vor Schreck losließ. Menai ging es genauso. Wir wichen beide zurück und rangen nach Luft. Ich sah, wie eine weiße Stelle an ihrem Hals wieder zu seiner normalen rosigen Farbe zurückkehrte, bevor Menais Hand zu ihrer Kehle glitt und sie mich mit weit aufgerissenen Augen anstarrte.

Irgendwo in meinem umnebelten Gehirn bekam ich mit, wie Sebastian mich zurückhielt, wie er auf mich einredete, doch ich konnte ihn nicht hören. Ich blinzelte, versuchte, mich wieder unter Kontrolle zu bekommen. *Atme. Ein und aus.*

Schließlich konnte ich wieder klar sehen.

Die Wächter zogen meinen Vater gerade aus dem rot gefärbten Wasser und ließen ihn dann auf dem Fußboden liegen.

Oh Gott. Sein Körper war völlig zerfetzt und –

Ich drehte mich zur Seite und erbrach auf die hübschen Mosaikfliesen.

Dann blieb ich keuchend vornübergebeugt auf der Bank sitzen. Nichts, nicht einmal die Misshandlungen in meiner Kindheit, hatte mich auf diese Art der Folter vorbereitet. Ich dachte, ich hätte schon einiges an Gewalt gesehen, aber das ... das war einfach unbegreiflich.

Eine Serviette traf mich an der Schläfe. Als ich den Kopf hob, sah ich, wie Menai sich wegdrehte und wieder zu essen begann. Ich wischte mir übers Gesicht, holte ein paarmal tief Luft und versuchte krampfhaft, mich zu beruhigen, bevor ich mich aufrichtete. Fast hätte ich gelacht, denn allein schon der Gedanke daran, mich zu beruhigen, war ein Witz. Nicht hier. Nicht, nachdem mein Vater in einer Lache aus Blut und Fleischfetzen auf dem Boden liegen gelassen worden war, während alle um uns herum aßen und lachten.

Sebastian hatte mich an den Armen gepackt. »Ari.« Er beugte sich zu mir. »Lass mich dir helfen.« Seine grauen Augen sahen besorgt aus. Seine Haut wirkte noch blasser als sonst, die dunkelroten Lippen waren zu einem schmalen Strich geworden.

Mein Hals tat weh. Ich konnte nicht sprechen.

»Lass mich dich beruhigen«, sagte er.

Sebastian konnte Leute in einen tranceähnlichen Zustand versetzen. Ich hatte schon selbst gesehen, wie er zwei Mitarbeiter des Charity Hospitals hypnotisiert hatte, als wir dort nach den Unterlagen über meine Geburt gesucht hatten.

Müdigkeit legte sich mit einem Mal wie eine schwere Decke auf mich. Zeigte ich Schwäche, wenn ich einverstanden war? Wenn ich diesen Schmerz, dieses Grauen nicht mehr spüren wollte? Sebastian strich mit dem Daumen über die heißen Tränen, die mir über die Wangen liefen. Und zum ersten Mal seit Jahren wollte ich mich an meinen sicheren Ort zurückziehen, an jenen Ort, den ich mir als Kind geschaffen hatte. Egal, was mit mir geschah, wenn ich in dieser dunklen Ecke meines Innern war, konnte mich nichts mehr erreichen.

Sebastian hob mein Kinn, damit ich ihn ansah. Seine Augen waren glasig, als wir uns anschauten. Ich nickte, akzeptierte seine Hilfe, gab zu, dass ich am Ende war. Noch nie hatte ich mich jemandem so geöffnet.

»Wie rührend«, kommentierte Athene und kam zu uns herüber.

Ich schloss meine Augen. In diesem Moment wurde mir klar, was wir gerade getan hatten, und ich fühlte mich, als hätte mir jemand einen Vorschlaghammer in den Magen gerammt. *Nein, nein, nein ...* Hoffnungslosigkeit erstickte den letzten Rest an Kampfgeist, der mir noch geblieben war. Wir hatten ihr gerade noch etwas geliefert, das *Sie* gegen uns verwenden konnte.

Die Göttin hatte die Hände in die Hüften gestemmt, doch dieses Mal – wie ich schon geahnt hatte – lag ihr Blick nicht auf mir, sondern auf Sebastian. *Sie* dachte nach und traf eine Entscheidung. *Sie* packte Sebastian am Arm und riss ihn von der Bank.

Er war nur ein bisschen größer als Athene und mit ihren schwarzen Haaren und ihrer perfekten Haut sahen sie einander verblüffend ähnlich. *Sie* beugte sich zu ihm. »Sag mir, Nebelgeborener, hast du schon Blut getrunken?«

Ihre Finger strichen über seinen Kiefer; er zuckte unter ihrer Berührung. Meine Wut kehrte zurück, so schnell, dass mir schwindlig wurde. Sebastian starrte *Sie* herausfordernd an. Er antwortete nicht.

»Nein, hast du nicht.« *Sie* beugte sich noch weiter zu ihm und streifte seine Wange mit ihrer. Dann mit ihren Lippen. »Du riechst so unschuldig. Wie ... wundervoll.« *Sie* wandte sich an die Wächter, dieselben, an deren Händen das Blut meines Vaters klebte. »Bringt sie zurück«, befahl *Sie*.

»Was?«, keuchte ich.

»Ihr geht nach New 2 zurück. Und das Tor wird hinter euch versiegelt.«

Diesen Albtraum zu verlassen, war alles, was ich wollte, und doch wehrte ich mich, als die Wächter mich ergriffen. »Nein!«

»Ich geb ja zu, ich habe nicht damit gerechnet, dass du durch das Tor gestolpert kommst, aber der Zeitpunkt war einfach perfekt. Jetzt fällt es dir schwer, wieder zu gehen, stimmt's? Jetzt, wo du weißt, was ich mit deinem guten, alten Daddy mache.« Von einer Sekunde zur anderen wich ihr Wahnsinn Brutalität. *Sie* packte mich am Kinn und zwang mich, ihr in die Augen zu sehen. »Das hier ist mein Reich. Meine Zeit. Meine Entscheidungen. Mit dir werde ich mich befassen, wenn es mir passt.« Ihre Nase streifte meine. »Vergiss nicht, wer hier das Sagen hat, Gorgo.«

»Warum bringst du mich nicht einfach um, damit es vorbei ist?«, rief ich.

»Warum sollte ich?« *Sie* lachte, doch ihre Worte klangen wie ein Knurren. »Ich habe mich seit mindestens einem Jahrhundert nicht mehr so gut amüsiert und –«

»Lass sie gehen. Mein Vater nützt dir doch nichts. Und Violet ist nur ein Kind.«

»Das bist du auch, Schätzchen.« *Sie* stieß mich in die Arme der Wächter zurück. »Ich wünsche dir viel Vergnügen dabei, dich in deinem Kummer zu wälzen, Aristanae. Und versuch, nicht zu viele Albträume zu haben, wenn du daran denkst, wie viel Spaß wir hier ohne dich haben.«

Die Wächter zerrten mich zum Tor. »Nein!« Ich trat nach den beiden und schrie wie am Spieß, doch es nutzte alles nichts. Wir gingen wieder zurück.

Weil Athene mich leiden lassen wollte.

Fünfzehn

Sebastian und ich wurden so brutal durch das Tor gestoßen, dass wir auf Händen und Knien auf die andere Seite fielen und vor den Füßen von Michel, Henri, Bran und Josephine landeten.

Ich knallte mit dem Kinn so fest auf den Fußboden, dass die Haut aufplatzte. Glasscherben bohrten sich in meine Handflächen und Knie, doch der Schmerz war nichts im Vergleich zu dem Elend in mir. Während ich auf Josephines teure schwarze Schuhe starrte, hatte ich das Gefühl, nicht richtig dort zu sein. Ich kam mir vor, als wäre ich immer noch in dem Grauen in Athenes Tempel gefangen.

»*Merde*«, seufzte Josephine genervt. »Blute doch bitte auf ein anderes Paar Schuhe.« Sie hob den Fuß und wollte mit der Sohle ihres hochhackigen Pumps mein Gesicht wegschieben.

»Hör auf, *Grandmère*.« Sebastians Ton war kühl.

»Das Tor hat sich geschlossen«, sagte Michel, bevor Josephine zu einer Antwort ansetzte. Er trat vor, während ich mich langsam aufsetzte. Ein Blick über die Schulter verriet mir, dass er recht hatte; seine Hände lagen flach auf der Wand. Athene hatte das Tor von der anderen Seite aus versiegelt.

»Steh auf, Selkirk.« Brans barsche Stimme ließ mich den Kopf heben. Er beugte sich vor und hielt mir die Hand entgegen, während er sich um einen strengen Gesichtsdruck bemühte, aber ich konnte ihm ansehen, wie beunruhigt er war. Er machte sich tatsächlich Sorgen – die Wunder nahmen kein Ende. »Hör auf, mich so anzusehen«, knurrte er. »Nimm verdammt noch mal meine Hand und steh auf wie eine Kriegerin.«

Tränen ließen alles vor meinen Augen verschwimmen und ein dicker Kloß saß in meinem Hals, aber ich tat, was er mir befahl. Als sich die Glasscherben noch weiter in mein Fleisch bohrten, zuckte ich zusammen.

Mit ernstem Gesicht nahm Michel Sebastians Kopf in beide Hände. »Du bist ... unverletzt?«

»Ja, Vater.«

Michel murmelte etwas – einen Schwall Dankesgebete und allem Anschein nach auch ein paar Flüche –, dann nahm er seinen Sohn in die Arme und hielt ihn fest.

Ein Gefühl der Einsamkeit beschlich mich. Sebastian verdrehte die Augen, doch ich sah ihm an, dass er sich über die Umarmung freute. Das Lächeln, das ich in seine Richtung schickte, war nicht echt. Es tat weh.

Ich wandte mich ab, biss mir auf die Lippen und zog eine Glasscherbe aus meinem Handballen.

»Hier.« Bran stellte sich vor mich und hielt ein zusammengeknülltes Blatt Papier gegen meine blutende Hand. »Drück das eine Weile auf die Wunde.«

»Danke.«

»Körperlicher Schmerz«, sagte er leise, »kann andere Schmerzen lindern.«

Überrascht hob ich den Kopf. Bran verstand mich weit besser, als ich gedacht hatte. Körperlicher Schmerz war mir auf jeden Fall lieber als das, was sich gerade in meinem Innern abspielte.

»Ich nehme an, du hast deinen Vater gesehen?«

Ich schloss die Augen und nickte, weil ich keinen Ton herausbrachte.

»Ari, komm«, rief Michel, während er auf die Tür des Büros zuging. »Eine warme Mahlzeit, eine heiße Dusche und ein Bett warten auf dich.«

»Und dann sprechen wir über euer kleines ... Abenteuer«, versprach Josephine.

Michel gab mir dasselbe Zimmer, das ich schon einmal benutzt hatte, als ich aus Athenes Gefängnis entkommen war. Ich duschte wie in Trance, zog mich wieder an und wischte dann den Dampf vom Spiegel, um das anzustarren, was ich dort sah.

Die Wunde an meinem Kinn war rot und hob sich von meiner blassen Haut und den hellen Haaren ab. Gräulich blaue Schatten lagen unter meinen Augen, die so müde, traurig und leer aussahen. Unendlich leer.

Nach einem tiefen Seufzer riss ich mich zusammen und machte mich auf die Suche nach den anderen, obwohl ich am liebsten in das frisch bezogene Bett gekrochen wäre, um die Augen zu schließen und im Schlaf zu vergessen.

Ich entdeckte sie auf dem Balkon im ersten Stock, der auf den Innenhof hinausging. Laternen an der Hauswand tauchten alles in ein weiches gelbes Licht. Farne und andere Topfpflanzen ließen den breiten Balkon gemütlicher wirken. Als ich nach draußen trat, wehten mir die kühle Luft und Gesprächsfetzen entgegen.

Bran lehnte am Geländer und hatte die Arme vor der Brust verschränkt, Michel und Josephine saßen auf Korbstühlen, während der Butler gerade Drinks auf den Tisch stellte. Sebastian hockte an einem Ende einer Chaiselongue, die Arme auf die Knie gestützt. Als er mich kommen sah, hob er den Kopf, wobei ihm eine Strähne seiner nassen Haare in die Augen fiel. Er strich sie aus dem Gesicht und setzte sich aufrecht hin.

Ich hatte nicht die Kraft, mich von meinen Gefühlen zu distanzieren und ihnen zu sagen, was in Athenes Tempel geschehen war. Die Erinnerung daran war noch zu frisch.

»Sebastian hat uns alles erzählt«, sagte Michel mitfühlend. Er räusperte sich. »Hätte ich gewusst, dass Theron so leiden muss, hätte ich dich nicht daran gehindert, ihn zu befreien, als wir aus Athenes Gefängnis geflohen sind.«

Das war eine andere Erinnerung, auf die ich gern verzichtet hätte, und doch sprang sie mir jetzt mitten ins Gesicht. Ich hatte alle in dem Gefängnis befreit, außer meinen Vater. Er hatte im Namen Athenes wer weiß wie viele Menschen und Wesen gejagt und getötet. Er war ein Feind der Novem, ein Sohn des Perseus, und hatte meine Mutter so sehr geliebt, dass er die Göttin betrogen hatte. Und ich hätte ihn befreien können.

»Das war nicht Ihre Schuld, Michel«, erwiderte ich mit tonloser Stimme. Michel hatte zehn Jahre in Athenes Gefängnis gesessen und vielleicht war mein Vater derjenige gewesen, der ihn dort hineingebracht hatte.

»Ich kann kaum glauben, dass *Sie* euch zwei einfach unverletzt zurückgelassen hat«, sagte Josephine.

»Josephine, es ist mir scheißegal, was Sie glauben können oder nicht«, meinte ich müde.

»Du freches kleines –«

»Hat *Sie* dir einen Handel angeboten?«, warf Bran ein. Er starrte Josephine wütend an. »Hat *Sie* gesagt, was *Sie* haben will?«

»Ich soll leiden, bis ich zusammenbreche, und dann wird *Sie* meinen Vater und Violet töten. Wahrscheinlich wird *Sie* mich zwingen, dabei zuzusehen. Und anschließend wird *Sie* mich töten. Ich weiß wirklich nicht, was es noch zu bereden gibt. Ich gehe jetzt nach Hause.«

Ich verließ das Anwesen und trat in die kühle Nachtluft hinaus. Wie ein Geist schlich ich durch die Straßen und ließ mir von meiner Erinnerung den Weg weisen.

Als ich zu Hause war, ging ich auf mein Zimmer, zog meine Stiefel aus, legte meine Waffen ab und schlüpfte vollständig angezogen in meinen Schlafsack. Ich zog ihn bis an mein Kinn und konnte endlich die Welt ausschließen.

Trommelklänge dröhnten durch das Haus. Sie ließen die Wände vibrieren, drangen durch den Fußboden hindurch in meinen Körper und schüttelten mich wach. Ich drehte mich auf den Rücken, hielt die Augen geschlossen und ließ mich von ihrem Rhythmus davontragen. Es war, als würde ich zu einem morgendlichen Gewitter aufwachen – ich liebte es. Aber es machte mich nicht glücklich. Heute nicht.

Ich blieb noch eine Weile so liegen und hörte zu, während ich meine Muskeln entspannte und mich in die bleierne Müdigkeit zurücksinken ließ. Mein Puls hatte sich dem Rhythmus der Trommeln angepasst – schnell, regelmäßig und voller Schmerz.

»Oh Mann. Für den Scheiß ist es noch zu früh«, stöhnte jemand neben mir. Dann schlug dieser Jemand mit der Faust gegen die Wand.

Als ich mich umdrehte, sah ich, wie Dub sich seinen Schlafsack bis über den Kopf zog. Auf der anderen Seite von mir lag Crank, die gähnte und die Arme nach oben streckte. Verwundert setzte ich mich auf und rieb mir die Augen.

»Morgen, Ari.« Crank kratzte sich die Nase. Sie sah noch ganz verschlafen und sehr jung aus. Ihre Zöpfe waren etwas aufgegangen und völlig zerzaust.

»Was macht ihr denn hier?«

Dub brummelte etwas unter seinem Schlafsack.

»Das nennt man moralische Unterstützung.« Henris schlaftrunkene Stimme drang von der anderen Seite des Raums zu mir. Als er sich aufsetzte, fielen ihm seine roten Haare ins Gesicht, die nicht wie sonst von einem Gummiband zurückgehalten wurden. Er rieb sich mit der Hand übers Gesicht und sah mich dann eindringlich an. »Das war ihre Idee, nicht meine.«

Ich wusste nicht, was ich sagen sollte, daher schaute ich einfach zu, wie er sich seinen Schlafsack über die Schulter warf und aus dem Zimmer schlurfte.

Ich hatte gar nicht gehört, dass gestern Abend jemand hereingekommen war. *Moralische Unterstützung,* dachte ich. Mein Blick fiel auf den leeren Schlafsack gegenüber.

»Bastian hat auch hier geschlafen«, klärte Crank mich auf, während sie aufstand und die Träger ihres Overalls festzog. Ich fragte mich, ob sie ihn überhaupt jemals auszog. Dann hielt sie mitten in der Bewegung inne und sah mich besorgt an. »Tut mir leid wegen deinem Dad. Meinst du, wir können die beiden irgendwann zurückholen?«

Was meinen Vater anging, war ich mir nicht sicher. Nicht, nachdem ich gesehen hatte, was Athene mit ihm machte. Ich hatte keine Ahnung, wie ich ihn retten sollte, und wo Violet gefangen gehalten wurde, hatte ich noch immer nicht herausgefunden. Ich wusste nur, dass sie auch in meinem Zimmer hätte schlafen sollen, und dass wir erst wieder komplett sein würden, wenn –

»Ari?«, fragte Crank langsam. »Stimmt was nicht?«

Ich blinzelte. Mein Körper kribbelte, als hätte ich von Kopf bis Fuß eine Gänsehaut. Ich konnte es einfach nicht fassen; es lag die ganze Zeit praktisch vor meinen Füßen. »Crank. Die schmutzige Wäsche.«

Wir hatten unten eine Waschküche mit einer alten Maschine, die Crank repariert hatte. Vor ein paar Tagen hatte ich einen Korb mit schmutziger Wäsche nach unten gebracht, sie aber noch nicht gewaschen.

»Hä?«

»Bitte sag mir, dass keiner meine Wäsche in die Maschine geworfen hat.«

»Nein, bei uns wäscht doch jeder seine Wäsche selbst. Ari, du siehst irgendwie merkwürdig aus.«

Plötzlich stand Sebastian in der Tür, die Haare feucht vor Schweiß, die Trommelstöcke noch in der Hand.

»Du hast gemerkt, dass sie ganz komisch geworden ist, stimmt's, Bas?«, fragte Crank.

Und dann sprang ich auf, rannte an Sebastian vorbei und flog praktisch die Treppe hinunter. Hinter mir hallten Schritte. Mit einem Riesensatz sprang ich über die letzten drei Stufen und lief um die Ecke, wobei ich fast auf dem Parkett ausgerutscht wäre, da ich nur Socken anhatte. Ich stürzte in die Waschküche.

Da. Mein Wäschekorb. Meine Hände zitterten. Ich durchwühlte den Haufen und zog ein Kleidungsstück nach dem anderen heraus, suchte, suchte ... Ich erstarrte.

Mein T-Shirt. Das T-Shirt, das ich an dem Tag getragen hatte, an dem Violet verschwunden war.

Mit klopfendem Herzen nahm ich es in die Hand. Vor meinem inneren Auge sah ich wieder, wie Violet auf Athenes Rücken gesprungen war und der Göttin ihren Dolch in die Brust gestoßen hatte. Dann waren die beiden verschwunden und der Dolch war auf die Erde gefallen. Der Dolch, den ich aufgehoben hatte. Der, an dem Athenes Blut klebte. Der, den ich am Saum meines T-Shirts abgewischt hatte.

Ich drehte mich zu meinen Freunden, die sich in der Tür drängten. Dann hob ich fassungslos das T-Shirt in die Höhe. »Athenes Blut öffnet das Tor.«

Sechzehn

»Ich geh *mit*.« Dub verschränkte die Arme vor der Brust.

Ich sah ihn stirnrunzelnd an und wiederholte zum hundertsten Mal: »Das wirst du nicht.«

»Wenn er mitgeht, gehe ich auch mit«, warf Crank ein.

»Crank«, erwiderte ich, »Dub geht nicht mit. Und du auch nicht.«

Wir saßen um den Couchtisch im Wohnzimmer und das Gespräch, das wir gerade führten, verursachte stechende Kopfschmerzen hinter meinem linken Auge.

»Ich weiß doch nicht mal, ob es überhaupt funktionieren wird.« Ich hatte genug.

»Welchen Sinn macht es, wenn es funktioniert?«, fragte Henri. »Du würdest doch nur wieder in Athenes Säulenhalle landen.«

»Nein, das glaube ich nicht. Die Anweisungen, die ich gefunden habe, bezogen sich alle auf Athenes alten Tempel, aus der Zeit, bevor *Sie* Zeus getötet und seinen Tempel übernommen hat. Ich habe mehrmals gelesen, dass *Sie* ihren Tempel aufgegeben und in den von Zeus gezogen ist. Und das muss der Tempel sein, in dem Sebastian und ich gewesen sind.«

»Aber du weißt doch gar nicht, was dich in ihrem alten Tempel erwartet«, wandte Sebastian ein.

»Stimmt, aber wir haben keine Alternative. Das Tor, das wir in den Ruinen gefunden haben, hat Athene geschlossen. *Sie* rechnet nicht damit, dass wir zurückkommen. *Sie* glaubt, dass wir ihrem Willen ausgeliefert sind. Aber wenn ihr alter Tempel sich im selben Reich befindet und leer steht, haben wir vielleicht eine Chance.« Ich rieb mir das Gesicht. »Mir ist klar, dass es eine ganze Menge gibt, was ich über diese Tore oder Portale oder wie zum Teufel sie auch heißen, nicht weiß. Aber ich muss es versuchen.«

Sebastian und ich starrten uns eine Weile an, dann wandte er sich an Crank und Dub. »Wir werden das Tor nicht hier im Haus anzeichnen, sondern auf dem Friedhof. Proviant, Wasser und Waffen nehmen wir mit.«

Dub wollte sich sofort beschweren.

»Dub. Es ist zu gefährlich. Ende der Diskussion«, schnitt ich ihm das Wort ab.

»Du weißt, dass Crank und ich sehr gut auf uns selbst aufpassen können.«

»Das weiß ich. Auf sich aufpassen können, ist eine Sache, in das Reich einer Göttin einzudringen, eine andere. Ich will mir nicht die ganze Zeit Sorgen darüber machen müssen, ob Athene euch erwischen könnte. Ich kann mich nicht ständig nach euch umdrehen ... so etwas könnte uns umbringen. Und das sage ich nicht, weil ich glaube, ihr braucht einen Babysitter – ich bin dagegen, weil mir etwas an euch liegt. Und zwar eine ganze Menge. Also tut mir den Gefallen und bleibt hier, damit ich weiß, dass wenigstens ihr zwei sicher seid. Ich hab schon genug damit zu tun, mir Sorgen um Violet zu machen. Okay?«

Ich hatte gar nicht vorgehabt, so viel dazu zu sagen oder über meine Gefühle zu sprechen. Einen Moment lang antwortete niemand.

»Ich habe noch eine Schwertscheide, die du dir leihen könntest«, bot Dub schließlich an. Er hatte endlich aufgegeben.

Ich seufzte leise. Der Kampf war vorbei. Gott sei Dank.

»Und ich hab vor einer Weile mal eine Schachtel Munition gefunden. Ich weiß nicht, ob es das richtige Kaliber für deine Kanone ist, aber wenn du möchtest, kannst du sie haben«, fügte Crank hinzu.

»Wir schleichen uns rein, nur wir drei, ohne eine Armee und ohne die Oberhäupter der Novem«, sinnierte Henri. »Das gefällt mir. Wir kommen schneller vorwärts und brauchen keine Rücksicht auf irgendwelche Egos zu nehmen oder darauf, dass alle darüber streiten, wer das Sagen hat.«

»Oh, das hätte ich fast vergessen!« Crank sprang auf und rief uns im Hinauslaufen zu: »Bleibt, wo ihr seid! Ich habe eine Überraschung!«

Sie fuhrwerkte eine Weile in der Küche herum und kam dann zurück, mit ... einem Kuchen? Sie stellte ihn auf den Couchtisch und drückte jedem eine Gabel in die Hand. Ich tat, als würde ich das Zittern ihrer Hände nicht bemerken. »Ari, du weißt doch, was ein Mardi-Gras-Kuchen ist, oder?«

»Ich weiß, dass da eine Plastikfigur von einem Baby drinsteckt, aber das ist auch schon alles.« Ich hoffte inständig, dass Crank nicht gerade dabei war durchzudrehen. Sie machte sich furchtbare Sorgen. Wir gingen und die Chancen, dass wir zurückkamen, standen eins zu einer Million. Wenn Crank wollte, dass wir Kuchen aßen, würden wir Kuchen essen.

»Das ist frittierter Hefeteig, gefüllt mit einer Frischkäsecreme. Glaub mir, er wird dir schmecken.«

Der Kuchen war mit Zuckerguss in den Farben Violett, Grün und Gold überzogen.

»Wo hast du den her?«, fragte ich, während ich mir ein Stück nahm und probierte.

»Das sind die kleinen Vergünstigungen, die man bekommt, wenn man die Post ausfährt«, antwortete Crank. »Wenn ich Kuchen rieche, kommt das Paket aus unerfindlichen Gründen nie an.«

Ich lachte. »Du hast ihn geklaut.«

»Ja, allerdings, das hab ich. Das Paket war an die Pontalba Apartments adressiert.«

Mehr brauchte sie nicht zu sagen. Jeder wusste, dass in diesen protzigen Wohnungen Familien der Novem lebten. Und ein Kuchen mehr oder weniger würde ihnen gar nicht auffallen.

»Weiter so«, lobte Dub, der die Backen wie ein Hamster gefüllt hatte und mit seiner Gabel gegen die von Crank stieß, als würde er ihr zuprosten.

Henri fand das Baby in seinem Stück des Kuchens, daher war es seine Aufgabe, im nächsten Jahr einen Kuchen zu besorgen, wie die anderen sagten. Und ich würde alles in meiner Macht Stehende tun, um dafür zu sorgen, dass es ein nächstes Jahr für uns *gab*.

Crank fuhr uns die vier Häuserblocks bis zum Lafayette Cemetery mit ihrem Postauto. Wir hätten auch zu Fuß gehen können, doch sie bestand darauf und sagte, wir sollten unsere Kräfte schonen. Nachdem sie am Straßenrand geparkt hatte, stießen wir die Hecktür auf und sprangen heraus.

Wir gingen die erste Reihe mit Gräbern hinunter, dann die zweite. »Wie wär's mit dem da?« Dub deutete auf ein unversehrtes Grabmal am Ende der Reihe. Es bestand aus angerauten Marmorplatten und war groß genug, um als Tor zu dienen.

»Perfekt. Aber wir sollten die Rückseite nehmen, die sieht man nicht, wenn man am Eingang des Friedhofs steht«, erwiderte ich.

Als wir das Grab erreicht hatten, ließ ich meinen schweren Rucksack von der Schulter gleiten und stellte die kleine Plastikschüssel, die ich in der Hand hielt, auf eine flache Grabplatte neben uns. Während die Jungs Taschen und Waffen zusammenpackten, weichten Crank und ich das eingetrocknete Blut von meinem T-Shirt mit so wenig Wasser wie möglich auf und wrangen es aus dem Stoff in die Schlüssel. Es war Athenes Blut, aber ziemlich verdünnt.

Dub gab mir meinen Notizblock, in den ich die Symbole gezeichnet hatte. »Jeder von uns kann eins davon übernehmen«, schlug er vor.

»Nein. Das muss ich allein machen. In dem Text stand, dass das Tor von einer Frau errichtet werden muss, um zu funktionieren.« Ich wurde rot. Die Sache mit der Jungfräulichkeit behielt ich lieber für mich. »Aber wenn es fertig ist, müsste jeder durchgehen können.«

Sebastian und Henri säuberten die Stellen auf dem Grabmal, auf die ich die Symbole malen würde.

Als sie fertig waren, nahm ich die Schüssel und tauchte meinen Finger in das Blut. Dann malte ich langsam und ganz genau die Symbole, wobei ich immer wieder auf die Skizzen in meinem Notizblock schaute. Das Blut war so stark verdünnt, dass ich unsicher war, ob es funktionieren würde, daher wartete ich, bis die Symbole getrocknet waren, und trug noch eine Schicht auf.

Vier Lagen später trat ich einen Schritt zurück. Die Rückwand des Grabsteins sah fast aus wie die Wand im Entergy Tower, allerdings nicht hundertprozentig. Die Symbole waren leicht anders.

Ich stellte die Schüssel ab, nahm eine Flasche Wasser, um meine Hände zu waschen, und holte tief Luft, während sich Sebastian und Henri vor die Wand stellten und versuchten, irgendeinen Hinweis darauf zu entdecken, dass die Symbole uns Zugang zu Athenes Reich verschaffen konnten.

»Ähm, seht mal. Ich glaube, Aris Tor funktioniert.« Crank stand neben dem Grabmal und hatte die Hand in die Wand gesteckt. Sie war weg.

Ich war so erleichtert, dass meine Knie weich wurden. Wir würden es tatsächlich tun. Wir würden in Athenes Reich gehen. Ich setzte mich auf die Erde und rieb mir mit einer zitternden Hand über das Gesicht.

Nachdem der erste Schreck überwunden war, schulterten Henri, Sebastian und ich unsere Rucksäcke. Ich zog mein τέρας-Schwert und nahm meine Neunmillimeter in die andere Hand. Henri holte seine Schrotflinte vom Rücken, die er sich wie einen Bogen umgehängt hatte, Sebastians Hände waren leer. Diese waren – wie ich bereits gesehen hatte – selbst ohne Waffe ziemlich zerstörerisch.

»Bis bald.« Ich umarmte Crank und Dub und wartete, bis die anderen sich auch verabschiedet hatten.

Dann holte ich tief Luft und hoffte, dass ich mutiger aussah, als ich mich fühlte. »Der Letzte, der reingeht, hat verloren«, sagte ich, als ich im Tor verschwand.

Siebzehn

Als ich zwei Schritte durch das Tor gegangen war, stolperte ich und stürzte. Mit der Stirn knallte ich gegen etwas Hartes. Ich stöhnte und fiel auf die Knie. Scheiße, tat das weh.

Es war stockdunkel. Der Geruch von Erde und Wasser stieg mir in die Nase, aber es war nicht mehr der modrige Gestank des Sumpfes, der an den Friedhof angrenzte. Rechts von mir hörte ich schlurfende Schritte und lautes Atmen, links von mir einen Fluch. Die Jungs waren mir nachgekommen.

»Wer zum Teufel hat hier eine Wand hingestellt?«, stöhnte Henri.

Ich steckte die Pistole wieder in meinen Hosenbund und tastete mit der Hand über das Hindernis vor uns: Längsrillen, in regelmäßigen Abständen und ziemlich glatt. »Wir müssen in dem verlassenen Tempel sein«, sagte ich leise. »Das fühlt sich wie eine Säule an.«

»Die Taschenlampe sollten wir besser erst einschalten, wenn wir sicher sind, dass hier niemand ist«, meinte Sebastian.

»Wir tasten uns mit den Händen hier raus«, sagte ich.

Wir kamen nur langsam voran, da wir uns durch enge Lücken zwängen und über zusammengebrochene Säulen klettern mussten. Ich kannte mich mit Tempeln zwar nicht aus, trotzdem hatte ich das Gefühl, als wären wir irgendwo tief in seinem Inneren. Langsam gewöhnten sich meine Augen an die Dunkelheit und schließlich konnte ich Umrisse erkennen, die mir sagten, was hier passiert war – der Tempel war teilweise schwer beschädigt; mehrere Säulen im Innern waren eingestürzt und zerbrochen.

Irgendwann sah ich schwaches Licht, das, wie ich hoffte, von einem Ausgang kam.

»Gott sei Dank«, flüsterte Henri, als wir an eine Stelle gelangten, die etwa so breit wie eine Schranktür war. Früher war hier einmal ein riesiger Durchgang gewesen, doch eine große Marmorplatte war von der Decke herabgefallen und hatte sich in der Öffnung verkeilt.

Von der Dunkelheit ins Helle, dachte ich, während ich ins Freie trat. *Von einer Welt in die andere.* Meine Augen passten sich schnell an das sanfte graue Licht an.

Die umgestürzten Säulen waren gigantisch. Ich ging bis zur Kante des breiten Absatzes, drehte mich um und starrte nach oben. Der Tempel stand noch, doch eine Seite war eingestürzt und zeigte große Risse im Marmor. Athenes Tempel. Genauer gesagt, ihr Tempel, bevor *Sie* den ihres Vaters gestohlen hatte. Er war sogar als Ruine noch beeindruckend.

»Habt ihr eigentlich eine Ahnung, wie verrückt das ist?«, fragte Henri fassungslos. »Das hier ist ... wir sind verdammt noch mal im Olymp.«

Sebastian gab ein lautes, ungläubiges Lachen von sich.

Ich wandte den Blick vom Tempel ab und sah, dass die beiden ganz oben an der Treppe standen und auf die Landschaft vor uns starrten. Ich ging zu ihnen und dann standen wir da, Seite an Seite, und staunten mit offenem Mund.

Dichte Wälder grenzten an den Tempel an. Rechts von uns erstreckte sich ein unheimlich wirkender Steingarten und vor uns, hinter der Treppe und jenseits der verwilderten Rasenfläche, sahen wir das glatte, dunkle Wasser eines Sees.

Mein Blick wanderte über das Wasser bis zum anderen Ufer des Sees, wo sich hinter einem Pavillon aus Marmor und einem gepflegten Rasen ein weiterer gewaltiger Tempel mit weißen Säulen erhob, der im Vergleich jedes der sieben Weltwunder ziemlich poplig hätte aussehen lassen.

Ich war felsenfest davon überzeugt, dass wir gerade Zeus' Tempel anstarrten.

Der See, die Landschaft … es sah aus, als wäre das Ganze an den Hang eines gewaltigen Berges geklebt worden. Um den Tempel herum brannten Feuer in gewaltigen Schalen, die so groß wie Schwimmbecken sein mussten. Bäume wirkten wie kleine Punkte auf dem Rasen. Zwei Kraniche flogen auf. Leise Harfenklänge drangen über den See zu uns.

Wir waren im Himmel. Ein Himmel wie aus einem Traum.

Athene, die Göttin des Krieges, Zerstörerin des gesamten Pantheons und gestörtes, narzisstisches Miststück, lebte in einem verdammten Paradies.

Aus irgendeinem Grund war ich davon ausgegangen, dass *Sie* in der Hölle wohnte, die *Sie* hinter sich zurückzulassen pflegte, dass sie auf einem mit Totenschädeln verzierten Thron saß und Höllenhunden Knochen zuwarf. Aber nein. *Sie* lebte da drüben im Tempel. An diesem wunderschönen Ort des Grauens.

Nachdem wir unseren Schock überwunden hatten, gingen wir die breite Treppe hinunter. Dieser Tempel war so anders als der jenseits des Sees. Schlingpflanzen überwucherten alles und krochen in den Tempel hinein, als würden sie versuchen, ihn mit sich in die Erde zu ziehen. Es war ein dunkler, verlassener Ort, der mich an den *GD* erinnerte.

»Ari, sieh dir das mal an«, rief Henri von irgendwoher.

Ich ging den Rest der Treppe hinunter und dann nach rechts.

Das Gelände war leicht abschüssig und führte zu einer Art Feld. Es war mit Marmorbrocken, Schutt und noch etwas anderem übersät, das wie Hunderte großer, aufrecht stehender Steine aussah. Auf drei Seiten war der Platz von einer hohen Mauer umgeben.

Flechten, Kletterpflanzen und Moos wuchsen über kleine Säulen und Marmorbrocken. Steinplatten standen schief aus der Erde. Um einige der Steine herum ragten Bäume auf, deren Wurzeln sich um den Fels geschlungen hatten. Ich sah, wie Henri zwischen den Steinen umherging.

Die feinen Härchen auf meinen Armen stellten sich auf. Plötzlich überkam mich ein ungutes Gefühl. Sebastian stellte sich neben mich. »Was ist das hier?«, fragte ich fast flüsternd.

»Hörst du das?«

»Was?«

»Die Stille. Keine Vögel. Keine Insekten. Keine Eichhörnchen, die an den Bäumen hochklettern. Keine Tiere. Nirgends.«

Vielleicht war das der Grund, warum ich mich so unwohl fühlte.

Sebastian ging zu Henri. Ich folgte ihm, und als ich die Steine aus der Nähe sah, entfuhr es mir: »Oh mein Gott«.

Es waren Statuen. Hunderte. Sie waren alt. Zufällig verteilt. Unheimlich. Krieger, Kinder, Frauen. Einige waren zertrümmert, andere mit Flechten überzogen oder unter Schlingpflanzen begraben, wie Ketten, die sie an Ort und Stelle hielten.

Mein Herz schlug wild, als ich durch den Steingarten ging.

Vor der Statue einer Frau, die einen Umhang mit einer Kapuze trug, blieb ich stehen. Es war ein grauer Stoff aus Marmor. Sie hatte den Kopf zur Seite gedreht und starrte angestrengt vor sich hin, als hätte sie ein Geräusch gehört. Schlingpflanzen wuchsen über die Sandalen an ihren Füßen und krochen an ihrem Gewand hoch.

Ich hörte mein Blut in den Ohren rauschen. Ich schluckte und streckte meine Hand aus, um die Hand aus Marmor zu berühren, die den Mantel am Hals der Statue zusammenhielt. Eine Bewegung hinter mir ließ mich innehalten. Ich machte einen Schritt zurück, weg von der Statue.

Ich sah, wie Sebastian durch Athenes Steingarten ging. Ich wollte nicht nach ihm rufen. Meine Stimme wäre hier zu laut gewesen, zu ... falsch. Ich kletterte über die Trümmer einer Bank und rannte zu ihm. Als er mich kommen hörte, drehte er sich um. Seine Augen wirkten ernst, er war seltsam ruhig.

Ich hatte das Gefühl, als befände ich mich in einer Kirche.

Einer Kirche der Verdammten vielleicht.

»Das hier ist ... bizarr.« Er sah sich um.

Ich konnte kaum noch atmen, meine Lunge brannte. Es bestand kein Zweifel daran, was dieser Ort hier war. »Das ist mehr als bizarr. Sebastian, das hier ist ein Friedhof. Frag mich nicht, woher ich es weiß, aber diese Leute wurden in Stein verwandelt.«

Das Werk einer oder auch mehrerer meiner Vorfahrinnen.

»Glaubt ihr, Athene hat die Statuen gesammelt?« Henri kam auf uns zu. »Ziemlich makaber für meinen Geschmack.«

Wem sagte er das. »Ich frage mich, ob *Sie* die Statuen hergebracht hat ... Oder ob hier tatsächlich eine Gorgo gelebt hat.«

»Warum bist du so sicher, dass das hier das Werk einer Gorgo ist?«, wollte Henri wissen.

Wir gingen wieder zum Tempel zurück und kamen an der Marmorstatue eines Kriegers vorbei. Ein Römer. Jung. Gut aussehend. Mit einem Schwert in der Hand. Mir schauderte. »Weil ich es weiß ... ich fühle es. Erklären kann ich es nicht.«

Als ich um ein gestürztes Schlachtross herumging, stieß ich auf die Statue einer Mutter, die ein kleines Kind an ihre Brust drückte.

Der Arm des Kindes ragte aus einer Decke hervor, das Gesicht der Mutter war in Angst erstarrt, als würde sie dem Tod selbst ins Auge blicken. Aber das Kind, das Kind starrte mich an, ohne jede Angst. Es hatte keine Ahnung, was es bei seinem Tod gesehen hatte.

Der Kloß in meinem Hals wurde immer größer, bis ich nicht mehr richtig schlucken konnte. Das war es also, was mich erwartete. Das würde geschehen, wenn ich mich weigerte, meinem Leben ein Ende zu bereiten. Ich würde mich in etwas verwandeln, das unschuldigen Menschen ... das hier antat.

»Kommt. Wir gehen um den See herum. Es wird wahrscheinlich nicht allzu lange dauern, bis wir den Tempel erreichen. Zwanzig, dreißig Minuten vielleicht«, sagte Sebastian. Ich war froh, diesen Ort zu verlassen.

Da der See auf einer Seite an einen Berg angrenzte, gab es nur einen Weg dorthin. Wir gingen nach rechts, durch den Wald. Je tiefer wir zwischen die Bäume vordrangen, desto dichter wurden die Schlingpflanzen. Sie überwucherten die Baumkronen, ihre langen, dünnen Wurzeln hingen wie Luftschlangen herunter. Wenn der Wald einen Namen gehabt hätte, hätte er wohl so ähnlich wie *Der Wald der tausend Seile* gelautet.

Schließlich wurde das Unterholz so dicht, dass ich ein Stück zurückfiel. Dorniges Gestrüpp riss an meiner Kleidung und an meinen Händen. Zweige peitschten mir ins Gesicht und zerzausten meine Haare. Ich wusste nicht mehr, wie oft ich gestoßen und gekratzt wurde oder stecken blieb. Oder wie oft ich in Gedanken oder auch leise fluchte.

Entweder ich lenkte mich jetzt ab oder ich würde ausrasten. Als ich Sebastian einholte, stellte ich ihm eine Frage, die mir seit der Begegnung mit Gabriel und seinen Freunden im Aufenthaltsraum der Presby im Kopf herumging. »Was ist eigentlich mit dir und Anne Hawthorne?«

Ich war auch schon mal diplomatischer gewesen. Noch direkter ging's wohl nicht. Ich sah nach unten, um nicht über irgendetwas zu stolpern, als Sebastian abrupt stehen blieb und ich mit ihm zusammenstieß.

Er warf einen neugierigen Blick über die Schulter und ging dann weiter. »Wie kommst du denn darauf?«

»Ähm, mir ist aufgefallen, wie sie dich angesehen hat. Ich bin ein Mädchen. So was erkenne ich.« Verärgert strich ich mir eine Haarsträhne aus dem Gesicht.

»Wir sind ein paarmal miteinander ausgegangen.«

Ich wartete, ob da noch mehr kam, merkte aber erst nach ein paar Schritten, dass er nichts weiter sagen wollte. Ich verdrehte die Augen und schoss einen finsteren Blick in Richtung seines Rückens.

»Was verstehst du unter ›ein paarmal miteinander ausgegangen‹?«, bohrte ich nach.

Er zuckte mit den Schultern. »Ich weiß nicht. Das war letztes Jahr. Es ist nichts draus geworden.«

»Und warum ist nichts –« Plötzlich stolperte ich und konnte mich gerade noch so fangen. Ich stöhnte genervt. Am liebsten hätte ich mein Schwert gezogen und angefangen, auf das Unterholz einzuschlagen, aber ich wollte die Klinge nicht stumpf machen.

»Wir sind fast da. Ab jetzt sollten wir leise sein«, sagte Henri vor uns. Zwischen den Bäumen, die jetzt etwas weiter auseinanderstanden, war der Feuerschein vom Tempel zu sehen.

Rechts von mir endete der Wald plötzlich und ich sah durch die Bäume hindurch den Himmel. Ich wusste nicht, wie weit oben in den Bergen wir waren, doch allem Anschein nach musste es ziemlich hoch sein.

Der Wald ging in ein schmales Stück Land mit schroffen Felsen über, das bis zu der Rasenfläche vor dem Tempel reichte. Die Felsen waren so groß, dass man uns vom Tempel aus nicht sehen konnte.

»Wir sollten hier eine Pause machen«, schlug Sebastian vor.

Ich ließ mich hinter einem grauen Felsbrocken auf den Boden fallen und suchte im Rucksack nach meiner Wasserflasche.

»Ich seh mir die Gegend mal aus der Luft an«, verkündete Henri nach einigen Minuten. »Ich bin bald zurück.«

»Sei vorsichtig«, riet ihm Sebastian. »Wir wissen nicht, was hier noch so rumfliegt.«

Henri nickte, kletterte über die Felsen und verschwand. Ich schaute nach oben, weil ich wusste, dass er am Himmel über uns wieder auftauchen würde. Trotzdem bekam ich eine Gänsehaut, als er wie ein dunkler Pfeil in die Luft schoss.

»Cool, was?« Sebastian starrte in den Himmel.

Sehr viel cooler, als sich in ein Monster mit lauter Schlangen auf dem Kopf zu verwandeln, dachte ich. »Wenn ich keine Höhenangst hätte, würde ich dir sofort zustimmen. Wie macht er das eigentlich genau? Und wohin verschwinden seine Klamotten?«

Sebastian lachte. Er setzte sich mir gegenüber und streckte die Beine aus. »Es geht nicht nur um das Körperliche, sonst würde er Stunden brauchen, um sich in einen Vogel zu verwandeln. Es ist ein Zauber«, erklärte er mit einem Schulterzucken. »Henri stammt aus einer Familie, in der alle fliegen können.«

»Dein Vater sagte, dass Halbgötter und Gestaltwandler häufig ein und dasselbe sind.«

Er setzte seine Wasserflasche an den Mund und trank einige große Schlucke daraus. Sein Adamsapfel hüpfte auf und ab, was seltsamerweise attraktiv aussah. Als er fertig war, wischte er sich mit der Hand über den Mund. »Irgendwo *ganz* weit unten in Henris

Stammbaum ist vermutlich auch ein Gott. Viele Gestaltwandler haben keine Ahnung, von wem sie abstammen. Das Wissen darüber ist im Lauf der Zeit verloren gegangen.« Er musterte mich. »Warum hast du nach Anne gefragt?«

Mein Herz geriet ins Stottern, ich hatte nicht damit gerechnet, dass er so schnell das Thema wechseln würde. Ich ließ mir viel Zeit damit, meinen Müsliriegel aus der Folie zu befreien. »Ich weiß nicht.« Ich biss in den Riegel und verschaffte mir so noch ein paar Sekunden, um über eine Antwort nachzudenken.

Mit diesen ganzen Jungen-Mädchen-Dingen kannte ich mich zwar nicht so gut aus, aber ich wusste, was für verrückte Psychospiele manche Leute draufhatten. »Wenn da zwischen euch noch was läuft, würde ich es, glaube ich, lieber wissen wollen. Ich meine, du und ich … wir haben uns nichts versprochen oder so und das ist auch okay, aber auf Dreiecksgeschichten steh ich nicht, daher …«

Vielleicht wäre etwas Zurückhaltung jetzt besser, dachte ich, während mein Gesicht knallrot wurde. Wenigstens hätte ich dann nicht das Gefühl gehabt, eine Idiotin zu sein, weil ich deutlich wurde.

»Ich hab auch nichts für Spielchen oder ständig wechselnde Beziehungen übrig«, erwiderte Sebastian leise. Auf seinem Gesicht lag ein nachdenklicher Ausdruck. »Wenn wir das hier überleben, würde ich gern wissen, was sich entwickeln kann.« Er räusperte sich. »Und zwar mit dir, wenn du willst.«

Ich hatte das Gefühl, als würde ich schweben. Wir sahen uns an, und während ich ihm in Gedanken antwortete, schien es eine Ewigkeit zu dauern, bis die Worte meinen Mund verließen. »Das wäre schön«, brachte ich heraus. Dann wandte ich schnell den Blick ab.

Als ich Sebastian wieder ansah, kniff er belustigt die Augen zusammen. Ich spürte, wie sich ein Grinsen auf meinen Lippen breitmachte, und wollte gerade lachen, als Henri zurückkam.

Er kletterte um die Felsen herum und griff nach seinem Rucksack, während er sich auf den Boden setzte. »Der Tempel ist riesig.« Er legte den Kopf in den Nacken und trank. »Jede Menge Diener und Wächter. Außer dem Tempel gibt es noch sieben andere Gebäude, aber keines davon sieht aus, als würde es als Gefängnis benutzt werden. Im Garten läuft gerade so eine Art Party. Der Garten grenzt direkt an den Tempel an. Ich würde sagen, wir warten noch ein paar Stunden, bis alle weggetreten sind. Dann gehen wir näher ran und sehen uns um.«

»Wie geht der Weg von hier aus weiter?«, erkundigte sich Sebastian.

»Von den Felsen hier führt eine lange Mauer am Rasen entlang bis zum Tempel. Sie trennt den Garten von einem Abhang. Wir sind an einem Berghang. Auf der anderen Seite der Mauer geht es steil nach unten.«

Ich aß meinen Müsliriegel auf und schob meinen Rucksack so hin, dass ich ihn als Kopfkissen benutzen konnte. »Okay, dann warten wir. Am besten schlafen wir ein bisschen. So, wie sich das anhört, wird es eine lange Nacht werden.«

Während vom Tempel Stimmen, Gelächter und Musik zu uns herüberdrangen, legten wir uns hin.

Achtzehn

Wir müssen los.« Sebastian stieß mich an.

Mit einem Schlag war ich wach und setzte mich auf. Ich war eingeschlafen, was mich angesichts der Umstände ziemlich überraschte. Meine Hüfte und meine Schulter schmerzten wegen des harten, felsigen Untergrunds, und als ich aufstand, protestierten meine Muskeln gegen die Bewegung.

Die Luft war kühler geworden und am Nachthimmel funkelten die Sterne. Alles war ruhig, fast friedlich. Ich warf meinen Rucksack über die Schulter und vergewisserte mich, dass meine Waffen an ihrem Platz waren.

Wir kletterten über und um die Felsen herum, bis wir ans Ufer des Sees kamen. Die Felsen gingen in eine Mauer über, die am Rasen entlang zum Tempel führte und uns vom Abgrund auf der anderen Seite trennte.

»Bleibt dicht an der Mauer«, flüsterte ich, als wir über das Gras liefen und an dem weißen Marmorpavillon vorbeigingen.

Ein Duft von Blumen lag in der Luft. Kirsch- und Apfelbäume mit rosafarbenen und weißen Blüten sprenkelten den Garten vor dem Tempel. Ein leichter Wind wirbelte Blütenblätter wie Schneeflocken durch die Luft.

Je näher wir dem riesigen Tempel kamen, desto schneller schlug mein Puls. Die Feuer in den großen Becken brannten immer noch, obwohl es schon spät war.

Der Tempel ragte mindestens vier Stockwerke in die Höhe, vielleicht auch fünf an der höchsten Stelle. Er war atemberaubend. Gigantisch. Und brutal einschüchternd. Nur das Knacken der großen Feuer, die hin und wieder Funken Richtung Himmel schickten, durchbrach die Stille.

Als wir uns der offenen Längsseite des Tempels näherten, gab Henri seinen Rucksack an Sebastian weiter und drückte mir seine Schrotflinte in die Hand. Ich schulterte die Waffe, während sich Henri in den Falken verwandelte und auf eine der Säulen flog, um Ausschau zu halten.

»Es ist zu ruhig«, flüsterte ich Sebastian zu, während ich mich mit dem Rücken an die Mauer drückte. Wir standen zwar im Schatten, doch wenn jemand genau hinsah, würde er uns entdecken. »Findest du nicht auch?«

Er wollte gerade antworten, als ein betrunkenes Pärchen aus dem Tempel kam und in den Garten torkelte. Plötzlich stolperten sie und fielen lachend ins Gras. Der Typ legte sich auf die Frau und murmelte ihr etwas ins Ohr. Dann küsste er sie.

Mist. An den beiden würden wir nicht unbemerkt vorbeikommen.

Ich stieß Sebastian an. *Was jetzt?*, formte ich lautlos mit den Lippen.

Sebastian straffte die Schultern. Er konzentrierte sich auf das Pärchen und biss die Zähne zusammen. Dann löste er sich von der Wand und schlenderte auf das Paar zu, als würde er hierhergehören. Es brauchte eine Menge Mut, um so etwas zu tun. Ich hielt den Atem an, als er auf Höhe der Schultern des Paares stehen blieb. Er sprach sie an, mit leiser, beruhigender Stimme. Der Mann antwortete ihm und fuhr dann fort, die Frau zu küssen. Sebastian ging weiter zum Eingang, drückte sich flach gegen die Wand und steckte dann kurz den Kopf hinein.

Er winkte mich zu sich. Ich zögerte eine Sekunde, bevor ich all meinen Mut zusammennahm und auf ihn zurannte.

Ich war auf halber Strecke zwischen der Mauer und Sebastian, als sich etwa fünfzehn Zentimeter neben mir ein Pfeil in die Erde bohrte. Ich war so überrascht, dass ich wie angewurzelt stehen blieb. Ich sah, wie Sebastian die Augen aufriss, dann wanderte mein Blick von ihm zu Henri und danach in die Richtung, aus der der Pfeil gekommen war.

Nein, nein, nein!

Einen Moment waren wir alle starr vor Schreck und so verblüfft, dass wir nicht wussten, was wir tun sollten.

Ich sah ein wildes, ungezähmtes Leuchten in Sebastians Augen. Langsam drehte er den Kopf in Richtung des Bogenschützen, während er gleichzeitig die Rucksäcke von seinen Schultern gleiten ließ. Plötzlich wurde die Luft schwer, fast drückend. War das Sebastians Werk? Oh, Scheiße. Mit Sicherheit, denn er sah aus wie ein lauerndes Raubtier, das gleich zum Sprung ansetzte.

Ich wich einen Schritt zurück, weil ich nicht wusste, was jetzt geschehen würde. Ich hatte ihn noch nie so gesehen.

Der Bogenschütze stand in den Schatten an der Ecke des Tempels. Aufgrund der Silhouette war mir sofort klar, dass es Menai war, das Mädchen, das an Athenes Tisch neben mir gesessen hatte. Das Mädchen, das so gefühllos und gelangweilt gewirkt hatte, während mein Vater gefoltert worden war.

Und dafür würde sie jetzt bezahlen.

Als ich sah, wie sie den nächsten Pfeil in ihren Bogen einlegte, zog ich meine Pistole. Henri stieß sich von der Säule ab und flog los. Der Bogen hob sich, Menai zielte auf mich. Plötzlich war Sebastian in der Schusslinie, ich konnte nicht abdrücken – Scheiße! Ich nahm den Finger vom Abzug, als Henri den Pfeil abfing, bevor er sein Ziel fand. Er flog damit über die Mauer und ließ ihn fallen.

Sebastian warf sich auf Menai. Ich rannte los und ließ dabei meinen Rucksack und die Schrotflinte von meiner Schulter gleiten und auf den Boden fallen. Als ich das miteinander beschäftigte Paar im Gras erreichte, sprang ich über die beiden hinweg. Die Wucht von Sebastians Aufprall war so groß, dass er und Menai sich überschlugen und vom Garten in den großen Hof auf der Vorderseite des Tempels rollten.

Schon während ich über den Rasen rannte und meinen Herzschlag in den Ohren hörte, wusste ich, dass wir geliefert waren. Als ich den Hof erreicht hatte, blieb ich stehen. Die Hälfte der Fläche war bereits von Athenes Schergen gefüllt. Alle taten das Gleiche, sie alle sahen dem Kampf zu und warteten …

Etwas schoss an mir vorbei, so schnell, dass ich es nur als Fleck wahrnahm, und so nah, dass meine Haare im Wind flatterten. Sebastian und die Bogenschützin donnerten gegen die breiten Stufen, die in den Tempel führten. Marmor brach. Sie überschlugen sich wieder, doch plötzlich stand Menai aufrecht da, spannte blitzschnell ihren Bogen und schoss einen Pfeil ab, bevor ich den Schrei ausstoßen konnte, der sich in meiner Kehle bildete. Der Pfeil bohrte sich in Sebastians Schulter, als er auf die Füße sprang und eine Kugel aus blauem Licht in seinen Händen erschien.

Die Lichtkugel zerplatzte und verschwand in dem Moment, in dem Sebastian von dem Pfeil getroffen wurde. Verblüfft setzte er sich hin.

Ich stürzte mich auf Menai und riss sie zu Boden. Sie stieß einen überraschten Schrei aus, als wir auf den Rasen rollten. Mit unnatürlicher Schnelligkeit hatte sie sich aus meinem Griff befreit, mich herumgeworfen und sich mit einem ihrer Pfeile in der Hand auf meinen Oberkörper gesetzt. Die Spitze des Pfeils war auf meine Halsschlagader gerichtet, Menais Hand zitterte vor Wut.

Ich schlug um mich, doch sie bewegte sich keinen Zentimeter. »Niemand greift mich zweimal an und überlebt.« Offenbar hatte sie nicht vergessen, dass ich ihr eine Gabel in die Hand gerammt hatte.

Plötzlich hörte ich ein Klicken. Neben uns stand Henri, in seiner menschlichen Form. Er war völlig außer Atem und hielt Menai seine Schrotflinte an den Kopf. »Die Patrone in dieser Flinte enthält etwa vierhundert Schrotkugeln. Du bist vielleicht unsterblich, aber ich bezweifle, dass du dich jemals davon erholen wirst, wenn ich dir die Ladung durch den Kopf jage.«

Sie antwortete mit einem Wortschwall, der sich schwer nach griechischen Flüchen anhörte.

Sebastian stöhnte vor Schmerz, doch ich konnte meinen Blick nicht von ihr abwenden. »Was bist du?«

»Ich bin ...« Sie wirkte unschlüssig. Vermutlich überlegte sie, ob sie mir den Pfeil in die Kehle stoßen oder der Schrotflinte ausweichen sollte. »Schneller als du.«

»Oh, bravo, Menai!«, rief uns Athene von den Stufen des riesigen Tempels entgegen. »Fast hättest du alle drei gehabt.« Die Göttin kam die Stufen herunter, in einem fließenden weißen Gewand und mit offenen Haaren.

Henri klappte die Kinnlade herunter.

Als Athene näher kam, ließ Menai mich los. Ich rollte mich auf die Seite und kroch zu Sebastian. »Sebastian ...«

Er war ganz blass und fahl geworden, Blut tränkte sein T-Shirt rund um den Pfeil. Seine Hand umklammerte den Schaft. Sie zitterte. »Ich muss ihn rausziehen«, keuchte er. Dann presste er die Lippen zu einem schmalen Strich zusammen.

»Du gestattest.« Athene blieb auf der Stufe neben uns stehen, beugte sich herunter und riss den Pfeil in einem schmerzhaften Winkel aus seiner Schulter. Sebastian schrie auf. Blut strömte aus der Wunde und breitete sich auf seinem T-Shirt aus.

»Was soll ich tun? Sag mir, was ich tun soll«, stammelte ich. Athene schlenderte zu Henri hinüber, legte ihm einen Finger unters Kinn und drückte seinen Kiefer nach oben. Dann nahm *Sie* sich die Schrotflinte, zielte auf seinen Bauch und drückte ab.

»Henri!« Oh Gott. Henri. Das war doch gerade nicht wirklich passiert. Das durfte einfach nicht wirklich passiert sein!

Henri presste die Hände auf seinen Bauch, einen Ausdruck ungläubigen Entsetzens im Gesicht. Dann sackte er in sich zusammen. Athene winkte ihre Wächter herbei. »Werft ihn über die Mauer.«

»NEIN!«

Sie wirbelte herum und bedeutete mir zu schweigen. Plötzlich konnte ich mich nicht mehr bewegen. »Du überraschst mich immer wieder, Aristanae. Du musst mir unbedingt erzählen, wie du es geschafft hast, in mein Reich zu kommen. Nachdem du ein bisschen Zeit in meinem Gefängnis verbracht hast.«

Neunzehn

Das wird heilen«, murmelte Sebastian, als ich ihm beim Aufstehen half. »Vampirhexer, schon vergessen? Großer Gott, Henri ...«

Die Wächter packten Henri, trugen ihn zur Mauer und warfen ihn in den Abgrund. Einfach so.

Ich biss die Zähne zusammen, bis mein Kiefer zu schmerzen begann, und gab Henri ein Versprechen – noch jemand, der Gerechtigkeit verdiente.

Aus meiner Trauer um Henri wurde kalte Distanziertheit. Mein Schock legte sich und ich hatte ein klares Ziel vor Augen: Egal, was passierte, Athene würde bezahlen.

Menai stieß uns die Stufen zum Tempel hoch, während Athene im Innern verschwand. Ich klammerte mich an Sebastian, zu schockiert und entsetzt, um weinen zu können. Meine Arme und Beine zitterten heftig. Als ein weiterer Stoß von hinten kam, stolperte ich und konnte gerade noch verhindern, dass ich mit dem Gesicht voran auf die Stufen knallte.

Als wir oben waren, legte ich den Kopf in den Nacken und sah nach oben, immer weiter nach oben ... Die Sockel allein waren größer als ich. Soviel ich wusste, waren die Götter keine Riesen, doch ihre Egos – na ja, zumindest ein Ego – passten definitiv zu diesem gigantischen Bauwerk.

Wir liefen durch die Haupthalle, den Raum, in dem das Bankett stattgefunden hatte, mit meinem Vater als Abendprogramm. Feuer brannten in den steinernen Schalen am Rand des Raums, doch jetzt war alles leer und still.

Nachdem wir einen langen Korridor hinuntergegangen waren, führte man uns eine steinerne Wendeltreppe hinab, die von Fackeln beleuchtet wurde und in eine Kammer führte, in der mehrere von Athenes τέρας-Jägern versammelt waren. Am anderen Ende der Kammer passierten wir eine schwere Tür, dann ging es in den Berg selbst hinein, auf einer Treppe, die in den nackten Fels gehauen war.

Zwei Treppenabsätze weiter unten befand sich eine riesige, höhlenartige Nische. Auf die Treppe folgte ein abschüssiger, gewundener Weg, der an einem gähnenden Abgrund entlang in eine Schlucht führte. Ein falscher Schritt und es wäre vorbei. Entlang des Wegs konnte ich kleine Kammern und Gefängniszellen erkennen, auf einer Ebene nach der anderen.

Feuchtigkeit legte sich auf meine Haut, die Luft war so schwül, dass mir das Atmen schwerfiel. Wir liefen ein Stück in den Abgrund hinunter und blieben schließlich vor einer Reihe leerer Zellen stehen. Sebastian und ich wurden in nebeneinanderliegende Zellen gestoßen. Mit einem lauten Knall schlugen die Türen hinter uns zu, Metall klirrte, Schlösser dröhnten. Der Boden bestand aus nacktem Fels und Erde. Kein Bettzeug, keine Toilette. Die hintere Wand war aus Felsgestein, dicke Gitterstäbe bildeten die Seiten und die Front.

Als Menai und die Wächter weg waren, ging ich in meiner Zelle auf und ab. »Kannst du hier diese Show mit dem Verschwinden abziehen?«

»Nicht sofort«, stieß Sebastian zwischen zusammengebissenen Zähnen hervor. Er setzte sich mit dem Rücken an die Gitterstäbe, die unsere Zellen voneinander trennten.

Ich setzte mich ebenfalls auf den Boden, ein bisschen schräg, damit ich ihm ins Gesicht sehen konnte. »Es tut mir leid.« Sebastian drehte den Kopf zu mir. Er war noch blasser geworden und schwitzte heftig. »Sobald es dir besser geht, möchte ich, dass du von hier verschwindest, Sebastian. Okay?«, sagte ich.

»Ich soll verschwinden?«, wiederholte er keuchend. Dann wandte er den Kopf ab und ließ ihn gegen die Gitterstäbe fallen. Sein Adamsapfel hüpfte auf und ab, während er zu schlucken versuchte. »Du bist verrückt. Was hältst du davon, dass *du* verschwindest, wenn es so weit ist?«

Ich schnaubte empört und musste mich beherrschen, um ihm nicht an den Kopf zu werfen, dass das hier *mein* Kampf war. Er hatte schon einmal gesagt, dass wir in dieser Beziehung nicht einer Meinung waren, und insgeheim wusste ich, dass er recht hatte – auch Sebastian hatte einen guten Grund dafür, hier zu sein. Genutzt hatte es uns nichts. In weniger als vierundzwanzig Stunden war eine meiner größten Befürchtungen wahr geworden. Athene hatte wieder zugeschlagen und ihre Wut an jemandem ausgelassen, der mir etwas bedeutete. Zwei Jemande. Sebastian war verletzt und Henri war ....

»Ari, es funktioniert nicht.« Sebastian hielt seine geöffnete Hand nach oben. Sie zitterte heftig. »Ich kann hier keine Energie ziehen.«

Er versuchte anscheinend, über seiner Hand eine Lichtkugel zu bilden, doch es geschah nichts. »Heilt deine Wunde?«, fragte ich.

»Heilen liegt bei mir in den Genen, es hat nichts mit Zauberei zu tun. Daher wird es funktionieren. Aber ich kann nicht ... hier muss es eine Art Abwehrzauber oder eine Blockade geben.«

Das überraschte mich nicht. »Dein Vater hat das Gleiche über das Gefängnis gesagt, in dem Athene ihn gefangen gehalten hat.

Vielleicht kommen deine Zauberkräfte zurück, wenn wir nicht mehr hier unten sind.«

»Es kann auch sein, dass *Sie* den gesamten Tempel blockiert hat.« Er runzelte die Stirn und blinzelte. »Dich hat *Sie* allerdings nicht blockiert.«

»Was meinst du damit?«

»Was du mit der Bogenschützin gemacht hast, als wir das letzte Mal hier waren. Ari, du hast deine Macht nutzen können. Und das bedeutet« – er machte eine Pause und atmete ein paarmal heftig ein und aus –, »dass du in ihrer Halle nicht blockiert bist. Vielleicht hier im Gefängnis, aber nicht in der Halle. *Sie* will vermutlich sehen, wie du deine Macht einsetzt. Sonst hätte *Sie* dich schon längst getötet.«

Und Athene würde alles benutzen, was *Sie* konnte, um herauszufinden, aus was ich gemacht war. Violet. Meinen Vater. Sebastian.

»Im Freien sind Zauberkräfte nicht blockiert, das wissen wir bereits. *Sie* wird uns nicht für immer hier unten behalten. Das passt nicht zu ihr.« Athene war eine Entertainerin; *Sie* würde mit Sicherheit dafür sorgen, dass ihre Anhänger sahen, was *Sie* mit mir und den Meinen machen konnte. Es war klar, dass ich meine Macht noch nicht unter Kontrolle hatte. Die Göttin wusste, dass ich noch ungeübt war, und *Sie* wusste auch, dass *Sie* die Oberhand hatte. Meine einzige Hoffnung bestand darin, dass ihr das zu Kopf stieg, dass *Sie* unvorsichtig wurde und einen Fehler machte.

Sebastian sackte zur Seite. »Sebastian?«

Er antwortete nicht. Er war bewusstlos geworden.

Ich schlang die Finger um einen der rostigen Gitterstäbe und zog die Knie an meine Brust. Wenn ich doch nur einen Plan hätte ...

Ich überlegte, doch keine meiner Ideen schien realisierbar. Immer wieder gingen mir Bilder durch den Kopf, von dem, was im

Tempelhof geschehen war, und hinderten mich daran, mich zu konzentrieren. Schließlich gab ich auf und schloss die Augen. Vielleicht hatte es Henri doch geschafft, er war ein Gestaltwandler und hatte übermenschliche Fähigkeiten. Doch wie konnte jemand eine Ladung Schrot in den Bauch überleben? Wie konnte es jemand überleben, in einen Abgrund geworfen zu werden?

Ich rieb meine tränenfeuchten Augen. Das Gefühl der Enge in meiner Brust wurde immer stärker, bis ich kaum mehr atmen konnte.

Oh Gott. Henri war tot.

Als ich aufwachte, lag ich zusammengekauert an der Wand, die Hand zwischen den Gitterstäben hindurchgestreckt, meine Finger mit Sebastians verschränkt. Ich wusste nicht, ob es bereits der nächste Tag war oder Nacht. In der Finsternis unter Athenes Tempel hatte ich jedes Zeitgefühl verloren.

Ich ließ Sebastians Hand los und setzte mich auf. Dann rieb ich mir das Gesicht, um meinen Kreislauf wieder in Schwung zu bringen und wach zu werden.

Als Sebastian gähnte und sich streckte, zuckte ich erschrocken zusammen.

»Wie geht es deiner Schulter?«

Er rollte sie vor und zurück. »Gut. Nur ein bisschen steif.«

Ich stand auf und streckte mich, während mein Magen laut knurrte. Meine innere Uhr sagte, dass es Morgen war, doch es gab keine Möglichkeit, das zu überprüfen. Und zu essen hatten wir auch nichts, da man uns die Rucksäcke mit Proviant und Wasser abgenommen hatte.

Auf der anderen Seite der Schlucht sah ich weitere Zellen, die den gewundenen Weg nach unten in die Dunkelheit säumten. Eine nach der anderen, sie sahen so klein aus von der Stelle, an der ich stand, so dunkel, und es waren so viele. In einigen brannten Fackeln, doch ihr Licht war zu schwach und zu weit weg, um erkennen zu können, was sich in den Zellen befand.

Es würde nicht mehr lange dauern. Angst packte mich. Ich rieb mir über die Arme und ging in der Zelle auf und ab. Athene würde irgendwann aufwachen und ihre Wächter schicken. Und das bedeutete, dass ich auf alles vorbereitet sein musste.

»Ari. Hör auf.«

»Ich kann nicht anders.« Ich wies auf die Zellentür. Das Gefühl der Hilflosigkeit war so stark, dass ich glaubte, daran zu ersticken. »Sie werden kommen. Und wenn wir das nächste Mal dort oben sind, wird es nicht mein Vater sein, der in das Wasserbecken geworfen wird ...«

»Ja. Also hör damit auf.«

»Wenn dir nicht gefällt, was ich fühle, dann blockier mich eben.«

Er runzelte die Stirn. »Oder hör einfach auf, es dir vorzustellen. Glaubst du etwa, ich *will* fühlen, was du gerade fühlst? Glaubst du, es hat mir gefallen, das zu fühlen, was du gefühlt hast, als du deinen Vater gesehen hast? Ich will es nicht. Ich will es nicht ...«

Er vergrub den Kopf in den Händen, rieb sich das Gesicht und fuhr sich mit den Fingern durch die Haare.

Ich kniete mich vor ihn, umklammerte die Gitterstäbe und schüttelte den Kopf. »Ich weiß nicht, was ich tun soll.«

Er streckte die Hand durch das Gitter, nahm eine Strähne meiner Haare zwischen die Finger und spielte damit. »Du hast keine Schuld an dem, was hier passiert. Und es wird auch nicht deine Schuld sein, wenn das hier schiefgeht. Es ist nicht deine Schuld, dass Henri tot ist ...«

Ich starrte auf den Boden. Das war der Kern der Sache, nicht wahr? Wenn unsere Mission schiefging, wenn Sebastian oder Violet etwas passierte oder wenn man sie sogar getötet hatte, würde ich mir die Schuld daran geben. Ich würde mir Vorwürfe machen, würde mir sagen, dass ich sie hätte retten müssen, dass ich etwas hätte anders machen müssen …

Meine Nase war verstopft. Für eine Minute verlor ich mich in den Sturmwolken in Sebastians Augen. Er spielte weiter mit meinen Haaren. »Du machst es jetzt gerade, stimmt's? Diese Sache mit dem Beruhigen.«

»Nein.« Er zuckte mit den Schultern. Ich lachte traurig und schniefte dann wieder.

Schlüssel klirrten. Die Wächter waren wieder da. Kalte Verzweiflung überfiel mich. Ich konnte nicht. Ich schüttelte den Kopf und starrte Sebastian an. Er legte die Hände um meine Finger, die immer noch die Gitterstäbe umklammerten. Wir rührten uns nicht vom Fleck, bis die Wächter in die Zellen kamen und uns auseinanderrissen.

Wir wurden in die große Halle des Tempels gebracht. Musik war zu hören, doch dieses Mal war es David Bowies *China Girl*, was mich zuerst überraschte. Doch dann fiel mir wieder ein, was Mrs. Cromley über Athene erzählt hatte, dass *Sie* sich für jede kulturelle Epoche interessierte. Vermutlich hörte *Sie* gern Bowie.

Ich entdeckte Menai, die auf einer Bank saß und die Spitzen ihrer Pfeile schärfte. Athenes Schergen spielten, tranken und begrapschten die Dienerinnen.

Die Tische waren für ein weiteres Festmahl gedeckt.

Als Menai uns sah, stand sie auf und kam zu uns. Sie packte Sebastian am Arm, legte ein goldenes Armband um sein Handgelenk und ließ es zuschnappen. »Das Ding wirst du nur los, wenn du dir die Hand abhackst. Also versuch's erst gar nicht.«

Das Armband war etwa acht Zentimeter breit und mit unzähligen Symbolen verziert.

»Wofür ist das Armband?« Mir fiel auf, dass ich keines bekam.

»Athene will euch im Garten sehen. Das Armband verhindert, dass er außerhalb des Tempels seine Zauberkräfte einsetzt. Dich sieht *Sie* offenbar nicht als Gefahr an.« Sie grinste und bedeutete den Wächtern, uns wegzuführen.

Athene wollte, dass ich meine Macht einsetzte, so viel wusste ich, aber ich fragte mich, ob *Sie* überhaupt in der Lage war, mich zu blockieren. Im Gegensatz zu Sebastian zog ich keine Energie aus der Umgebung. Ich setzte keine Zauberkräfte ein. Meine Macht rührte von Athenes Worten, von ihrem Fluch. Vielleicht hatte *Sie* dafür weder einen Abwehrzauber noch ein Schmuckstück. Oder vielleicht wollte *Sie* mich einfach nur ärgern.

Hinter den langen Tischen führte ein mit Säulen flankierter Gang in den Garten, der auf zwei Seiten von einer Mauer umgeben war. Die Sonne war gerade untergegangen, der Himmel eine Mischung aus Violett, Rosa und verblassendem Orange. Offenbar ging meine innere Uhr völlig falsch. Eine leichte Brise wehte durch den Garten. Ich sog die saubere, duftende Luft in meine Lunge – nach der bedrückenden Schwüle im Gefängnis war sie mir mehr als nur willkommen.

Auf dem Rasen standen mehrere Kirschbäume in voller Blüte. Weiße und rosafarbene Blütenblätter schwebten durch die Luft und landeten auf meinen Haaren und Schultern. Vor uns ragten Säulen auf, die einen rechteckigen Pavillon bildeten. Dahinter lag der See.

Meine Stiefel versanken in dem weichen Gras. Wir gingen die drei breiten Stufen zu dem Marmorpavillon hoch, der im Inneren mit Liegesofas, Stühlen und Tischen eingerichtet war.

Ein lautes Platschen erregte meine Aufmerksamkeit. Die Wärter ließen uns los, traten zurück und umstellten das kleine Gebäude. Ich ging zur anderen Seite des Pavillons und sah auf die leicht abschüssige Rasenfläche, die mit hohen Bäumen gesprenkelt war und bis zum Ufer des Sees reichte.

Athene kam gerade aus dem Wasser, die nassen Haare glatt nach hinten fallend, bekleidet mit einem schwarzen Badeanzug. Auf dem Arm hielt sie einen kleinen weißen Alligator; er leuchtete geradezu vor dem Schwarz ihres Einteilers. Pascal. Ich war mir ganz sicher, dass er es war. Athene beugte sich nach unten und ließ ihn von ihrem Unterarm auf die Felsen krabbeln.

Mir stockte der Atem, als der Alligator über die Felsen watschelte und zielstrebig auf ein kleines Mädchen zusteuerte, das mit dem Rücken an einem der Felsen lehnte. Ich konnte sein Gesicht nicht sehen, doch die kleinen blassen Hände, mit denen es den Alligator auf seinen Schoß zog, waren unverkennbar.

»Das ist Violet«, keuchte ich, während sich Gänsehaut auf meinem ganzen Körper bildete.

Kein Wunder, dass ich Pascal nicht gefunden hatte; er war die ganze Zeit hier bei Violet gewesen. Athene musste jemanden geschickt haben, der ihn gesucht und hergebracht hatte. *Sie* versuchte, Violet auf ihre Seite zu ziehen, obwohl das kleine Mädchen ihr einen Dolch ins Herz gerammt hatte. Die Frage war nur, warum?

»Dreh nicht den Kopf, aber sieh nach rechts«, sagte Sebastian leise.

Hoch oben in einem der Bäume am See saß ein Falke. Der zweite Schock an diesem Tag. Ich musste an mich halten, um den Vogel nicht mit offenem Mund anzustarren. »Glaubst du …?«

»Ich weiß es nicht. Beten wir, dass er es ist.«

Wenn Henri überlebt hatte ... Hoffnung keimte in mir auf, doch sie war mehr als zurückhaltend, weil ich einfach nicht glauben konnte, dass es möglich war.

Mittlerweile war Athene zu Violet gegangen und sprach leise mit ihr. Dann hob *Sie* den Kopf und bemerkte uns. *Sie* sagte noch etwas zu Violet und plötzlich war das Mädchen verschwunden. Es war einfach weg.

Athene schlenderte den grasbewachsenen Hügel herauf. Im Gehen verwandelte sich ihr schwarzer Badeanzug in eine weiße Toga. Die Art von Toga, die man immer bei antiken Statuen sieht. Die Haare trug sie jetzt hochgesteckt und mit einem schlichten goldenen Band verziert. Der fließende Stoff ihres Gewands fiel über die Spitzen ihrer goldenen Sandalen. Zur Abwechslung sah *Sie ein*mal genau so aus, wie man sich eine griechische Göttin vorstellte.

Sie hob den Saum ihres Gewands und kam die Stufen hoch. Als *Sie* oben war, ließ sie ihn wieder fallen. »Gefällt's euch bei mir?« Dann ging *Sie* an uns vorbei und gab den Wächtern einen Wink.

Wir hatten keine andere Wahl, als ihr durch den Garten zu folgen. Es war fast dunkel, die Feuerbecken um den Tempel herum waren entzündet worden. Aus dem Innern drang helles Licht zu uns heraus. Musik und der Geruch eines weiteren Festmahls lagen in der Luft.

In der Haupthalle bogen sich die Tische unter den Speisen und Getränken, die Gäste hatten bereits Platz genommen. Mein Herz fing an zu rasen. Ich wusste, dass ich nicht noch einmal mit ansehen konnte, wie mein Vater in Stücke gerissen wurde.

Als mir auffiel, dass das Wasserbecken mit einer dicken, glänzenden Holzplatte abgedeckt war, wäre ich vor Erleichterung fast auf die Knie gefallen. Doch dann zerrte einer der Wächter Sebastian von mir weg und mein Herz wurde schwer. Mein Wächter brachte mich zu Athenes Tisch und stieß mich auf einen Stuhl neben ihr, während Sebastian zum abgedeckten Becken geführt wurde.

In die glänzende Holzplatte waren mehrere Eisenringe eingelassen. Die Wächter stießen Sebastian auf die Platte und zwangen ihn dann auf die Knie. Sie ketteten ihn an die Ringe. Als sie fertig waren, zogen sie sich zurück und ließen ihn dort liegen, an Hand- und Fußgelenken gefesselt mit Ketten, die so locker waren, dass er sich noch bewegen konnte, aber nicht locker genug, dass er aufstehen konnte.

Meine Kehle wurde trocken, als mich eine dunkle Vorahnung beschlich und mein Puls zu rasen begann.

Athene ließ sich neben mir auf ihren Stuhl fallen. »Ich wette, du brennst darauf zu erfahren, was ich vorhabe. Mein Plan ist gut. Geradezu genial.« *Sie* sah mich selbstzufrieden an und nickte dann jemandem links von sich zu.

Aus den Schatten trat eine Frau hervor. Der Feuerschein ließ den hauchdünnen Stoff ihres Gewands durchsichtig werden und enthüllte die Form ihrer Hüften und Brüste. Ihr dunkles Haar war offen und fiel in weichen Wellen bis zu ihrer Taille.

Die Frau ging auf Sebastian zu, als wären sie und er die einzigen Lebewesen im Universum. Die Männer in der Halle folgten ihr mit gierigen Blicken, als sie um das Becken herumschritt und dann hinter Sebastian stehen blieb.

Sein Blick glitt zu mir. Er sah mich an.

Die Zeit blieb stehen.

Die Frau trat auf die Holzplatte und ging hinter Sebastian auf die Knie. Sie schmiegte sich an seinen Rücken, ließ ihre Hände über seine Arme gleiten und bog schließlich seinen Kopf zur Seite, bis sein Hals zu sehen war.

Und dann, mit erschreckender Deutlichkeit, verstand ich.

Athene beugte sich zu mir, ihre Schulter streifte mich. »Zaria ist einer der unersättlichsten Vampire, die ich kenne. Besonders gern trinkt sie von anderen Vampiren.«

Sebastian starrte mich unverwandt an. Er schien sich von dem, was gleich geschehen würde, zu distanzieren, indem er sich auf mich konzentrierte. Ich konnte nicht wegsehen, ich *wollte* nicht wegsehen, nicht jetzt, wo er mich brauchte.

Ich saß da, bohrte meine Fingernägel in meine Handballen und hatte Tränen in den Augen. Ich hatte Macht, aber ich war eine Versagerin, weil ich sie nicht kontrollieren konnte, mich nicht genug konzentrieren konnte, um sie zu wecken.

Athene tätschelte mir den Arm. »Das ist schon okay, kleine Gorgo. Du bist doch noch ein Baby. Niemand erwartet, dass du ihn rettest. Außerdem wird er gleich nicht mehr gerettet werden wollen.« *Sie* lachte leise.

Blanker Hass wallte in mir auf, heftiger und bösartiger als alles, was ich bis jetzt erlebt hatte. Und er weckte das Monster in mir. Ich schloss meine Augen und konzentrierte mich auf das, was in mir geschah.

»Beruhige dich, Gorgo«, zischte Athene in mein Ohr, »sonst verpasst du das Beste.«

Ich hätte die Augen nicht öffnen soll. Dadurch verlor ich das kleine bisschen Kontrolle, das ich über meine Macht hatte.

Zaria schlang von hinten einen Arm um Sebastians Brustkorb und den anderen um seine Stirn, sodass sein Kopf nach hinten gebeugt war. Und dann schlug sie ihre Fangzähne in seinen Hals.

Ein Stöhnen drang durch die Halle. Ihr Stöhnen. An Sebastians bleicher Haut rann Blut hinunter. Er blinzelte kurz, als sie zubiss, dann starrte er wieder mich an.

Mein Herz hämmerte so schnell, dass mir schwindlig wurde. Ich musste mich am Tisch festhalten, um nicht vom Stuhl zu fallen.

Die Wesen in der Halle beobachteten das Ganze fasziniert. Einige aßen langsam weiter, während Zaria trank, so lange, dass es mir wie eine Ewigkeit vorkam.

Ich konnte nicht essen, ich konnte nichts anderes tun als zusehen. Als sie mit blutverschmierten Lippen den Kopf hob, glühten ihre Augen. Das Licht in Sebastians Augen wurde schwächer, sein Blick verließ mich.

Er war so weiß wie der Marmor an den Wänden geworden. Ich begann zu weinen.

Zaria setzte sich hin und zog Sebastian auf ihren Schoß. Er sah zu ihr auf. Sie küsste ihn sanft, bevor sie eine Frau zu sich winkte, die in der Nähe stand – der Kleidung nach zu urteilen eine Dienerin, die von Zaria verzaubert worden war. Die Dienerin betrat die Holzplatte, sank auf die Knie und hielt Zaria ihr Handgelenk hin. Die Vampirin zog ihren Fingernagel über die Haut der Dienerin. Blut floss über bleiche Haut.

Zaria nahm das Handgelenk der Frau und hielt es Sebastian unter die Nase, sie drängte ihn dazu, davon zu trinken, ließ das Blut über ihre Arme und an seinem Kinn herunterlaufen, sodass es auf sein T-Shirt tropfte.

Die Frau musste menschlich sein, ihr Blut noch verlockender ...

Ich konnte Sebastians Zittern sogar aus der Entfernung erkennen. Die Ketten klirrten. Mein Körper war zu Stahl geworden, jeder Muskel so gespannt, dass es wehtat. Ich wünschte, ich könnte ihm helfen, dem Blut zu widerstehen.

Doch ich wusste, dass das Verlangen in ihm war. Er hatte mir gesagt, dass jeder Vampir diesen Durst nach Blut verspürte, ob Blutgeborener, Taggeborener oder – wie er – Nebelgeborener.

Dieses Verlangen wurde jetzt in ihm geweckt, ob er wollte oder nicht.

Athene zwang ihn dazu, etwas zu tun, was er nie hatte tun wollen. Wenn er ein Mal Blut getrunken hatte, würde er sich nie wieder ändern können. Er wollte nie ein Arnaud sein, wollte nie ein Vampir sein, wie die Familie seiner Mutter.

Mir und, wie es schien, allen anderen Anwesenden stockte der Atem, als Sebastian das Handgelenk der Frau packte. Seine Augen glänzten, sein Gesicht war schmerzverzerrt. Sie zuckte zusammen. Und dann stieß er ihren Arm weg. Er weigerte sich, das zu nehmen, was sie ihm anbot, und brach in Zarias Armen zusammen.

Zwanzig

Die nächsten beiden Abende musste ich zusehen, wie Zaria und ihre Dienerin Sebastian in Versuchung führten.

Danach wurden wir wieder in unsere Zellen gebracht. Sebastian sank an der hinteren Wand in sich zusammen, er atmete schwer und hatte fast kein Blut mehr in sich. Er wollte nicht mit mir reden, wollte nicht in meine Nähe kommen. Er hungerte, brauchte Nahrung und Blut und war so schwach, dass er den Bezug zur Realität verlor.

Auch ich wurde immer schwächer. Athene lud sich jeden Abend ihren Teller voll, doch mir gab sie nur einen Becher Wasser und ein Stück Brot. Ich schwankte zwischen Übelkeit und Entsetzen, während ich Sebastians grauenhafte Folter ansehen musste.

Es war mir nicht mehr gelungen, meine Macht zu wecken, und ich wusste auch, warum. Ich war zu schwach und meine Gefühle waren abgestumpft. Auch wenn mich niemand angefasst hatte – Athene folterte mich rein psychisch. Es war, wie Bran es mir angekündigt hatte, sie zerstörte mich von innen heraus.

Und Henri – falls das da draußen tatsächlich Henri gewesen war – war nicht wieder aufgetaucht. Ich hatte keine Ahnung, was außerhalb des Tempels geschah, aber ich wusste, dass Sebastian nicht mehr lange durchhalten würde.

Am dritten Abend mussten die Wächter Sebastian in die Zelle zurücktragen, weil er zu schwach zum Laufen war. Sie ließen ihn auf den Boden seiner Zelle fallen, doch dieses Mal stießen sie mich zu ihm hinein und sperrten die Tür hinter uns ab.

Als Sebastian den Kopf hob und mich sah, begann er zu schreien. Er schien von irgendwoher neue Kraft zu bekommen, warf sich auf die Knie und packte die Gitterstäbe. »NEIN! KOMMT WIEDER ZURÜCK! SCHAFFT SIE HIER RAUS!«

Die Wächter gingen laut lachend davon.

Ich ging zu ihm, doch er hob abwehrend die Hand. »Komm mir nicht zu nahe!«, fuhr er mich mit wildem, wirrem Blick an. Ich erstarrte. »Geh zur Wand, Ari. Fass mich nicht an. Bitte fass mich nicht an.«

Sebastian ließ die Gitterstäbe los, sank auf Hände und Knie und ließ den Kopf hängen. Er zitterte am ganzen Körper, sein Atem ging stoßweise.

Ich schlang die Arme um meinen Oberkörper und trat zurück. »Du hältst das nicht mehr länger durch«, schluchzte ich unter Tränen. »Sebastian, du wirst sterben. So kannst du nicht überleben.« Ich holte tief Luft und sprach weiter. »Trink mein Blut und bring's hinter dich.«

Sein Kopf fuhr herum. Der Blick in seinen Augen war gefährlich. »Sei still.« Sein tiefes Fauchen löste Gänsehaut bei mir aus.

Nur die pure Verzweiflung ließ mich trotz seiner Warnung weiterreden. »Es würde dich wieder stärker machen, oder? Wenn du Blut trinkst, wenn aus dir ein ...« Ich brachte es nicht über mich, es zu sagen.

»Hör auf, Ari.«

»Nein. Ich werde nicht aufhören. Ich kann nicht. Athene wird nämlich auch nicht aufhören. Noch ein Abend und du ... Ich will dir helfen. Willst du etwa hier sterben? Weil *Sie* es so will? Trink einfach mein Blut.«

Vor Wut kochend drehte er sich zu mir. »ICH WILL ES NICHT!« Er wandte sich ab und sank gegen die Gitterstäbe. »Eher sterbe ich.«

Ich öffnete den Mund, hielt mich dann aber zurück. Ich konnte nicht einmal zu ihm gehen und ihn trösten. »Tu das nicht«, flehte ich nach einer Weile. »Zwing mich nicht, dabei zuzusehen, wie du stirbst, obwohl ich dir helfen könnte.«

»Du willst Athene geben, was *Sie* will?« Er hatte das Gesicht in seinem Arm vergraben.

»Wenn es bedeutet, dass du das hier überleben wirst – ja.«

»Ich will nicht mehr darüber reden. Ich will es nicht. Ich will *dich* nicht. Lass mich in Ruhe.«

Ich ging von ihm weg, bis ich mit dem Rücken gegen die Felswand stieß. Dann setzte ich mich auf den Boden, zog die Knie zur Brust, schlang meine Arme darum und starrte die Gestalt an, die vor den Gitterstäben zusammengesunken war.

Sebastian klammerte sich an den Stäben fest, als wären sie seine Rettung. Doch das stimmte nicht; ich war die Einzige, die ihn retten konnte. Und wir wussten es beide. Athene hatte sich sehr genau überlegt, wie *Sie* ihn foltern wollte. Der Hunger und dieser ganze Psychoscheiß, mit dem *Sie* ihn jeden Abend quälte, hatten ihn an seine Grenzen gebracht.

Hier in Athenes Reich waren Sebastians Zauberkräfte nutzlos. Er heilte zwar schneller als ein Mensch, aber er war nicht unsterblich. Die Göttin hatte mich in die Enge getrieben. Ich würde auf keinen Fall hier rumsitzen und zusehen, wie er starb. Noch ein Abend, dann war es so weit ... wenn er überhaupt noch so lange leben würde.

Ich stützte mein Kinn auf die Knie, während sich die Gedanken in meinem Kopf überschlugen. Nach einer Weile lösten sich Sebastians Hände von den Gitterstäben und sein Körper sackte in sich zusammen, als wäre er eingeschlafen – oder bewusstlos geworden, so genau konnte ich das nicht erkennen.

Ich biss mir in die Wange, hundemüde, aber viel zu verstört, um die Augen zu schließen und zu schlafen. Athene machte ihrem Namen als meisterhafte Strategin alle Ehre. Aber Göttin hin oder her, auch *Sie* musste einen wunden Punkt haben. Und wenn es nicht Macht und Kontrolle waren, lag ihre Schwäche vielleicht in ihrem Privatleben – dort schlug *Sie* bei mir am brutalsten zu. Warum also sollte ich den Spieß nicht umdrehen?

Doch Athenes Privatleben war mir ein Rätsel. Ich wusste nicht, wen *Sie* liebte – falls *Sie* überhaupt liebte. Vielleicht waren ihre Gefühle schon vor langer Zeit abgestorben. Was eine Menge erklären würde.

Irgendwann wurden meine Lider schwer und meine Gedanken zäh. Ich rieb mir mit meinen schmutzigen Händen über das Gesicht und wischte meine Tränen weg. Warum versuchte ich überhaupt, eine Möglichkeit zu finden, um *Sie* zu besiegen? Im Vergleich zu ihr war ich ein Nichts, eine Maus, die es mit einem Tyrannosaurus Rex aufnehmen wollte.

Eine Welle der Hoffnungslosigkeit brach über mich herein. Ich konnte nicht mehr klar denken, ich spürte nur noch einen brennenden Schmerz in meinem Magen, der dann am meisten wehtat, wenn alles andere in den Hintergrund trat und meine Gefühle mich nicht mehr ablenken konnten. Doch selbst das war irgendwann vorbei, als ich einschlief.

Als ich aufwachte, hatte ich Fieber. Ich wusste nicht, wie lange ich geschlafen hatte. Mein Hintern und mein Rücken waren ganz steif geworden und schmerzten. Vor mir sah ich zwei Beine. Verwirrt hob ich den Kopf. Sebastian stand über mir. Mit seiner blassen

Haut und den hellgrauen Augen wirkte er wie ein Geist im Dunkeln. Als sich unsere Blicke trafen, wandte er sich ab und ging wieder zu den Gitterstäben.

Ich verlor immer wieder das Bewusstsein und träumte, lebhafte, beunruhigende Träume. Der Boden unter mir war hart, mein Hunger quälend. Der Schlaf half nicht – im Gegenteil: Er zehrte noch mehr an mir als das Wachsein,
    Als ich wieder zu mir kam, lag ich immer noch auf der Seite, mit einem Arm unter meinem Kopf. Sebastian saß in der Ecke. Er war wach. Ich starrte ihn an, während mein Kopf langsam klarer wurde und ich begriff, was er da gerade tat.
    Mit einem Ruck setzte ich mich auf.
    Er saß vornübergebeugt da, hielt einen scharfkantigen Stein in der Hand und machte damit einen Schnitt nach dem anderen in die weiche, blasse Haut seines Unterarms, während er seine andere zur Faust geballt hatte.
    Sebastian fügte sich Schmerzen zu, um sich konzentrieren zu können.
    Mein Magen krampfte sich zusammen. Ich wusste, wie sich das anfühlte. »Hör auf«, flüsterte ich, während ich aufstand. Meine Beine zitterten vor Schwäche. Mit einer Hand hielt ich mich an der Felswand hinter mir fest, mit der anderen strich ich mir die Haare aus dem Gesicht.
    Sebastian hörte nicht auf, er nahm mich gar nicht wahr. Er war in seiner eigenen Welt versunken.
    »Sebastian.« Lauter dieses Mal. »Hör auf.«
    Nichts. Immer wieder schnitt er dünne rote Linien in seinen Arm.
    »Sebastian.« Ich ging zu ihm, beugte mich hinunter und nahm ihm den Stein aus der Hand.

In dem Moment, in dem ich ihn berührte, schoss seine Hand vor und packte mein Handgelenk. Ein stechender Schmerz zuckte durch das Gelenk, als Knochen und Sehnen zusammengedrückt wurden. Schreiend wich ich zurück, doch er ließ mich nicht los.

Er hob den Kopf und sah mich mit sonderbar silbrig schimmernden Augen an. Sein Gesicht wirkte irgendwie kantiger, schärfer als sonst. Und bedrohlicher.

Innerhalb von Sekundenbruchteilen war er aufgestanden. Ein erneuter Schrei blieb mir in der Kehle stecken, als er mich an den Oberarmen packte und gegen die hintere Wand der Zelle stieß. Ich knallte gegen den Fels und schnappte nach Luft. Er hielt mich fest und drückte sich mit seinem ganzen Körper an mich.

Ich konnte mich nicht bewegen und versuchte mit aller Macht, ruhig zu bleiben, ihm irgendwie zu helfen. Sebastians Stirn berührte die Felswand neben meinem Kopf. Sein Brustkorb hob und senkte sich, sein Herz schlug so heftig, dass ich es wie eine Trommel an meiner Brust spüren konnte.

Als es kleine Steinchen auf den Boden regnete, wusste ich, dass er seine Fingernägel in den Fels grub, um nicht die Kontrolle über sich zu verlieren.

Mehrere Sekunden vergingen, bis ich meine Stimme wiedergefunden hatte. »Sebas –«

»Nicht sprechen.«

Die Stille, die Nähe zu ihm weckte alle Sinne in mir. Ich zitterte vor Angst und Anspannung.

Ich wusste, dass es jetzt so weit war. Das war der Moment und … ich wollte, dass ich es war. Obwohl Athene uns an diesen Punkt gebracht hatte, obwohl er es nicht wollte, wollte ich es sein.

Ich wollte diejenige sein, die ihn rettete.

Ich holte tief Luft und zwang mich dazu, mich zu entspannen

und das Unvermeidliche zu akzeptieren. Immer noch den Stein in der einen Hand haltend, fuhr ich mit der anderen an seinem Rücken hinunter, bis zu der Stelle, an der das T-Shirt in seiner Jeans steckte, der Stelle, an der ich nackte Haut fand.

Ein Schauder lief durch seinen Körper.

Seine Hand löste sich von der Wand, strich über meinen Kopf und blieb an meiner Schläfe liegen. »Bitte hör auf«, flehte er mich mit schroffer, gebrochener Stimme an.

In seiner Stimme lag so viel Schmerz. Eine Träne rollte über meine Wange. Bittersüße Gefühle zogen mein Herz zusammen. Er wollte es nicht.

Athene hatte gewusst, dass es so weit kommen würde, *Sie* hatte dafür gesorgt, dass es so weit kommen würde. Noch eine Träne lief über mein Gesicht. Es war nie seine Entscheidung gewesen. Es war meine. Es war immer meine gewesen.

Seine Hände vergruben sich in meinen Haaren, seine Lippen strichen über meine Schläfe und wanderten dann zu meinem Ohr. »Hör auf, Ari. Hör auf, dich meinetwegen zu quälen. Ich werd schon damit fertig ...«

Seine Worte machten es nur noch schlimmer. Ich begann zu zittern. Sein Daumen strich über meine Wange und berührte meine Tränen. Er hob den Kopf ein wenig und küsste meine Tränen weg.

Und dann presste er seinen feuchten Lippen auf meine.

Sebastian verharrte so, für einen langen, quälenden Moment. Er hielt mein Gesicht fest, versuchte, sich zu beherrschen, während seine zusammengepressten Lippen auf meinen lagen. Meine Beine begannen zu zittern, meine Knie wurden weich. Wärme und Glücksgefühle vermischten sich mit meinem Kummer, während er sich an mich drückte und rein instinktiv reagierte.

»Ich kann nicht.« Sebastian löste seine Lippen von meinem Mund. Er zitterte so heftig, versuchte so sehr, gegen etwas anzukämpfen, dem er einfach nicht widerstehen konnte.

Ich wusste, was ich tun musste, um sein Leiden zu beenden. Ich hob den Stein und ritzte mir damit die Haut an meinem Hals auf. Der stechende Schmerz ließ mich nach Luft schnappen.

Er wich zurück.

Unsere Blicke fanden sich. Seine Nasenflügel bebten; er konnte es riechen, das Blut. Ein Ausdruck tiefer Verzweiflung trat auf sein Gesicht, doch es war nur ein kurzes, herzzerreißendes Aufbäumen, bevor seine Augen starr und silbern wurden.

Ich hob die Hand und legte sie in seinen Nacken. Dann vergrub ich die Finger in seinen Haaren und zog seinen Kopf zu mir.

Als sein Mund meinen Hals fand, schluchzte ich: »Es tut mir leid.«

Sein Atem strich wie eine Feder über meine Haut. Und dann presste er seinen warmen Mund auf die Wunde. Seine Zunge leckte an dem Blut. Sein Körper erstarrte. Er drückte mich noch fester gegen die Felswand, sein Mund öffnete sich weiter. Ich spürte seine Zähne auf meiner Haut.

Und dann biss er zu. Fest.

Ein leiser Schrei entwich mir. Ich ließ den Stein fallen. Meine Fingernägel gruben sich in seine Seite, doch er schien es nicht zu bemerken. Sein Herz hämmerte noch schneller als zuvor gegen meines.

Der brennende Schmerz an meinem Hals ließ nach. Sebastian stöhnte laut, als hätte er es gespürt. Er saugte stärker, ein Ziehen schoss in meinen Bauch und verwandelte die Wärme dort in eine sonderbare Art von Lust. Mir fielen die Augen zu, meine Finger in seinen Haaren wurden schlaff.

Ich war verloren. Es war mir egal, was mit mir geschah. Ich schlang eines meiner Beine um ihn, damit ich ihn noch näher an mich ziehen konnte. Seine Hände legten sich um meinen Po, dann hob er mich hoch, drückte mich gegen die Felswand und hielt mich dort fest.

Ich schlang beide Arme um seinen Hals und versank in einer Welt aus Wärme und Lust.

Dann schlug mein Herz langsamer.

Und alles um mich herum wurde schwarz.

Einundzwanzig

Ich wachte mit stechenden Kopfschmerzen auf. Mein Mund war trocken und klebrig, mein Magen fühlte sich an wie ein fester Knoten. Ich blinzelte und zwang mich, die Augen zu öffnen. Als das schwache Licht der Fackeln außerhalb meiner Zelle meine Pupillen erreichte, zuckte ich zusammen. Es war viel zu hell. Mühsam setzte ich mich auf und rutschte nach hinten, bis ich mich gegen die Felswand lehnen konnte. Die Anstrengung, die das erforderte, war dermaßen groß gewesen, dass ich heftig keuchte und mir kalter Schweiß ausbrach.

Ich blieb ein paar Minuten so sitzen, den Kopf an die Felswand gelehnt, die Augen geschlossen, während ich versuchte, mich nicht zu übergeben oder ohnmächtig zu werden. Mit diesen Nachwirkungen hatte ich nicht gerechnet. Sebastian musste zu viel von meinem Blut getrunken haben und mir eine Art Kater beschert haben.

An meinem Hals spürte ich einen pochenden Schmerz. Ich drehte den Kopf ein bisschen, gerade so viel, um zu sehen, dass Sebastian nicht mehr da war. Das plötzliche Geräusch von Schritten wurde millionenfach verstärkt und ich zuckte zusammen, als ich das metallische Klirren eines Schlüssels im Schloss hörte. Ich stand weder auf noch bewegte ich mich. Ich konnte nicht. Eine Hand griff nach meinem Arm. Ich zeigte den Mittelfinger und lachte, ein trockenes, kratzendes Geräusch. Eine zweite Hand packte mich.

Ich wurde hochgerissen und aus der Zelle geschleift. Mein Kopf kippte nach vorn, strähnige Haare fielen mir ins Gesicht, dann musste ich mich übergeben.

Großer Gott.

Mir wurde schwarz vor Augen. Ich seufzte dankbar, bevor ich ohnmächtig wurde.

Ich wachte auf und roch frische Luft und Gras. Ah, der Garten. Die Wächter ließen mich los, ich fiel nach vorn, sank in das weiche Gras und drehte den Kopf zur Seite, damit ich auf dem nach Frühling duftenden Kissen ausruhen konnte. *Schön.*

Ich lag reglos da, flach ausgestreckt und versunken in Glückseligkeit. Im Vergleich zu der stickigen, unbequemen Zelle war das hier der Himmel. Meine Hand strich über das Gras, als eine Kirschblüte auf meiner schmutzigen Haut landete. Ich nahm sie zwischen Zeige- und Mittelfinger und hob sie langsam an meine Nase, atmete tief ein und wollte gerade meine Augen schließen, als Gelächter und das Klimpern einer Gitarre mich daran hinderten.

Ich ließ meinen Kopf, wo er war, und sah mir alles im Liegen an. Ich musterte die blühenden Bäume, das Gras, die Mauer, den Vogel, der mit angelegten Flügeln dort hockte und mich mit schief gehaltenem Kopf betrachtete.

Henri. Die Hoffnung, die in mir aufstieg, tat richtig weh. Ich wollte mir die Augen reiben, um den Vogel besser sehen zu können, doch erneut lenkten mich Stimmen aus dem weißen Marmorpavillon ab.

Dort waren mehrere Personen, sie lagen entspannt auf den Sitzsofas. Athenes Lachen schallte durch den Garten. Dann folgte eine tiefere Stimme. Ich runzelte die Stirn und konzentrierte mich so lange auf das zur Seite gekippte Bild vor meinen Augen, bis ich es ganz deutlich sehen konnte.

Auf einer der Chaiselongues lag Athene, auf den Ellbogen gestützt, den Kopf in die Hand geschmiegt, die Beine unter sich angezogen.

Am anderen Ende des Sofas saß Sebastian und spielte Gitarre. Er sagte etwas über die Schulter zu der Göttin, *Sie* lachte wieder. Seine schwarzen Haare fielen ihm in die Stirn. Er trug ein sauberes weißes Hemd mit offenem Kragen und eine dunkle Hose. Seine Füße waren nackt.

Die Blutsaugerin Zaria, die ihn wiederholt an den Rand des Todes gebracht hatte, lag auf dem anderen Sofa. Auf dem Boden vor ihr saß die Dienerin, deren Handgelenk Zaria aufgeschlitzt hatte. Zarias Hände spielten mit den Haaren des Mädchens.

Ich versuchte, die Szene vor mir zu verstehen, doch das war in etwa so, als würde ich mir einreden wollen, dass der Weihnachtsmann keine Erfindung war; es ergab einfach keinen Sinn. Das war ein Traum, eine Lüge, eine Realität, die nicht sein konnte …

Mir war egal, was ich sah. Es war einfach nicht wahr.

Mein Herz klopfte wie wild. Was tat Sebastian dort? Warum war er bei ihnen?

Ich drückte meinen steifen, schwachen Körper vom Boden ab, bis ich saß. Plötzlich schwankte ich hin und her und musste mich mit den Händen im Gras abstützen, um nicht umzukippen. So blieb ich, bis ich mein Gleichgewicht wiederfand und das Schwindelgefühl vorbei war. Dann kroch ich Zentimeter für Zentimeter zu dem Brunnen, der im Garten stand.

Das plätschernde Wasser klang so schön und bizarr und lächerlich. Der Marmor war kalt, wunderbar kalt. Ich zog mich an dem Brunnen hoch, stützte mich mit dem Oberkörper auf dem Rand ab und tauchte meine Hände in das klare Wasser. Die Haut an meinen Lippen war aufgesprungen, das kühle Nass fühlte sich so gut darauf an, dass ich seufzte.

Ich trank gierig; der erste Schluck kaltes Wasser löste einen heftigen Krampf in meinem leeren Magen aus, doch ich trank weiter.

Nachdem ich meinen Durst gestillt hatte, spritzte ich das Wasser auf mein ausgetrocknetes, schmutziges Gesicht. Dann tupfte ich ein wenig davon auf die Bisswunde an meinem Hals. Die pulsierende Hitze ließ nach. Gott, es fühlte sich so gut an.

Weil ich etwas zu Kräften gekommen war, zog ich mich noch weiter an dem breiten Rand des Brunnens nach oben und setzte mich darauf. Es war nicht einfach, meinen Kopf oben zu halten, er fühlte sich so schwer wie eine Bowlingkugel an.

Ein leichter Wind wehte durch den Garten und trug weiße Blüten von den Bäumen zu mir. Sie wirbelten um mich herum, fielen auf meine Knie und Hände, schwebten auf dem Wasser des Brunnens. Ich starrte die Blütenblätter auf meiner Hand an. So sauber und hübsch und duftend.

Im Gegensatz zu mir. Im Gegensatz zu der Zelle. Im Gegensatz zum gestrigen Abend – oder wie lange das auch immer her war –, der so brutal und intensiv gewesen war. Der Abend, der Sebastians Leben verändert hatte.

Ich hatte ihm mein Blut angeboten, obwohl ich gewusst hatte, dass er lieber sterben wollte, als für den Rest seines Lebens ein Bluttrinker zu sein. Und jetzt wusste ich nicht, was ich davon halten sollte. Ich hatte es getan, weil ich nicht wollte, dass er starb, weil ich nicht zulassen konnte, dass er sein Leben wegwarf. Ich hatte es getan, weil er am Verhungern war und nicht mehr richtig denken konnte.

Ich hatte ihm die Entscheidung abgenommen.

Ich hatte gedacht, es sei die richtige Entscheidung. Ich hatte gedacht, ich würde ihm damit das Leben retten. Doch jetzt war ich mir nicht mehr sicher.

Ich will es nicht, hatte er gesagt. *Lieber sterbe ich.*

Verdammt. Ich legte den Kopf in meine Hände. Was hatte er denn erwartet? Ich hatte das Einzige getan, was ich tun konnte. Und ich musste zu dieser Entscheidung stehen. Wenn es sein musste, würde ich mich wieder so entscheiden.

Ich holte tief Luft und sah wieder zum Pavillon hinüber. Ich konnte die Musik und die Stimmen nicht länger ignorieren oder mir noch länger einreden, dass das alles nicht wahr war.

Die Szene hatte sich kein bisschen verändert. Meine Gefühle purzelten durcheinander wie Dominosteine.

Sebastian war ein echter Arnaud. Wie seine Mutter. Wie Josephine.

Warum war er dort im Pavillon? Warum saß er mit Athene und ihrer Vampirfreundin zusammen und spielte träge Melodien auf einer zwölfsaitigen Gitarre?

Er hatte die ganze Zeit, in der ich ihn beobachtet hatte, kein einziges Mal gelächelt oder laut gelacht, doch das war mir egal. Ich wollte seine Musik und das Gekicher der Frauen nicht mehr hören. Als ich meinen Blick abwenden wollte, blieb er an Athene hängen. *Sie* lächelte mich an.

Die Arroganz und der Triumph in ihrem Blick trafen mich direkt in meine Seele. *Sie* machte eine kleine Bewegung mit ihren Fingern und zog Sebastians Aufmerksamkeit auf sich. Langsam drehte er seinen Kopf in meine Richtung. Mir stockte der Atem. Sein Blick glitt einfach durch mich hindurch. Als würde es mich gar nicht geben. Keine Reaktion ... nichts.

Dann spielte er weiter auf der Gitarre.

Ein lauter Seufzer kam mir über Lippen und endete in einem schmerzhaften Schluchzen. Ich stand auf und wich vier Schritte zurück, dann gaben meine Beine unter mir nach. Der Scheißkerl hatte mich fast leer gesaugt und jetzt tat er so, als wäre ich Luft.

Ich rollte mich auf den Rücken und legte den Arm über meine Stirn. Plötzlich sah ich Athene vor mir. *Sie* stand an meinen Füßen und starrte zufrieden auf mich herunter. »Er gehört jetzt mir«, schnurrte *Sie* geradezu.

Ich begann zu lachen. »Werd erwachsen, Athene. Oder besorg dir einen Therapeuten. Vielleicht gibt es ja auch irgendwo eine Selbsthilfegruppe für durchgeknallte Miststücke, bei der du mitmachen kannst.«

Sie kniete sich hin und stützte sich mit den Händen auf den Oberschenkeln ab. »Ich liebe es, wenn du mir drohst, Aristanae. Vielleicht bist du irgendwann einmal in der Lage, mich zu töten. Aber ich kann dich jetzt schon töten, und glaub mir, ich kann es besser. Bis du eine echte Gefahr für mich bist, habe ich dich vielleicht schon gebrochen.« *Sie* zuckte mit den Schultern und spielte mit einem Grashalm. »Oder du bist tot. Wir werden sehen. Bis dahin werde ich mir jeden nehmen, den du liebst, jeden, an dem dir etwas liegt, und ich werde dafür sorgen, dass sie auf meiner Seite stehen. Nicht, weil sie mir wichtig wären, sondern weil sie dir wichtig sind.«

Sie schlenderte davon. Ich ließ meinen Kopf zur Seite fallen und sah zu, wie ihre Füße und der Saum ihres Gewands über das Gras schwebten und die Grashalme sich hinter ihr wieder aufrichteten.

Ich lachte wieder. Als aus meinem Lachen ein Schluchzen wurde, drückte ich die Handballen auf meine Augen.

Irgendwann kamen die Wächter und brachten mich wieder in die Hitze, den Dreck und den widerlichen Gestank meiner Zelle zurück. Egal. Ich lag auf dem nackten Boden und blieb einfach dort, wehrte mich nicht dagegen, dass Kummer und Verzweiflung mich auffraßen.

Ich hatte keine Ahnung, wie viele Tage ich dort blieb. Ich hatte kein Wasser, kein Essen, ich lag einfach nur da, auf dem Boden, während irgendwo über mir Athene mit Violet und Sebastian spielte.

Ich wollte nicht darüber nachdenken, wollte mir nicht vorstellen, wie sie zusammen waren, doch sie schlichen sich trotzdem in meine Träume – sie aßen zusammen, gingen im Garten spazieren, lachten ...

Ich hatte ihm das Leben gerettet. Ich hatte ihm mein Blut gegeben. Und er hatte mich im Stich gelassen. Vermutlich hasste er mich sogar.

Und Athene hatte mich wahrscheinlich schon abgeschrieben. *Sie* ließ mich in der Zelle, damit ich hier starb. Ich war nicht unsterblich. Vielleicht hatte *Sie* das vergessen, vielleicht wollte sie mich gar nicht mehr brechen. Ich musste lächeln, als ich das dachte. *Sie* hatte mich schon längst gebrochen.

Ari, du bist ja so dumm.

Ich träumte eine Menge verrückter Dinge. Meine Mutter und mein Vater lebten mit mir zusammen in New Orleans. Die Aale schlängelten sich umeinander, schnappten mit ihren Doppelkiefern zu. Lafayette Cemetery wurde immer größer, bis New 2 nur noch aus dem Friedhof bestand. Bilder von Mardi Gras, glitzernden Abendkleidern, Blaskapellen und Umzügen. Der unheimliche Steingarten.

Wenn ich zwischendurch einmal wach wurde, hatte ich Halluzinationen. Ich bildete mir alles Mögliche ein – Sebastian in meiner Zelle, Violet, die mit ihrer Mardi-Gras-Maske im Gesicht in ihrem violetten Kleid durch die Luft tanzte und Pascal auf dem Arm trug, ein Alligatormann in einem Smoking. Milchweiße Schlangen krochen über den Boden meiner Zelle und bissen mich in Gesicht und Hals. Ihre winzigen Nasen drängten sich in meine Ohren und in meine Nase, sie versuchten, in meinen Mund zu gelangen.

Ich würde sterben. In jenen kurzen Momenten, in denen ich klar denken konnte, wusste ich es.

Ich sah, wie Menai, die Bogenschützin, in meine Zelle kam. Ihr makelloses Gesicht starrte ungeduldig auf mich herab. Am liebsten hätte ich sie in eine fette Putte verwandelt, die so schlecht zielen konnte, dass es ein Wunder wäre, wenn sie das Hinterteil eines Elefanten mit seinem Pfeil treffen würde.

Diese Vorstellung fand ich so lustig, dass ich lauthals zu lachen begann.

Ja. Das war ich. Ari, die Verrückte. Auf meinem Grabstein würde vielleicht stehen: HIER RUHT DIE GORGO, DIE IHREN VERSTAND VERLOR, IN EINEM REICH, DAS ES GAR NICHT GEBEN DÜRFTE.

»Worüber zum Teufel freut sie sich denn so?«, hörte ich Menais genervte Stimme von irgendwoher.

»Ich kann dir versichern, dass es keine Freude ist«, antwortete die Stimme eines Mannes.

Eine Gestalt in einem weiten Umhang kniete sich neben mich und legte ihre raue Hand auf meine Stirn. Der Mann sprach leise, drängend. Griechisch. Er hatte eine schöne Stimme.

Tod. Der Tod war gekommen und wollte mich holen. Ich lachte wieder. Das war ja mal wieder typisch.

»Mein Kind«, flüsterte der dunkle Engel mitleidig. »Menai, heb sie auf.«

Menai zerrte mich hoch und warf mich über ihre Schulter. Blut floss mir in den Kopf. *Vielleicht ist das ja doch keine Halluzination,* dachte ich, bevor ich bewusstlos wurde.

Zweiundzwanzig

Schatten huschten über die Wand aus Marmor. Mit halb geöffneten Augen verfolgte ich sie zu ihrem Ursprung zurück und stellte fest, dass es Feuer waren, die in Schalen um einen gefliesten Boden herum brannten.

Mir wurde erst klar, dass ich nackt auf dem Boden lag, als mich ein Schwall Wasser im Gesicht und auf der Brust traf.

Ich musste husten und setzte mich prustend auf. Ein heftiges Stechen schoss durch meine Lunge, als das Wasser in die falsche Röhre geriet. Ich riss die Augen auf und keuchte, während ich herauszufinden versuchte, wo ich war und was mit mir geschah.

Menai stand über mir, einen Eimer in der Hand. Eine Dienerin reichte ihr gerade noch einen. Bevor ich reagieren konnte, schüttete sie wieder Wasser über mich. Es traf mich mitten im Gesicht.

Ich schrie auf und musste wieder husten.

Nachdem ich mich wieder – ein bisschen – erholt hatte, begann ich trotz meiner stechenden Kopfschmerzen, meine aktuelle Situation einzuschätzen. Es war keine Halluzination gewesen. Menai und der Engel in dem schwarzen Umhang waren in meiner Zelle gewesen und hatten mich in eine Art Badekammer gebracht. Aus einem rechteckigen, von Säulen umgebenen Wasserbecken in der Nähe stieg Dampf auf.

Ich fuhr mir mit der Hand über das Gesicht und starrte Menai wütend an. »Du hattest als Kind mit Sicherheit nicht viele Freunde.« Reden tat weh, doch ich zwang die Worte trotzdem aus mir heraus.

Menai kicherte. »Vermutlich genauso viele wie du.« Sie griff nach dem nächsten Eimer mit Wasser. »Steh auf.«

Als mir mein eigener Gestank in die Nase stieg, musste ich würgen. Ich war eine biologische Waffe auf zwei Beinen. Mehrere Tage hatte ich in der schmutzigen Zelle gelegen, in der es – abgesehen von dem Loch in der Ecke – kein richtiges Bad gab. Keine Möglichkeit, um mich zu waschen. Außerdem war es mir auch egal gewesen.

Ich rappelte mich auf. Sauberkeit interessierte mich zurzeit mehr als mein Benehmen. »Warum kann ich überhaupt stehen?«, fragte ich überrascht. Als ich an mir heruntersah, fiel mir auf, dass meine Rippen und Hüftknochen stärker hervortraten als für gewöhnlich.

»Der Heiler konnte dir ein wenig helfen. Du stinkst übrigens widerlich.« Sie kippte noch einen Eimer Wasser über mir aus.

Das war nicht abzustreiten. Ich rieb mir über die Haut, während dunkles, schmutziges Wasser an mir herunterrann und in einen Ablauf neben meinen Füßen floss. Menai leerte noch einige Eimer Wasser über meinem Kopf aus.

»Das hätten wir. Jetzt kannst du wenigstens nicht mehr das Becken verseuchen.« Sie stellte den Eimer ab. »Seife und Shampoo sind da drüben. Den Rest machst du selber.«

Ich ging zu dem dampfenden Becken, in das Stufen hineinführten, und tauchte einen Fuß nach dem anderen in das heiße Wasser. Zentimeter für Zentimeter stieg ich in das Becken, während die offenen Stellen meiner Haut schmerzhaft brannten, doch ich hielt nicht inne, bis ich bis zum Hals im Wasser stand. Am Rand des Beckens fand ich ein Tablett mit Seifen, Shampoos und Schwämmen.

Menai setzte sich auf eine Bank an der Wand, schlug die Beine übereinander und begann, an ihren Fingernägeln herumzukauen. Offenbar hatte sie vor, die ganze Zeit über hierzubleiben. Der »Heiler« war nirgends zu sehen.

»Wo ist der Heiler? War das der Mann in meiner Zelle? Wer ist er?« Ich nahm eine Flasche Shampoo und goss so viel wie möglich davon in meine hohle Hand.

»Das geht dich überhaupt nichts an.«

»Okay. Warum hat man mich aus der Zelle geholt?«

»Heute Abend findet die Prozession statt. Du wirst teilnehmen.«

»Was für eine Prozession?«

Sie verdrehte die Augen, als wäre das eine ausgesprochen dumme Frage. »Seit der Antike findet alle vier Jahre ein Fest zu Ehren Athenes statt. Es wird *Panathenäische Prozession* genannt. Früher hat es mehrere Tage gedauert, aber inzwischen ist es nur noch ein Abend, an dem die anderen Götter kommen und ihr huldigen. Zuerst gibt es ein Festmahl und dann opfern oder foltern sie die Feinde, die sie gefangen genommen haben … So was in der Art.«

Ja, klar. So was in der Art.

Ich schrubbte meine Kopfhaut und zog dann meine Haare über die Schulter nach vorn, um das Shampoo in die Strähnen einzuarbeiten. Der Schaum war dunkelbraun. Ich tauchte unter, um sie auszuspülen, und nahm mir noch mal Shampoo.

»Wie viele Götter kommen denn zu der Prozession?«

»Eine Handvoll. Die meisten sind Verwandte – die, die *Sie* noch nicht getötet hat. Wenn sie nicht kommen, glaubt *Sie,* dass sie einen Anschlag auf *Sie* planen.«

»Ist wohl einfacher, wenn sie kommen«, mutmaßte ich.

»So ungefähr.«

Ich tauchte wieder unter, um meine Haare auszuspülen. Dann griff ich noch einmal nach der Shampooflasche. »Weißt du, was für eine Rolle ich bei dieser Prozession spielen soll?« Es musste einen Grund dafür geben, dass ich so sauber gemacht wurde, aber es hatte mit Sicherheit nichts Gutes zu bedeuten.

Menai zuckte mit den Schultern. »Keine Ahnung. Ist mir auch egal.«

»Menai«, sagte ich. Dann brach ich ab, um mir zu überlegen, was ich sagen sollte. Mit dieser Ist-mir-egal-und-nicht-mein-Problem-Nummer kannte ich mich aus; ich hatte sie selbst schon unzählige Male abgezogen. *Gleich und gleich gesellt sich gern,* dachte ich. »Warum machst du da mit? Du bist nicht so wie *Sie,* du bist nicht böse. Du hättest Sebastian mitten ins Herz schießen können, aber du hast es nicht getan.«

»Vielleicht hab ich ja danebengeschossen.«

»Wieso glaub ich dir das nicht?« Ich hatte nicht den Eindruck, dass Menai jemals danebenschoss.

Für einen kurzen Moment wirkte Menai plötzlich sehr jung und verwundbar, doch er war so schnell wieder vorüber, dass ich keine Zeit hatte, mich zu fragen, was es bedeutete. »Ist doch egal. Es reicht, wenn ich sage, dass Athene mich und alle anderen in der Hand hat.«

»Und mein Vater? Hast du ihn gesehen?«

Sie warf mir einen sonderbaren Blick zu.

Mir wurde bang ums Herz. »Er ist doch nicht –«

»Nein, nein«, erwiderte sie schnell. »Er lebt und ist dabei, wieder zu heilen. Athene hat ihn nicht noch mal in das Becken geworfen.« Ihre Stimme klang irgendwie verlegen, wurde dann aber betont lässig. »*Sie* war viel zu sehr damit beschäftigt, mit deiner merkwürdigen kleinen Freundin und deinem Freund zu spielen.« Menai legte den Kopf schief und kniff die Augen zusammen. »Er gibt einen sexy Vampir ab. Mir ist klar, warum du auf ihn stehst.«

Ich starrte sie wütend an; einige spontane Küsse und ein bisschen Händchenhalten machten aus Sebastian noch lange nicht meinen Freund. Im Grunde genommen war es nicht einmal eine Beziehung, schließlich waren wir ja nicht weit gekommen ...

»Mein Vater.« Ich wollte sie wieder zu unserem eigentlich Thema zurückbringen, zu dem, was sie *nicht* sagte.

Ich wusch mich weiter, während Menai schon wieder genervt aussah. Sie sah sich im Raum um und wartete, bis alle Dienerinnen außer Hörweite waren. »Du erinnerst dich wirklich nicht?«

»An was?«

Sie verzog das Gesicht und sah mich mit einem Ausdruck an, der nur bedeuten konnte, dass ich schon längst selbst hätte draufkommen müssen.

Meine Bewegungen wurden langsamer, dann hielt ich inne. »Das war er. In der Zelle. Mein Vater.« Er war zu mir gekommen. Mein Vater. Er hatte mit mir geredet. Freundliche Worte, was immer sie auch bedeutet hatten. Tröstende Worte. Plötzlich war ein dicker Kloß in meiner Kehle. »Wie ist das möglich?«

»Wenn man lange genug hier ist und die Wächter besticht, ist einiges möglich. Wir haben unser eigenes System in Athenes Gefängnis ...«

»Er hat mich geheilt, oder?« Wow. »So was kann er?«

»Ähm, ja. Er hat dir das wenige gegeben, das er hatte.« Sie sah mich berechnend an. »Theron ist ein Jäger. Er kann eine Menge interessanter –«

Die Dienerin kehrte mit einem schweren Korb in den Händen zurück und bedeutete mir, aus dem Wasser zu kommen. Ich stieg aus dem Becken, trocknete mich ab und nahm der Dienerin die Kleidung ab, die sie mir hinhielt, während meine Gedanken bei meinem Vater waren.

Ein heftiges Ziehen an meinen Rippen brachte mich wieder in die Gegenwart zurück. Eine Art Bustier oder Brustharnisch wurde wie ein Korsett in meinem Rücken geschnürt. Dann zwängte ich mich in eine schwarze Lederhose, die an einigen Stellen breite Risse hatte, ob absichtlich oder von einem Kampf, konnte ich nicht sagen. Dazu sollte ich schwarze Schnürstiefel tragen, die knapp unter dem Knie endeten, aber zum Glück keine hohen Absätze hatten. Wenigstens würde ich damit rennen und kämpfen können.

Die Dienerin legte mir ein schwarzes Halsband um und fing dann an, meine Haare zu bürsten. Nachdem ich viele Tage in der Zelle auf dem Boden gelegen hatte, waren sie so schmutzig geworden, dass ich schon fast vergessen hatte, wie hell sie eigentlich waren.

Ich wusste, dass Athene mich kämpfen lassen würde, und alles, was ich mir vorstellen konnte, war eine Art Gladiatorenkampf. Ich malte mir aus, welche Art von Gegnern ich haben würde und mit welcher Waffe ich sie schlagen würde – falls ich überhaupt eine Waffe bekam.

Mein Magen knurrte. Während meine Haare gebürstet wurden, durfte ich Brot, Obst und ein Stück Käse essen. Mein Vater hatte ein Wunder mit meinem Körper vollbracht; ich war hungrig und fühlte mich schon viel stärker, fast wieder normal.

Nach der langen Gefangenschaft, in der ich nichts tun konnte und hatte zusehen müssen, wie Athene diejenigen folterte, die mir etwas bedeuteten ... war jetzt meine Zeit gekommen. Ich würde mit allem fertig werden, was sie für mich geplant hatte. Wenn *Sie* eine Show wollte, würde ich ihr verdammt noch mal eine liefern.

Eine der Dienerinnen stand mit einem Schwamm in der Hand vor mir und wischte damit an dem kleinen Halbmond-Tattoo an meinem Jochbein herum. Ich wich zurück. »Das geht nicht ab.«

Sie versuchte es noch einmal, bis ich ihr auf die Finger schlug. Dann sagte sie etwas auf Griechisch und sah mich beleidigt an. Ich warf Menai, die immer noch mit ihren Fingernägeln beschäftigt war, einen verärgerten Blick zu. »Würdest du ihr bitte sagen, dass das nicht abgeht?«

Menai sah mich genauso genervt an wie ich sie. Sie sagte ein paar Worte, die Dienerin senkte den Kopf und half dann dabei, zwei lange Zöpfe an meinen Schläfen zu flechten, die mein Gesicht umrahmten und verhinderten, dass mir ständig die Haare ins Gesicht fielen. Den Rest ließen sie offen, was echt ätzend war, denn lange Haare waren im Kampf eindeutig ein Nachteil.

»Kannst du ihnen nicht sagen, dass sie meine Haare nach hinten nehmen sollen?«, fragte ich Menai.

Sie verdrehte die Augen und wiederholte meine Bitte auf Griechisch. Die Dienerinnen schüttelten den Kopf. Menai zuckte mit den Schultern. »Tut mir leid. Nicht ihre Entscheidung.«

Na großartig.

Als die Dienerinnen fertig waren, traten sie einen Schritt zurück und begutachteten wild gestikulierend ihr Werk. Dann entschieden sie vermutlich, dass sie mich nicht besser hinbekommen würden, und ließen mich mit Menai allein.

Sobald sie weg waren, nutzte ich die Gelegenheit, meine Haare zu einem Knoten zu drehen.

Menai schlenderte zu mir herüber. Ihr Blick sagte mir, dass sie von meiner neuen Frisur nicht sonderlich beeindruckt war. »Komm mit.«

Ich packte sie am Arm, bevor sie außer Reichweite war. Sie drehte sich um, starrte auf meine Hand an ihrem Arm und sah mich mit einem Blick an, der zu sagen schien: *Willst du das wirklich?*

Ich ließ sie nicht los. »Du könntest gegen sie kämpfen oder einfach gehen.«

Menai riss sich los. »Nein. Das kann ich nicht.« Sie marschierte davon.

Ich rannte ihr nach und ging dann neben ihr her. Wenn Menai sich mir anschließen würde, wären wir mit ihrem gefährlichen Bogen, ihren tödlichen Pfeilen und ihrer übernatürlichen Schnelligkeit vielleicht eine ernst zu nehmende Gefahr für die Göttin.

Menai war genauso wie ich. Anders. Eine Kämpferin. Und sie war keine kaltblütige Mörderin wie Athene. Menai gehörte nicht hierher. Außerdem brauchte ich unbedingt eine Verbündete.

Wir verließen das Badehaus, das gegenüber von Athenes Tempel stand, und gingen über den riesigen Hof. Ich dachte, ich wäre im Haupttempel gewesen, und konnte mich nicht daran erinnern, an einen anderen Ort gebracht worden zu sein.

Bedienstete eilten zwischen den Gebäuden hin und her. Sie sahen ziemlich nervös aus.

»Warum kämpfen die anderen Götter nicht gegen *Sie*?«, fragte ich leise, während wir über den Hof gingen. »*Sie* lässt sie in ihr Reich, obwohl *Sie* die Ägis nicht mehr hat. Wenn sie sich gegen *Sie* zusammenschließen, könnten sie gewinnen.«

»Nein, könnten sie nicht, Ari. *Sie* ist nicht umsonst die Göttin der Strategie. *Sie* hat sie alle in der Hand. Sie würden es nicht wagen, so ein Risiko einzugehen.«

Ich knirschte mit den Zähnen. Inzwischen hatte ich es satt, immer nur zu hören, dass Athene so furchtbar mächtig war, dass *Sie* alle um ihren kleinen Finger gewickelt hatte. Niemand konnte so viel Kontrolle über andere haben. Und niemand sollte sie haben.

Aus dem Tempel drang altertümlich klingende Musik zu uns herüber – Saiteninstrumente, Trommeln und Flöten. Jubelgeschrei hallte von den Wänden wider. Ich blieb auf den Stufen stehen, während mein Blick den riesigen Säulen immer weiter nach oben folgte.

Menai hielt an. »Gorgo, beeil dich.«

»Ich heiße *Ari*«, sagte ich scharf.

»Meinetwegen. Aber beweg dich!«

Ich holte tief Luft und versuchte, mich innerlich auf das vorzubereiten, was mich erwartete, während wir die Stufen emporgingen und Athenes Tempel betraten. Wir folgten dem Lärm und gingen den gleichen Weg zur Halle wie beim ersten Mal, als Menai Sebastian und mich hineingeführt hatte.

Das Festmahl war lauter als jemals zuvor, überall saßen Athenes Anhänger.

Doch das Einzige, was mich interessierte, war die Tatsache, dass Violet auf der Holzplatte über dem Wasserbecken stand, mit Pascal auf dem Arm. Sie trug ihr schwarzes Kleid, das ihr ein paar Nummern zu groß war, und eine burgunderfarbene Mardi-Gras-Maske mit kleinen schwarzen Federn, die sie hochgeschoben hatte.

Unter ihren runden Augen lagen tiefe Schatten. Ihr Gesicht war klein und oval. Stupsnase. Rosa Mund. Violet war wie eine Puppe, ein wunderschönes, schwarz gekleidetes Kind mit einer Schwäche für Reptilien, Mardi Gras und Obst.

Sofort rief ich ihren Namen und wollte auf sie zulaufen, doch Menai packte mich am Arm und riss mich zurück.

Violet drehte sich zu mir und starrte mich an.

Unsere Blicke trafen sich. Ihr Gesichtsausdruck veränderte sich nicht. Er war ernst, ruhig, gelassen. Nur Violet konnte einen so ansehen und glauben machen, das sie es auch so meinte. Ein katzenhaftes Lächeln erschien auf ihrem Gesicht, bis ihre Lippen so weit geöffnet waren, dass ihre winzigen Fangzähne im Licht schimmerten. Ich lächelte zurück und nickte ihr aufmunternd zu, während alles in mir aufschrie, weil ich zu ihr gehen und sie beschützen wollte.

»Bleib ruhig«, fuhr Menai mich an, während sie ihre Fingernägel in meinen Arm krallte.

Sie hatte recht. Ich musste die Unbeteiligte spielen. Ich musste die Halle auskundschaften, die Wächter finden, die Fluchtmöglichkeiten einschätzen und –

Sebastian.

Er stand hinter Athene, die Hand auf die Lehne ihres Stuhls gelegt. Er starrte mich an. Er hatte mich die ganze Zeit angestarrt, wie mir jetzt klar wurde. Mit einem leeren, grauen Blick, den ich nicht deuten konnte.

Sebastian sah frisch und sauber aus. Er sah besser aus als je zuvor. Das natürliche Rot seiner Lippen war noch dunkler geworden, seine grauen Augen strahlten heller, seine Haare waren schwärzer und glänzender, sie schimmerten wie schwarzer Satin. Er strahlte die ganze gequälte Schönheit eines Dichters, die ganze Macht und Eleganz eines Lamarliere, die ganze Härte und Kreativität eines Musikers aus. Und jetzt konnte er der Liste seiner Vorzüge auch noch hinzufügen, dass er ein Bluttrinker war.

Zwei Götter – jedenfalls hielt ich sie aufgrund ihres Aussehens für Götter – mit majestätischer Haltung und Kleidung im griechischen Stil saßen zur Rechten Athenes, während eine sonderbar aussehende Frau auf dem Stuhl links von ihr Platz genommen hatte. Ihre Haut hatte zwei verschiedene Farben, auf der rechten Seite ein geisterhaftes Weiß, auf der linken ein tiefes Schwarz. Das helle Graublau ihrer Augen wurde durch die unterschiedlichen Farben noch betont.

Athene setzte ihren Becher ab und stand auf. In ihrem dunkelgrünen Overall aus der Haut des Titanen Typhon sah *Sie* wunderschön und unbeschreiblich grausam aus. *Sie* wollte mit ihrer Kleidung keinen Eindruck machen, sie wollte damit allen Angst einjagen. Das Reptilienleder lebte und bewegte sich an ihrem Körper, reglos in einem Moment, kriechend im nächsten. Diesen Overall hatte die Göttin auch getragen, als wir das erste Mal in Josephine Arnauds Ballsaal aneinandergeraten waren.

Die Haare trug *Sie* offen, einige Strähnen waren zu kleinen Zöpfen geflochten. Ihr schwarzes Augen-Make-up schimmerte grau, was das Grün ihrer Augen nur noch mehr strahlen ließ. Athene klatschte in die Hände. Die Musik hörte auf zu spielen, in der Halle wurde es still. »Unsere Abendunterhaltung ist soeben eingetroffen.«

Dreiundzwanzig

Die Gäste klatschten Beifall und klopften mit ihren Bechern auf die Tische. Athene genoss die Aufmerksamkeit und den Tumult, doch nur für einen Moment. *Sie* bat um Ruhe. »Zur Feier meines Panathenäums gebe ich euch« – *Sie* winkte den drei Göttern zu und bedachte mich dann mit einem mütterlichen Lächeln – »die Gorgo. Na ja, eigentlich ja eine kleine Gorgo.«

Die beiden Götter rechts von ihr wurden blass und sahen sich verwirrt und verängstigt an. Die andere Göttin schien keine Reaktion zu zeigen. Genau wie Sebastian, der völlig ruhig und anscheinend unbeeindruckt blieb.

»Athene«, sagte ein blonder Gott. »Du bringst uns eine Gottesmörderin?«

»Keine Sorge, Bruder. Sie ist noch nicht voll entwickelt. Ich bringe sie lediglich als Zeichen meines ... guten Willens vor euch.« Die Lüge kam Athene ganz leicht von den roten Lippen; es war mehr als nur eine Demonstration ihrer Stärke. Wenn *Sie* die Gottesmörderin in ihrer Gewalt hatte, war das für die anderen Götter noch mehr Grund, *Sie* zu fürchten. Allerdings schien Athene dabei der Einfachheit halber zu vergessen, dass *Sie* diejenige war, die die Gorgonen aus Versehen geschaffen hatte, dass *Sie* uns die Fähigkeit gegeben hatte, Götter zu töten.

Athene war so ein Miststück. Ich fragte mich, ob ich die Einzige war, die ihre Lügen und Selbstdarstellung durchschaute.

»Ich dachte, es würde euch Spaß machen, dabei zuzusehen, wie sie sich meiner Herrschaft unterwirft. Die Gefahr durch die Gottesmörderin ist endgültig vorbei.«

Meine Finger lockerten sich und ballten sich dann zu Fäusten. Ich stand hier nicht nur einem, sondern gleich vier Göttern schutzlos ausgeliefert gegenüber. Genau genommen war die Halle voller Wesen, die mich innerhalb von Sekunden in Stücke reißen konnten.

Ich würde bis zum Schluss kämpfen. Da war ich mir ganz sicher, und ich würde alles geben, um meine Hände um Athenes Hals zu bekommen.

Doch der zufriedene Ausdruck auf Athenes Gesicht beunruhigte mich. *Keine Panik. Denk dran, was Bran dir beigebracht hat. Nutze den Überraschungsmoment für den ersten Angriff. Fragen können warten.* Bis jetzt hatte ich meine Macht nur in kleinen Dosen nutzen können, womit Athene, Bran und Menai problemlos fertig geworden waren ...

Athene reckte das Kinn in die Höhe und musterte die Menge. Dann ging ihr Blick zu Sebastian. *Sie* lächelte ihn an. Diese kleine Geste galt mir. Was für ein Miststück!

»Es wird Zeit«, sagte *Sie,* während *Sie* ihre Aufmerksamkeit zuerst auf Violet und dann mit besonderer Bosheit auf mich richtete, »für ein neues, besseres Modell, damit das alte zerstört werden kann.«

Sie hob die Arme und begann zu sprechen, nicht auf Griechisch, sondern in einer Sprache, die sehr viel älter klang. Ihre Worte schossen durch die Luft, voller Energie und Macht.

Die Götter sahen sich beunruhigt an. Einer von ihnen stand auf und hielt sich am Tisch fest. »Schwester, was du da tust ... das ist doch Wahnsinn.«

Athenes Worte verließen ihren Mund wie lebendige Wesen, wie sich windende Schatten, genau wie in der Vision, die ich damals hatte, als ich die Knochen von Alice Cromley eingeatmet und die Verwandlung von Medusa in die Gorgo miterlebt hatte.

Oh Gott. Athene wollte aus Violet eine Gorgo machen.

»NEIN!« Ich rannte los, bevor Menai oder die Wächter mich aufhalten konnten, sprang auf das Becken und packte Violet. Als ich ausrutschte und auf dem Hintern landete, zog ich das Mädchen auf meinen Schoß. Ich wandte Athene den Rücken zu und schirmte Violet mit meinem Körper und dem Vorhang aus meinen offenen Haaren ab.

Violet drehte sich in meinen Armen herum, um mich anzusehen. »Ari«, sagte sie. Angesichts dessen, was gerade geschah, war sie unnatürlich ruhig.

»Violet. Alles okay mit dir?«

Sie nickte. »Alles okay. Vertrau mir.«

Violet benahm sich merkwürdig und ich wusste nicht, was ich sagen sollte. Sie nickte mir zu und fing dann an zu grinsen, sodass ihre winzigen Fangzähne zu sehen waren. Warum zum Teufel lächelte sie?

Großer Gott. Vielleicht war ich ja wieder in der Zelle und hatte eine Halluzination.

Violet schlüpfte mir aus den Armen. Sie bückte sich, setzte mir Pascal auf den Schoß und zog ihre Maske vors Gesicht, als wäre sie ein Ritter, der in den Kampf zieht. Dann faltete sie die Hände vor sich und sah Athene an, die inzwischen schwieg.

Doch die Worte des Fluchs waren lebendig; sie hüllten Violet ein, hoben sie von der Holzplatte und bewegten sich in einem langsamen, makaberen Tanz um sie herum.

Ich sprang auf und wollte mich auf Athene stürzen, doch die Wächter waren sofort bei mir. Sie warfen mich zu Boden und verpassten mir ein paar kräftige Fußtritte in den Bauch, bevor sie mich wieder hochzerrten, damit ich zusehen konnte.

Violet breitete die Arme aus, den winzigen Körper ganz steif und starr, die Zehen zeigten auf den Boden unter ihr, während die Worte um sie herumwirbelten wie zornige, tobende Schattenwesen.

Und dann, ganz langsam, schwebte sie auf den Boden zurück.

Im Tempel war alles still. Als jemand hustete, klang es wie Donnergrollen.

Violet schob ihre Maske hoch. Sie stand ganz allein auf dem Becken, klein und dunkel, und starrte Athene seelenruhig mit ihren schwarzen Augen an.

Mehrere Sekunden verstrichen.

Nichts geschah. Violet veränderte sich nicht, der Fluch schien keinerlei Wirkung auf sie zu haben.

Ich wandte den Kopf und starrte Athene an, die darauf wartete, dass ihr Fluch sich entfaltete. *Sie* sah verwirrt aus. Inzwischen hätte sich Violet verwandeln müssen, so wie Medusa damals.

Jetzt. Jetzt musst du zuschlagen.

Mit aller Kraft, die ich in mir hatte, riss ich mich von dem Wächter los und nutzte den Schwung, um auszuholen und ihm meinen Ellbogen ins Gesicht zu donnern. Dann griff ich ihn am Arm und warf ihn über meine Schulter. Sobald sein Rücken den Boden berührte, packte ich den Griff seines Schwerts, zog es aus der Scheide und rannte los.

Ich schaffte es bis zu Athenes Tisch und sprang mit einem großen Satz hinauf. Dann stieß ich mich mit aller Kraft ab und stürzte mich auf die Göttin.

Ich schlang beide Arme um *Sie*, während wir gemeinsam auf den Marmorboden stürzten. Bevor *Sie* reagieren konnte, richtete ich mich auf und rammte ihr den Griff meines Schwerts in die

Kehle. Das verschaffte mir so viel Zeit, dass ich mich von ihr herunterrollen konnte und genug Platz hatte, um mit dem Schwert auszuholen. *Sie* riss die Augen auf und griff sich keuchend an den Hals. Ich ließ das Schwert nach unten sausen. Athene riss beide Hände nach oben, packte die Klinge und stieß sie nach hinten, sodass ich das Gleichgewicht verlor.

Als *Sie* aufstand, erschien aus dem Nichts ein Schwert in ihrer Hand.

Stahl traf auf Stahl.

Niemand kam mir zu Hilfe. Andererseits würde es auch niemand wagen. *Sie* war besser als ich – was mich nicht überraschte. Ich duckte mich und konnte gerade noch ihrem Schwert ausweichen, mit dem *Sie* mir die Schulter abtrennen wollte. Stattdessen traf es mit einem lauten Klirren den Marmorboden, während ich herumwirbelte und ihr mein Bein in die Kniekehlen fegte, was *Sie* aus dem Gleichgewicht brachte.

Dann holte ich aus und bekam eine Handvoll ihrer Haare am Hinterkopf zu fassen. Ich kämpfte um mein Leben und *Sie* wusste es. Athene packte meine Hand und drehte sich herum, bis wir uns von Angesicht zu Angesicht gegenüberstanden. In ihren grünen Augen blitzte es teuflisch auf. Dann versetzte *Sie* mir einen Kopfstoß.

Ein stechender Schmerz schoss durch mein Gesicht. Mir wurde schwarz vor Augen. Ich taumelte nach hinten, als Blut aus meiner Nase schoss und auf meinen Mund spritzte. Es lief beim Atmen in meinen Mund und ich verschluckte mich an meinem eigenen Blut.

Athenes Hand legte sich um meinen Hals. *Sie* stieß mich nach hinten, die Stufen zu dem Podest mit ihrem Thron hinauf, damit jeder ihren Sieg über mich mit ansehen konnte. Dann hob *Sie* mich am Hals hoch und drückte mir die Luftröhre zu. Sterne tanzten vor meinen Augen. Ich trat nach ihr und schnappte nach Luft wie ein Fisch auf dem Trockenen.

Die Göttin zog mich näher zu sich und übersah dabei, dass ich immer noch das Schwert in der Hand hielt. »Netter Versuch.«

»Danke«, stieß ich hervor. Dann rammte ich das Schwert in ihren Bauch.

Sie ließ mich sofort los und ich fiel auf die Stufen des Podests und rollte auf den Fußboden. In dem Moment, in dem ich mich aufrichtete, zog *Sie* das Schwert aus ihrem Körper und schleuderte es auf den Wächter, dem es gehörte. Es bohrte sich in seinen Schädel, er war auf der Stelle tot.

Dann tat Athene etwas, was *Sie* bereits auf dem Friedhof getan hatte. *Sie* machte eine Handbewegung in Sebastians Richtung. Er wurde den Wächtern, die ihn festhielten, entrissen und landete auf dem Thron.

Ihr Blick ging in die Halle, wo ihr lebender Fluch immer noch über dem Wasserbecken schwebte wie Rauch. Mit barschen Worten befahl *Sie* ihn zu sich und schickte ihn dann mit einer Handbewegung zu Sebastian, indem *Sie* die gleiche mächtige Sprache benutzte wie zuvor.

Bei Violet hatte der Fluch nicht funktioniert, doch jetzt versuchte Sie, Sebastian zu verwandeln. Anders als bei Violet schien der Fluch bei ihm zu funktionieren, die Worte wirbelten um ihn herum und drangen in seinen Körper ein. Sebastian wand sich vor Schmerzen. Er packte die Armlehnen des Throns, seine Knöchel wurden ganz weiß.

»Hör auf!«, schrie ich, so laut ich konnte. »Bitte hör auf!«

Mit klopfendem Herzen und panisch vor Angst kroch ich die Stufen des Podests hoch, während sich die Macht in mir wie eine wütende Schlange regte. *Denk nicht darüber nach; tu es einfach.*

Ich packte Sebastian am Fußknöchel und wir starrten uns gegenseitig an. Sein Gesicht war verzerrt, weil ihm klar geworden war, dass er nichts tun konnte, um das hier zu verhindern.

»Es tut mir leid.« Ich schloss die Augen und riss meine Mauern nieder, ich ließ das Monster in mir frei und gab die Kontrolle auf. Es war kein Kampf. Es war anders – Hoffnung, Liebe, Opfer, frei von Angst ... Energie kochte in mir hoch, warf sich gegen meine Haut, wollte heraus und dieses Mal hieß ich sie willkommen, mit allem, was ich hatte.

Es war dunkle Energie, brutal und lebendig. Summend, vibrierend floss sie aus jedem Teil meines Körpers meinen Arm hinunter und dann in meine Hand. Ich zwang alles davon in Sebastian.

Ich verlor jedes Gefühl für Raum und Zeit und existierte nur noch in einer strahlend hellen Leere unvorstellbar großer antiker Macht.

Als ich schließlich wieder zu mir kam, hallte mein lautes Schluchzen durch den Tempel. Ich umklammerte immer noch Sebastians Fußknöchel, doch meine Hand war taub, mein Körper schwach und leer.

Ich wollte es nicht sehen, doch mein Blick ging trotzdem zu ihm. Oh Gott.

Sebastian war weißer Marmor. Wunderschön. Erschreckend. Versteinert.

Vierundzwanzig

Ich bekam nicht genug Luft zum Atmen, während ich versuchte zu begreifen, was ich getan hatte. Sebastian saß auf dem Thron, als wäre er von Michelangelo persönlich geschaffen worden. Die Hände klammerten sich an die Armlehnen, das Gesicht starrte mit zusammengezogenen Augenbrauen auf mich herab, die Haare fielen ihm in die Stirn, die Beine waren gespreizt ... Er sah aus wie ein aufgewühlter junger König, der in seinen düsteren Gedanken versunken war.

Athene stand neben Sebastian und lehnte sich an den Thron. Auf ihrem Gesicht lag ein breites Grinsen. Ihr Arm lag auf der Rückenlehne, ihre Finger trommelten auf dem vergoldeten Holz herum.

Die anderen Götter starrten mich schockiert an. Jetzt wussten sie, was ich konnte, wussten, dass ich anders war, dass Athene ihnen nicht die ganze Wahrheit über ihre »kleine Gorgo« gesagt hatte. Jetzt wäre der richtige Zeitpunkt gewesen, um *Sie* zu packen, um ihr das anzutun, was ich Sebastian angetan hatte, doch ich war leer. In mir war nichts mehr.

Athene beugte sich zu mir hinunter, nahm eine Strähne meines Haars zwischen die Finger und spielte damit. »Ich wusste es«, flüsterte *Sie* seltsam stolz. »Ich wusste, dass du es schaffen würdest. Das hast du gut gemacht, Aristanae, das hast du wirklich gut gemacht ...«

Ihr Blick wanderte durch die Halle bis zu der Nische mit der Statue des Zeus, dann sah *Sie* die Gäste ihres Festmahls an und strahlte triumphierend und voller Vorfreude.

»Esst, so viel ihr könnt, denn wenn das Mahl zu Ende ist« – ihre Worte echoten laut durch die Halle – »gehen wir mit unserer Prozession nach New 2!«

Die Gäste brachen in lauten Jubel aus. Becher wurden auf die Tische geknallt. Kreaturen johlten und applaudierten. Der Lärm war ohrenbetäubend.

Athene klatschte in die Hände und ordnete lautere Musik und noch mehr Essen an. »Iss, Aristanae!«, rief *Sie* mir lachend zu.

Ich runzelte verwirrt die Stirn. In einem Moment kämpfte *Sie* gegen mich, im nächsten wollte *Sie*, dass ich etwas aß. *Sie* hatte das Ganze bis ins letzte Detail geplant und ich hatte ihr gezeigt, wie viel Macht in mir steckte, ich hatte jedes bisschen davon benutzt. Und jetzt war ich so leer, dass ich nicht einmal mehr eine Mücke in Stein verwandeln könnte.

»Genieß das Essen, die Gesellschaft ...« *Sie* deutete auf einen der langen Tische, an dem Menai mit dem Mann im Umhang stand, von dem ich jetzt wusste, dass er mein Vater war.

Ich reagierte überhaupt nicht; ich stand immer noch unter Schock. Athene winkte zwei Wächter herbei, die mich von hinten unter den Achseln packten und wegschleppten, während meine Füße kraftlos über den Boden schleiften.

Alles, was ich sah, war Sebastian, von dem ich mich immer mehr entfernte.

Sebastian. Er war so wunderschön. So kalt. Ich hatte ihn gerettet. Ja, das hatte ich. Das hatte ich doch, oder? *Oh Gott. Was hatte ich bloß getan?*

Und dann sah ich Violet, die hinter mir herging, in Begleitung von zwei Wächtern. Sie hielt Pascal auf dem Arm und weinte, sie war wütend, das Gesicht rot und fleckig. Ich wusste, dass sie um Sebastian weinte.

Die Wächter setzten mich unsanft auf eine der langen Bänke. An dem Tisch war Platz für mich gemacht worden und erst, als ich saß, wurde mir klar, dass der Mann neben mir mein Vater war. Menai gesellte sich nicht zu uns, sondern ging ein paar Schritte zur Wand zurück. Da ich nicht wusste, was ich tun sollte, legte ich die Hände links und rechts von meinem Teller auf den Tisch.

Ich saß da und wartete, dass der Schock über das, was ich Sebastian angetan hatte, nachließ. Ich begann am ganzen Körper zu zittern.

Violets kleine Hand schob sich in meine. Sie reckte das Kinn und sah wütend aus. Ich versuchte zu lächeln, was mir aber nicht gelingen wollte. »Es tut mir leid, Vi«, flüsterte ich.

»Ist Bastian ... tot?«

»Michel kann das rückgängig machen«, versprach ich. »Die Novem wissen, wie man ihn wieder zurückbringt.« Sie mussten es wissen. Denn wenn sie es nicht wussten ... Verwirrung legte sich auf meine Gedanken. Warum? Warum hatte ich das getan? Irgendwo in meinem Unterbewusstsein hatte es sich richtig angefühlt, es war die richtige Entscheidung gewesen. Ich hatte ihn gerettet. Ich hatte getan, wozu mich ein instinktiv handelnder Teil von mir, den ich selbst nicht ganz verstand, gedrängt hatte. Doch jetzt fragte ich mich, ob es nicht ein Fehler gewesen war.

Die Zeit verging. Alles tat weh. Alles in mir schrumpfte und verbrannte, bis ich das Gefühl hatte, eine leere Hülle aus Asche zu sein, die der kleinste Windhauch ins Nichts wehen konnte.

Eine raue Hand legte sich auf meine. Ich drehte mich zu meinem Vater. Sein Gesicht war von der Kapuze verborgen. Über seine

Hand und den Unterarm zogen sich weiße, wulstige Narben, doch das spielte alles keine Rolle. Mein Vater war hier. Er berührte mich, hielt meine Hand.

»Ich weiß nicht, was ich sagen soll«, platzte ich heraus. Was Besseres war mir nicht eingefallen. *Tut mir leid, dass ich dich in Athenes Gefängnis zurückgelassen habe. Ich habe mein ganzes Leben lang an dich gedacht. Wer zum Teufel bist du?*

»Du und ich, wir haben uns so viel zu sagen«, erwiderte er langsam, »doch jetzt ist weder der richtige Ort noch die richtige Zeit dafür.« Seine Hand drückte meine. »Du« – er brach ab, um sich zu räuspern – »du warst noch ein Baby, als sie mich gefangen genommen haben.«

Mein Vater hatte das Undenkbare getan und sich in meine Mutter verliebt, anstatt sie zu töten, wie es seine Aufgabe gewesen war. Zusammen waren sie nach New 2 geflohen und Athene hatte sie verfolgt und dabei die beiden Hurrikans zu übernatürlicher Stärke anwachsen lassen. Nachdem die Novem meinen Eltern Schutz angeboten hatten, hatten sie meinen Vater an Athene ausgeliefert, als Gegenleistung dafür, dass *Sie* die Stadt verließ und nie wieder zurückkam. Natürlich hatte *Sie* ihr Versprechen nicht lange gehalten ...

»Ich hätte nie gedacht, dass ich dich jemals wiedersehen würde«, sagte er.

Und ich hätte mir vor New 2 nie vorstellen können, dass ich meinen Vater unter solchen Umständen kennenlernen würde. Mein ganzes Leben lang hatte ich wissen wollen, wer meine Mutter und mein Vater waren und wie es sein würde, richtige Eltern zu haben, trotzdem wollte ich nicht, dass er jetzt noch mehr sagte. Nicht hier. Nicht so.

»Warum lässt *Sie* uns hier zusammensitzen?«, fragte ich stattdessen.

»*Sie* dressiert dich, Ari. Das ist deine Belohnung. Ihre Machenschaften dienen nur dazu, deinen Wert festzustellen. *Sie* will wissen, ob du getötet werden solltest oder ob du es wert bist, als Waffe weiterzuleben. Was *Sie* damit letztendlich bezwecken will, weiß ich nicht, aber so geht *Sie* immer vor. *Sie* bricht die Menschen und behält sie dann als Haustiere. Und *Sie* prahlt vor ihren Gästen, *Sie* lässt sie wissen, dass *Sie* keine Angst vor dir hat.«

»Wer sind sie?« Ich nickte in Richtung der Götter an Athenes Tisch.

»Artemis. Apollo. Die zweifarbige Göttin ist Melinoe, Tochter des Hades.«

Er beugte sich zu mir und sprach leiser. »Ari, hör mir zu. Athene ist noch nicht mit dir fertig. Ich kenne *Sie* schon lange und ich kenne *Sie* gut. Welches Ziel *Sie* auch immer verfolgt – *Sie* hat es noch nicht erreicht.«

Ein Diener beugte sich vor und füllte mein Glas.

»Du solltest etwas trinken und essen«, schlug mein Vater vor. »Die Nacht ist noch nicht vorbei.«

Wie sollte ich etwas essen, wenn Sebastian eine Marmorstatue war, die über das Festmahl herrschte?

Aber mein Vater hatte recht, daher brach ich ein Stück Brot ab und steckte es mir in den Mund. »Glaubst du, ich habe eine Chance, *Sie* zu töten?« Ich sah zu, wie Athene aß und sich mit den Göttern an ihrem Tisch unterhielt.

»Es gibt niemanden, der stärker ist als *Sie*. Oder klüger«, erklärte er. Meine Hoffnung sank. »*Sie* ist denen, die ihr Böses wollen, immer einen Schritt voraus. Doch du überraschst *Sie* immer wieder – genau wie Violet. Aber warum, habe ich noch nicht herausgefunden.«

»Na großartig. Abgesehen von den Überraschungen sind wir also geliefert.«

»Es gibt etwas, das *Sie* nicht vorhersehen kann, und das ist das Ausmaß deiner Fähigkeiten. Der Fluch ist von deiner Mutter auf dich übergegangen, aber du bist auch meine Tochter und das macht dich zu etwas anderem. Vielleicht zu etwas ganz anderem als dem, was du gerade gezeigt hast.«

»Was meinst du damit?«

Er hob seine andere Hand gerade so hoch, dass ich den Griff einer Waffe sehen konnte, die unter dem Ärmel hervorlugte. Seine Hand schloss sich darum. »Ari, du bist eine Jägerin. Jeder τέρας-Jäger, jeder Sohn von Perseus zeichnet sich durch seine Auffassungsgabe, Konzentration, List und Präzision aus. Wir *sind* die Waffe. Jeder Jäger trägt ein Schwert bei sich, das mit seinem eigenen Blut geschmiedet wurde. Es macht ihn stark, lässt ihn immer sein Ziel finden und töten. Die Schwerter können zu einer Art Erweiterung unserer Macht werden, sie sind davon erfüllt. Die meisten Jäger sehen keine Notwendigkeit, diese Macht einzusetzen, denn sie sind sowieso schon stark genug. Mein Blut ist in meinem Schwert, Ari. *Unser* Blut«, sagte er fast atemlos.

Ich bekam eine Gänsehaut. »Was willst du damit sagen?«

»Ich will damit sagen, dass du mein Schwert benutzen sollst, wenn es so weit ist. Verstärke deine Macht damit.« Seine Hand verschwand wieder unter dem Ärmel seines Umhangs. »Nicht mehr reden«, warnte er, als mehrere Wächter an uns vorbeiliefen.

Wir schwiegen, während das Festmahl weiterging. Meine Gedanken überschlugen sich – wann würde er mir das Schwert geben, wie sollte ich es mit meiner Macht zusammen benutzen und wie zum Teufel konnte ich Violet und meinen Vater hier rausholen?

Als Athene sich erhob, um sich auf die Prozession vorzubereiten, war die Gelegenheit gekommen. *Sie* schickte Wächter zu uns, die uns mitnehmen sollten. Dann verließ *Sie* mit den anderen Göttern im Schlepptau die Halle. Wir wurden aus der Halle herausbegleitet und in den langen Korridor gebracht, der zum Gefängnis führte.

Hinter mir ging mein Vater, flankiert von zwei Wächtern. Ich befand mich in der Mitte, ebenfalls mit zwei Wächtern links und rechts von mir, Violet ging mit ihren beiden Wächtern an der Spitze.

Sechs Wächter. Eine halb ausgebildete Gorgo. Ein verletzter Sohn des Perseus. Und ein Kind mit Fangzähnen.

Na großartig.

Als ich mir gerade einen schnellen Angriffsplan überlegte, hörte ich ein leises Surren. Einer von Violets Wächtern zuckte zusammen, als plötzlich ein Pfeil aus seinem Nacken ragte. Bevor die Wächter – und auch ich – reagieren konnten, waren noch drei weitere Pfeile abgeschossen worden, die sich in Violets zweiten Wächter und meine beiden Begleiter bohrten – sie wurden alle in die Kehle getroffen, damit sie keinen Laut von sich geben konnten.

Menai stand am anderen Ende des Korridors. Sie trat aus den Schatten heraus, mit dem nächsten Pfeil auf der Sehne, und zielte auf etwas hinter mir.

Die Wächter meines Vaters waren noch nicht getroffen worden und würden zweifellos Alarm schlagen. Mist. Ich drehte mich um und wollte angreifen, erstarrte dann aber mitten in der Bewegung. Henri hatte einem der beiden Wächter hinter mir das Genick gebrochen – der andere lag bereits tot am Boden.

»Henri«, keuchte ich.

Er hob den Kopf. Wilde Raubtieraugen starrten mich an. Seine Haare waren offen und verfilzt, er sah furchtbar aus.

Ich rannte auf ihn zu und warf mich an seine Brust. Dann drückte ich ihn an mich, um mich davon überzeugen, dass er tatsächlich echt war. »Gott sei Dank. Du lebst«, sprach ich das Offensichtliche aus.

Er zuckte vor Schmerz zusammen. »Hör auf, mich zu drücken!«

Als ich ihn losließ, sah ich, dass aus seiner Wunde frisches Blut durch sein schmutziges T-Shirt getreten war. »Oh, Scheiße, du bist ja immer noch verletzt. Tut mir leid.«

»Reden könnt ihr später«, warf mein Vater ein. »Wir müssen die Leichen loswerden.«

Menai, Henri und mein Vater schleiften die Wächter in einen Raum in der Nähe und zogen die Pfeile aus ihren Körpern, damit niemand erkennen konnte, dass sie von Menai stammten.

Violet hatte sich nicht bewegt, seit die beiden Wächter neben ihr tot umgefallen waren. »Violet.« Ich kniete mich vor sie. Sie blinzelte und sah mich an. »Bist du okay?«

Sie nickte und drückte Pascal an sich. »Ich will jetzt nach Hause.«

Ich nahm ihre Hand, als die anderen zurückkamen. »Wir müssen zu dem Tor im alten Tempel zurück. Menai, kommen wir von hier aus zum See?«

»Ja. Mir nach.«

Menai führte uns zum Gefängnis und bog dann in einen schmalen Korridor ab. Wir rannten, so schnell wir konnten. Meine Lunge brannte. Schließlich nahm ich Violet auf den Arm, damit wir schneller vorankamen.

Und dann waren wir plötzlich im Freien, in dem schroffen Felsenmeer direkt unterhalb der Mauer um Athenes Garten. Der Wind heulte und zerrte an uns, als wir uns an den Fels klammerten. Ich warf einen Blick zu Henri, weil ich wissen wollte, wie es ihm ging. Nicht gut. Er hatte die Hände auf seine Seite gedrückt. Sein Gesicht war schweißüberströmt und kreidebleich.

»Da entlang.« Menai deutete auf einen schmalen Weg, der am Abgrund entlangführte. Wir waren so weit oben in den Bergen, dass in einiger Entfernung ein paar dünne Wolken auf gleicher Höhe an uns vorbeischwebten. Als wir weitergingen, fiel mir auf, dass Menai stehen geblieben war. »Du kommst nicht mit?«

»Ich kann nicht. Ich muss wieder in die Halle. Weiter kann ich nicht.«

»Komm mit.«

»Du verstehst das nicht. Ich muss zurück. Leb wohl, Ari.« Menai ging zurück.

Bis zu einem gewissen Grad verstand ich sie sehr wohl. Es war ziemlich offensichtlich, dass Athene etwas gegen sie in der Hand hatte, dass es einen bestimmten Grund dafür gab, dass Menai an ihrer Seite blieb. »Menai.« Sie blieb stehen. »Danke.«

»Schon in Ordnung. Aber lass es mich nicht bereuen.«

»Das wirst du nicht.«

Nachdem wir den gefährlichen Weg am Abgrund hinter uns gelassen hatten, kletterten wir über die Felsen, um zum See zu gelangen. Dann gingen wir wieder um den See herum und kämpften uns durch den dunklen Wald, bis wir schließlich in der Nähe des unheimlichen Gartens mit den versteinerten Statuen herauskamen.

Ich zögerte, als Henri, Violet und mein Vater die Stufen zu Athenes verlassenem Tempel hinaufgingen. Auf halbem Weg nach oben blieb mein Vater stehen. »Ari. Beeil dich.«

Die beiden Menschen, wegen denen ich hergekommen war, waren nur noch wenige Schritte von ihrer Rettung entfernt, trotzdem rührte ich mich nicht vom Fleck. Ich konnte nicht.

Ich traf eine Entscheidung. Dann holte ich tief Luft. »Henri, bring Violet und meinen Vater zum Tor.«

Henri machte den Mund auf, klappte ihn wieder zu und starrte mich dann einfach an, während mein Vater die Stufen herunterkam und meine Hand nahm. Ich wusste, was er sagen würde. Das hier war unsere Chance. Wir waren so gut wie frei.

»Ich muss zurück«, sagte ich zu ihm. »Es ist noch nicht vorbei.«

Ich dachte, er würde mich davon abbringen wollen, dachte, er würde jetzt den autoritären Vater spielen und verlangen, dass ich mit ihnen ging. Aber er tat nichts dergleichen. Er gab mir sein Schwert und ich bekam das Gefühl, dass ich mich mit meinem Dad richtig gut verstehen würde.

Ein trauriges Lachen legte sich auf meine Lippen, als ich das Gewicht des Schwertes in meinen Händen spürte. Und seltsamerweise auch das leise Vibrieren seiner Macht. Die anderen τέρας-Schwerter hatten sich nicht so angefühlt, aber die waren ja auch nicht mit dem Blut meines Vaters geschmiedet worden. Ich gab es zurück. Ich wollte nicht riskieren, es zu verlieren. »Nimm du es mit. Komm zu mir, wenn die Prozession New 2 erreicht. Vielleicht kann ich dann etwas mit dem Schwert anfangen.«

Er nahm es und steckte es unter seinen Umhang. Dann legte er seine vernarbten Hände an meine Wangen. Sein Gesicht war unter der Kapuze verborgen, doch ich sah genug, um zu wissen, dass seine Augen vor Stolz leuchteten. »Du bist eine echte Jägerin, mit dem Herzen einer Kriegerin und dem Mut deiner Mutter. Ich werde in New 2 auf dich warten.« Dann küsste er mich auf den Scheitel und ging die Stufen hinauf.

Das war vielleicht das Netteste und Coolste, was mir je gesagt worden war, und dass wir gerade in so einer scheiß Situation waren, tat so furchtbar weh, dass es mir ein Loch ins Herz brannte.

Henri, der sich immer noch die Seite hielt, kam die Stufen herunter. Zwischen seinen Fingern sickerte Blut hervor.

»Kümmer dich um den Kratzer da.« Ich wies auf seine Wunde. »Dann geh zu Bran und Michel und sag ihnen, dass Athene in die Stadt kommt.« Ich ging zu ihm und umarmte ihn vorsichtig. »Und pass auf meinen Vater auf. Ich brauch ihn noch.«

»Schon erledigt, *mon amie*.«

»Und, Henri?« Ich zögerte und versuchte, die richtigen Worte zu finden, mehr zu sagen als nur »danke«. Nach dem, was er durchgemacht hatte, war ein schlichtes »Danke« eindeutig zu wenig.

»Keine Panik! Ich hab jetzt eine ganze Menge gut bei dir.«

Dann war plötzlich Violet da und warf sich in meine Arme.

»Was passiert ist, tut mir leid«, flüsterte ich in ihre Haare. »Alles tut mir leid.«

Als sie den Kopf hob und mich anlächelte, schimmerten ihre kleinen Fangzähne im Mondlicht. »Athene wird sich wünschen, nie geboren worden zu sein.« Sie sagte es so ruhig und geradeheraus, dass ich ihr fast glaubte. Dann umarmte sie mich noch einmal. »Komm bald nach Hause.«

»Mach ich.«

Sie ging die Stufen hinauf, hob Pascal auf und nahm Henris Hand. Dann verschwanden sie zusammen mit meinem Vater im Tempel.

Ich ging bis zur obersten Stufe und setzte mich hin. Ich war allein. In der Dunkelheit. Was auch immer heute Nacht passieren würde, wenigstens waren sie jetzt in Sicherheit. Und ich wusste, dass ich dank Athene schon sehr bald nach Hause gehen würde; ihr Ego ließ einfach nicht zu, dass *Sie* mich zurückließ. *Sie* wollte mit mir angeben, wollte den Novem zeigen, dass sie mich verloren hatten.

Ich stand auf und drückte den Rücken durch. Ein leichter Wind war aufgekommen. Ich strich mir die Haare aus dem Gesicht, damit ich den See gut überblicken konnte. Zeus' perfekter Tempel strahlte wie ein Leuchtturm, die Feuer in den steinernen Schalen spiegelten sich im Wasser. Musik und Stimmen wurden bis zu mir herübergetragen. Der Kontrast zwischen dem, was ich vor mir sah, und dem Ort, an dem ich stand, ließ mich aus irgendeinem Grund lächeln.

Ich stand im Schatten des Mondlichts, während hinter mir ein eingestürzter Tempel aufragte. Etwas angeschlagen, aber er stand noch. So wie ich.

Der warme Wind strich sanft über meine Haut. Ein Gefühl von Gewissheit und Gelassenheit erfüllte mich und für einen Moment blieb ich noch so stehen und ließ mich davon einhüllen, ließ es in jeden Teil meines Körpers fließen. Und dann ging ich die Stufen hinunter und lief wieder in den Garten mit den Statuen. Sie machten mir keine Angst mehr, sie machten mich nur noch traurig. Sie erinnerten mich an das, was getan werden musste. Es würde nie wieder einen Ort geben, an dem es so aussah wie hier. *Es endet mit mir.*

Ich ging um das gestürzte Schlachtross herum, das ich bei meinem ersten Besuch hier gesehen hatte. Als ich zu der Mutter mit dem Kind kam, blieb ich stehen und starrte das Gefängnis aus Marmor an, in dem sie eingeschlossen waren.

Das Kind in der Decke war geliebt worden. Sein dickes Ärmchen hing entspannt herunter. Der Mutter sah man die Angst im Gesicht an, ihre weißen Marmoraugen waren vor Entsetzen weit aufgerissen. Und das arme Kind konnte nicht älter als zwei oder drei Jahre gewesen sein. Erstarrt. Sein ganzes Leben gestohlen.

Ich streckte den Arm aus, berührte die kleine Kinderhand und spürte ein leichtes Kribbeln. Ich schloss die Augen und ertappte mich dabei, dass ich mich stumm bei ihm entschuldigte. *Es tut mir leid. Es tut mir so leid.*

Ich entschuldigte mich damit nicht nur bei dem Kind, sondern bei allen Opfern der Gorgonen, meinen Vorfahrinnen. Bei meinem Vater, meinen Freunden und allen anderen, die wegen unserer Macht leiden mussten. Ich würde es wiedergutmachen. Ich würde sie rächen. Ich musste. Ich machte die Augen auf und warf dem Kind noch einen letzten Blick zu.

Es blinzelte.

Ein erstickter Schrei drang über meine Lippen, als ich zurückwich. Ich knickte um, stürzte und landete auf meinem Hintern. Meine Ellbogen gruben sich tief in die weiche Erde. Mit wild klopfendem Herzen rappelte ich mich auf.

Für den Bruchteil einer Sekunde waren die Augen und Lider des Kindes zu Fleisch und Farbe vor einem Hintergrund aus hartem, verwittertem Stein geworden. Und sie hatten geblinzelt, bevor sich das Fleisch wieder in Marmor verwandelt hatte.

Heilige Scheiße.

Fünfundzwanzig

Fassungslos stand ich in dem Garten und starrte das versteinerte Kind an. Ich konnte doch nicht ... dieses Kind ... ich wurde verrückt ... genau wie meine Mutter ... Doch die Gorgo in mir hatte es gewusst.

Und dann rannte ich los und kämpfte mich durch den Wald.

Als ich die Rasenfläche vor dem Tempel erreichte, war ich so erschöpft, dass ich keuchend nach Luft schnappte. Jeder Muskel in meinem Körper brannte. Nach einer kurzen Pause schlich ich mich an der Mauer entlang in Athenes hübschen Garten und von dort aus in die Haupthalle, in der es von bewaffneten Wächtern und Anhängern der Göttin nur so wimmelte.

Sofort sah ich mich nach Sebastian um. *Nein!* Er war verschwunden.

Mein Blick wanderte hektisch durch die Halle, über die Nische mit der Statue des Zeus, an den Säulen vorbei und –

Plötzlich hatte ich das Gefühl, als wäre die Welt stehen geblieben. Ich sah wieder zu der Statue. Athene hatte Zeus getötet. Niemand wusste, warum der Krieg begonnen hatte. Es gab ein Kind, dem vom Schicksal bestimmt worden war, ihn zu töten, ein Kind, das die Statue in der Nische einst in den Händen gehalten hatte.

Warum behielt *Sie* die Statue ihres Vaters? Wenn ich zu der Nische ging und die Statue berührte, würde dann ein unheimliches Kribbeln durch meine Hand schießen?

Ich würde mein Leben darauf verwetten, dass es so sein würde.

Athene marschierte in die Halle. *Sie* trug ein Kettenhemd und eine Rüstung aus Gold über einem kurzen weißen Gewand, das ihr bis knapp ans Knie reichte. Die Flammen der Feuer spiegelten sich in der auf Hochglanz polierten Oberfläche ihrer Rüstung und ließen *Sie* wie einen Stern strahlen. Auf ihrem Kopf thronte ein Helm in griechischem Stil, auf den Rücken hatte *Sie* einen runden Schild geschnallt. Die Sandalen an ihren nackten Füßen waren bis zum Knie hochgeschnürt.

»Das Tor ist fertig?«, fragte *Sie* einen ihrer Schergen. Er nickte. »Gut. Wir liefern den Novem eine Show, die sie nie wieder vergessen werden.«

Sie rauschte an mir vorbei, als wäre ich keines Blickes würdig. Unsere Abwesenheit war anscheinend im allgemeinen Tumult nicht bemerkt worden. Ein Wächter packte mich am Arm und stieß mich aus der Halle, dann ging es die Stufen hinunter in den riesigen Hof.

Fast wäre ich gestolpert, als ich Sebastian auf einer Plattform im hinteren Teil eines großen Festwagens sah. Der vordere Teil des Wagens sah aus wie ein goldener Streitwagen. Davor waren zwei riesige weiße Stiere gespannt, die unruhig mit den Hufen scharrten und das Ganze ziemlich Furcht einflößend und beeindruckend aussehen ließen.

Wir gingen nach New 2. Und Sebastian war eine Nachricht für die Novem, für Michel. Eine Demonstration ihrer Macht. Ihr eigener kleiner Mardi-Gras-Umzug. Athene war eine tyrannische, hochintelligente Irre. Als *Sie* auf den Wagen sprang und die Zügel packte, sah *Sie* aus wie eine Amazonenkönigin.

Wächter hoben mich auf den Wagen. Durch Eisenringe in den Bodenbrettern wurden Ketten gezogen, mit denen ich an den

Hand- und Fußgelenken gefesselt wurde. Sie ließen mir so viel Bewegungsfreiheit, dass ich stehen konnte, doch jetzt setzte ich mich erst mal hin.

Auf dem Hof hatte sich eine riesige Zuschauermenge versammelt. Die Vorfreude auf den Kampf und das Blutvergießen steigerte sich, bis die Luft elektrisch aufgeladen schien. Der Festwagen schwankte, als die Stiere unruhig wurden.

Rechts vom Wagen erschien Menai. Sie ging neben ihm her, als er sich in Bewegung setzte. Ihr Köcher war vollgepackt mit Pfeilen und am Körper trug sie mehrere Schwerter. Vor uns, an zwei riesigen Säulen, sah ich die vertrauten Blutsymbole. Ich wusste, dass sich zwei ähnliche Symbole an den Sockeln befanden.

Das Tor sah aus wie das im Entergy Tower, doch dieses hier war viel größer, so groß, dass eine ganze Armee hindurchmarschieren konnte. Ich bekam das Gefühl, dass Athene und ihre Schergen diese Art von Ausflug in den letzten Jahrhunderten schon mehrmals gemacht hatten.

Ich warf einen Blick über die Schulter. Sebastians marmorne Gestalt ragte über mir auf, wir nahmen fast die gleiche Haltung ein wie vorhin, als ich ihn zu Stein verwandelt hatte. Jetzt schien es, als würde er mich direkt ansehen. »Wir gehen nach Hause, Sebastian«, flüsterte ich.

* * *

Riesige Feuer säumten die Loyola Avenue. Die Flammen spiegelten sich in den Hochhäusern und auf jeder Fläche aus Glas oder Metall, was den Anschein erweckte, die ganze Gegend würde glühen.

Der Müll und die Trümmer waren an den Straßenrand geräumt worden, um Platz für die Prozession zu schaffen. Bis jetzt hatten wir noch keine Zuschauer, doch sie würden kommen. Es war nur eine Frage der Zeit, bis die Novem von unserer Ankunft erfuhren. Die Prozessionsteilnehmer waren auf den unvermeidlichen Kampf vorbereitet und Athene konnte es gar nicht erwarten, mit ihrer Beute zu prahlen.

Wenn Michel seinen Sohn sah, war die Kacke am Dampfen ... und ich vielleicht erledigt.

Ich sah mich um und wartete. Während mein Blick die ausgebrannten Gebäude und Seitenstraßen absuchte, hoffte ich, dass ein paar vertraute Gesichter in den Schatten lauerten.

Vor uns schossen Flammen empor, um den Weg zu beleuchten.

Eine schnelle Bewegung erregte meine Aufmerksamkeit. In der Dunkelheit eines Gebäudes glühten Augen ... feindliche Augen. Je weiter wir vorwärtskamen, desto mehr von ihnen sah ich. Einige der Metamorphe zeigten sich ganz offen, sie standen auf den Trümmerhaufen, die Köpfe zwischen den knochigen Schultern gebeugt, völlig fasziniert von dem Frischfleisch, das an ihnen vorbeimarschierte. Auch Revenants folgten uns, indem sie von einem Gebäude zum nächsten sprangen.

Vor uns griff ein Metamorph einen von Athenes Schergen an und versuchte, ihn auf ein Parkdeck zu ziehen. Innerhalb von Sekunden hatte der Scherge den hundeähnlichen Metamorph in Stücke gerissen. Es war eine brutale, bösartige Demonstration seiner Stärke gewesen.

Ein leises Kreischen über mir ließ mich den Kopf in den Nacken legen. Ein großer Vogel mit weit ausgebreiteten Flügeln und langen Schwanzfedern zog seine Kreise über uns.

Henri.

Athene warf mir einen Blick über ihre mit Gold überzogene Schulter zu. »Gleich ist es so weit«, sagte *Sie*.

Ich starrte sie herausfordernd an. »Was ist gleich so weit? Willst du noch eine Show abziehen? Ich habe die Nase voll von deinen Spielchen, Athene. Mir ist egal, was du tust.«

Sie lachte angesichts meiner Lüge und drehte sich um, um mich anzusehen. »Alle meine *Spielchen* haben einen Zweck. Ich tue nichts ohne Grund. Und auf das hier« – *Sie* starrte hinter mich ins Leere – »habe ich schon sehr lange gewartet.«

Die Göttin wandte mir wieder den Rücken zu und riss an den Zügeln.

Die Ketten rutschten über den Boden, als ich aufstand. Die Novem waren da. Sie hatten sich in einer Reihe vor uns auf der Straße aufgestellt. Inzwischen hatten wir die Grenze zu den Ruinen erreicht.

Ich spürte geradezu, wie mein Körper Adrenalin freisetzte. Schnell überflog ich die Menge, suchte nach Hilfe oder einer Idee. Menai blieb neben dem Wagen stehen. Hinter ihr sah ich eine große, breitschultrige Gestalt mit einem Umhang.

Mein Vater. Den Umhang kannte ich. Irgendwie hatte er es bis zu uns geschafft.

Ein Blick auf die Umgebung zeigte mir, dass mehrere Novem auf den Dächern standen. Und auf der Ecke eines hohen Bürogebäudes kauerte eine Harpyie, die mir bekannt vorkam.

Mapsaura war gekommen. Ich hatte sie aus Athenes Gefängnis befreit und als Dank dafür hatte sie mir in der Schlacht auf dem Friedhof geholfen. Zum Glück war sie auch jetzt wieder da.

Auf meinen Armen und an meinen Beinen bildete sich eine Gänsehaut. Die Harpyie hatte ihre großen, ledrigen Flügel angelegt und klammerte sich mit ihren Klauen an den Sims. Sie sah aus wie eine riesenhafte Gargoyle. Ich hatte von dem Gerücht gehört, dass sie jetzt in den Ruinen lebte, offenbar ein gutes Jagdrevier.

Ihre Anwesenheit gab mir Hoffnung. Die vor uns marschierenden Schergen teilten sich, um den Wagen durchzulassen. Athene brachte die Stiere zum Stehen. Wir waren jetzt so nah an den Novem, dass ich Josephines Kopf und Michels Gesicht erkennen konnte. Hinter ihnen standen Gabriel und die anderen Erben der Novem aus seiner Clique.

Am Ende der Reihe aus Novem entdeckte ich Bran. Breitbeinig stand er da, die Arme wie üblich vor der Brust verschränkt, eine Art Breitschwert auf den Rücken geschnallt. Bei seinem Anblick musste ich lächeln.

Er schaute mich an. Eine seiner Augenbrauen schoss in die Höhe, als wollte er sagen: *Selkirk, das beeindruckt mich nicht.*

Ich reagierte mit einem naiven Schulterzucken, weil ich wusste, dass er dann die Augen verdrehen würde, was er auch prompt tat. Dann ignorierte er mich und warf Athene einen finsteren Blick zu.

»Was haltet ihr von meiner Parade? Ist doch fast wie Mardi Gras, nicht wahr?«, rief Athene den Novem zu, während *Sie* zur Seite trat, um ihre Beute zu präsentieren. »Gefällt euch meine Statue? Ich finde, sie kommt ganz nach dir, Michel.«

Da die Göttin nicht mehr im Weg stand, hatten die Novem jetzt freien Blick auf Sebastian. Michels graue Augen schossen von Athene zur Statue. Zu seinem Sohn. Dem Sohn, mit dem er nach einem Jahrzehnt endlich wieder vereint war. Ich zuckte zusammen, als ich das Entsetzen in seinem Blick sah.

Gleich ist die Kacke am Dampfen. Gleich ist die Kacke am Dampfen.

Michel trat einen Schritt vor. »Was hast du getan?«, brüllte er. Ich war nicht sicher, ob er mich oder Athene meinte.

»Ah!« Athene drohte ihm mit dem Finger. »Noch nicht. Wir müssen noch ein bisschen verhandeln, wenn du deinen Erben zurückhaben willst.« *Sie* legte den Kopf schief und sah Josephine an. »Oder ist er *dein* Erbe, Josephine? Er hat nämlich Blut getrunken. Er ist jetzt ein Arnaud. Der Erbe zweier Familien. Es wäre doch eine Schande, ihn zu verlieren.«

Josephine wurde blass. Zum ersten Mal, seit ich sie kannte, schien sie tatsächlich fassungslos zu sein. Sie ging einen Schritt vor und stellte sich neben Michel. »Was willst du?«

»Du weißt ganz genau, was ich will«, schnauzte Athene sie an. Es war offensichtlich etwas Persönliches und es überraschte mich nicht im Geringsten. Wenn jemand seine Finger in etwas Schmutzigem und Schlechtem hatte, dann mit Sicherheit Josephine.

»Wir werden ihr gar nichts geben!«, brüllte Michel in seinem Schmerz, während die Adern an seinen Schläfen hervortraten. »Als Gegenleistung für was denn? Einen Sohn, den es gar nicht mehr gibt?«

»Oh, ich glaube, du wärst überrascht, was *es alles gibt,* Michel. Außerdem bist du doch ein großer, mächtiger Novem. Ich dachte, du könntest alles. Willst du ihn nicht viel lieber bei dir zu Hause rumstehen haben, als ... sagen wir mal, zuzusehen, wie ich ihn von einem dieser Hochhäuser fünfzig Stockwerke nach unten werfe?«

Eine dunkle Vorahnung überfiel mich. Energie sammelte sich. Ich wusste nicht, woher sie kam.

»Was willst du, Athene?«, verlangte Josephine mit einem scharfen Unterton in der Stimme.

»ICH WILL DEN VERDAMMTEN KRUG ZURÜCKHABEN!«, brüllte *Sie* voller Zorn. Eine Druckwelle aus Energie strömte über das Gelände und ließ den Boden erzittern. Aber so plötzlich, wie sie aufgetaucht war, war sie auch wieder verschwunden. Die Stimme der Göttin klang wieder ganz normal. »Nehmt das heraus, was ihr darin aufbewahrt. Und das, was schon drin war, als ihr den Krug bekommen habt, lasst ihr drin. Ein einfacher Tausch. Ja oder nein.«

Josephines Augen wurden zu schmalen Schlitzen. Doch die anderen Oberhäupter der Novem sahen aus, als hätten sie keine Ahnung, warum Athene Anesidoras Krug oder seinen ursprünglichen Inhalt haben wollte. Der legendäre Krug, Pandoras Büchse, war den Vorfahren der Novem vor so langer Zeit geschenkt worden, dass vielleicht niemand mehr wusste, was er bei der Übergabe ursprünglich enthalten hatte. Aber ich hätte wetten können, dass der Bibliothekar es wusste. Und ich wusste es auch.

Ich sah Josephine an, dass sie fieberhaft überlegte. Was auch immer Athene wollte, es war wichtig. Es konnte mächtig sein. Es konnte etwas sein, das Josephine und der Familie Arnaud noch mehr Einfluss und Geltung verschaffte.

Aber Sebastian war der Joker. Josephine liebte ihn auf ihre eigene, etwas merkwürdige Art und als Erbe zweier Familien und jetzt als nebelgeborener Vampir stand er für Macht.

Was würde ihr mehr nützen? Sebastian oder der Krug?

»Und die Gorgo?«, warf Bran mit einem Blick auf mich ein.

»Sie gehört mir«, erwiderte Athene sofort. »Wie lautet deine Antwort, Josephine? Dein Erbe in lauter Einzelteilen oder der Krug?«

Wieder spürte ich, dass sich Energie sammelte und wie ein klarer Luftzug durch die Straße wehte. Sie kroch wie Käfer in meine Psyche. Irgendetwas braute sich hier zusammen, und an einen Festwagen gekettet zu sein, wenn die Hölle ausbrach, war das Letzte, was ich wollte. Athene war gerade abgelenkt. Ich musste etwas unternehmen.

Ich brachte meine Atmung unter Kontrolle, schloss meine Augen, um mich zu konzentrieren, und weckte das Monster in mir. Ich ließ die Gorgo nur ein bisschen raus. Niemand, an dem mir etwas lag, wurde gefoltert, es gab keine heftigen Gefühle, die mich in meiner Konzentration störten, keinen Hunger, keine Schwäche. Ich konnte das.

Ich packte die Ketten ein Stück unterhalb meiner gefesselten Handgelenke und sah schnell zu Bran. Sein fast unmerkliches Nicken gab mir Kraft. Während Athene und die Novem miteinander verhandelten, richtete ich meine Aufmerksamkeit darauf, meine Macht zu wecken und die Ketten in Stein zu verwandeln.

Ich musste daran denken, wie ich allein auf den Stufen von Athenes eingestürztem Tempel gestanden hatte. Der dunkle Tempel, der hinter mir aufragte, der leichte Wind, der mit meinen Haaren spielte, der See, der Steingarten. Das Gefühl der Ruhe. Der Ruf zu den Waffen, den ich in meiner Brust gespürt hatte.

Ich wusste, wer ich war. Vorhin hatte ich es noch nicht gewusst, aber ich hatte es akzeptiert.

Meine Haut kribbelte. Hitze schoss meine Arme hinunter, als die Dunkelheit sich in mir regte, als sie unter meine Haut kroch, eine Schlange aus Schatten und uralter Energie. Ich schauderte, als ich sie mir vorstellte, als ich ihr sagte, wo sie hinsollte, was sie tun sollte. Meine Hände wurden taub. Meine Finger klammerten sich an die Ketten.

Das Eisen knackte wie Eis.

Heftig keuchend sah ich nach unten. Das Eisen war zu Stein geworden. Mein Herz klopfte wie wild. Jetzt musste ich noch die Ketten an meinen Fußgelenken versteinern. Mein Blick fiel auf Menai. Sie starrte die versteinerten Ketten an. Und dann sah sie weg.

Athene war immer noch mit den Verhandlungen beschäftigt, es ging darum, wie der Austausch des Krugs zu erfolgen hatte, in welchem Zustand er sein musste, in welchem Zustand Sebastian sein musste. *Sie* überließ nichts dem Zufall.

Plötzlich stellten sich mir die Nackenhaare auf. Einige der τέρας am äußersten Rand der Truppe sahen sich misstrauisch um. Ich starrte in die Dunkelheit. Ich wusste, dass sie da waren, die Kreaturen der Ruinen. Die Loup-garous, Metamorphe, Revenants und was zum Teufel sonst noch in diesem Kriegsgebiet herumschlich.

Der Geruch von lebendigem Fleisch und Blut zog sie an.

Menai legte einen Pfeil in ihren Bogen ein und richtete die Spitze nach unten; dann sah sie zu den Gebäuden hin. Bran zog sein Schwert. Doch auch er hielt seine Waffe nach unten, die Hände am Griff, die Spitze der Klinge auf dem Asphalt.

Und dann war die Kacke am Dampfen.

Sechsundzwanzig

Plötzlich wehte ein Windstoß über die Prozession. Alle, die in der Nähe des Festwagens standen, duckten sich instinktiv, als Mapsaura der Göttin den Helm vom Kopf riss. Die Harpyie hob ihre Beute hoch und senkte den Kopf, um sich den Helm aufzusetzen. In dem Moment, in dem der Helm auf ihren Kopf glitt, war Mapsaura verschwunden.

Innerhalb einer Sekunde stand Bran auf dem Festwagen und ließ sein riesiges Schwert auf Athenes Kopf niedersausen. *Sie* hatte kaum Zeit zu reagieren, und schaffte es gerade noch, ihr Schwert hochzureißen und Bran daran zu hindern, ihr den Kopf abzuschlagen. Der Angriff löste eine Kettenreaktion aus und weckte bei den Kreaturen der Ruinen ihren Killerinstinkt. Von drei Seiten fielen sie über die τέρας und die Novem her.

Schreie, Kampflärm und Zaubersprüche erfüllten die Straßen. Der Festwagen schwankte heftig, als ein Metamorph einem der Stiere auf den Rücken sprang und zubiss. Rot floss über Weiß. Athene und Bran verloren das Gleichgewicht. Michel kämpfte sich zum Wagen durch.

Ein gigantischer Loup-garou stürmte zwischen Athenes Schergen hindurch, als wären sie gar nicht da, und kam auf mich zu.

Scheiße. Ich zog die Kette an einem meiner Handgelenke stramm und stampfte mit dem Fuß darauf, sodass sie zerbrach. Der Loup-garou kam näher. Mein Arm war frei, doch die Fessel, an der mehrere Kettenglieder aus Stein hingen, war immer noch an meinem Handgelenk. Hektisch zertrat ich die andere Kette, als die werwolfähnliche Kreatur auf den Wagen sprang.

Meine Füße waren noch gefesselt, doch ich schleuderte die Arme herum und benutzte die steinernen Kettenglieder als Waffe. Sie trafen den Loup-garou an der Schläfe. Sein Schädel wurde eingedrückt und er flog zusammen mit einigen zerbrochenen Kettengliedern vom Wagen herunter.

»Ari!«

Ich drehte mich um, als ich meinen Vater rufen hörte. Er war irgendwie vom Festwagen abgedrängt worden. Jetzt drehte er sein Schwert herum und warf es mir mit dem Griff zuerst entgegen.

»Menai!«, brüllte Athene, die die Waffe durch die Luft fliegen sah.

Menai brauchte nicht einmal eine Sekunde, um einen Pfeil einzulegen und auf das Schwert zu zielen. Sie würde es von seinem Kurs abbringen. Athene stand direkt neben ihr. Menai konnte sich ihrem Befehl nicht offen widersetzen.

»NEIN!« Ich zerrte an den Fesseln um meine Fußknöchel.

Sie schoss den Pfeil ab. Er flog hoch in die Luft, traf das Schwert meines Vaters und stieß es aus seinem perfekten Bogen. Athene brüllte weitere Befehle, während sie gleichzeitig mit Bran kämpfte.

Eine von Athenes Harpyien stürzte sich auf das Schwert und fing es mit ihren Krallen auf. Dann schwang sie sich damit in die Luft.

Meine Hoffnung sank. Bis die Harpyie plötzlich seitwärts flog und sich in der Luft überschlug. Mapsaura? Ich hörte das Schlagen von ledernen Flügeln, sah aber nichts, während die Harpyie kreischend mit ihrer Artgenossin kämpfte und – oh Gott – das Schwert fallen ließ.

Ich schrie und riss so heftig an den Ketten, dass die Fesseln in meine Haut schnitten. Ich musste an das Schwert kommen und das würde mir nicht gelingen, wenn ich hier auf dem Wagen festsaß. Plötzlich schoss ein Vogel so nah an mir vorbei, dass meine Haare flatterten. Ich konnte nur noch seine roten Schwanzfedern erkennen.

Henri. Er fing das Schwert in der Luft, drehte ab, kam in einem weiten Bogen zu mir zurück und ließ das Schwert fallen. Ich bekam es am Griff zu fassen. Macht sammelte sich in meiner Hand. All meine Gedanken, Erinnerungen und Gefühle fügten sich zu einem einzigen Zweck zusammen.

Das in das Metall geschmiedete Blut floss durch meine Adern. Das Schwert war mein Kanal, meine Waffe, eine Erweiterung meiner selbst. Jetzt verstand ich, was mein Vater gemeint hatte.

»Athene!«, brüllte ich. Meine Stimme klang, als käme sie von ganz weit weg, während ich das Schwert mit beiden Händen packte und damit hinter meinem Kopf ausholte.

Ich zwang alle Energie und Macht, die ich hatte, in das Schwert, ich gab ihm meinen Willen und akzeptierte endlich das Monster in meinem Innersten. Mit aller Kraft schleuderte ich das Schwert Athene entgegen, genau in dem Moment, in dem *Sie* sich umdrehte. Das Schwert rotierte vier Mal um seine eigene Achse, bevor es die Göttin traf, ihre Rüstung durchschlug und sich tief in ihre Brust bohrte. Ein paar Sekunden lang schien *Sie* wie erstarrt zu sein, doch dann richteten sich ihre Augen wie zwei Wärme suchende Raketen auf mich.

Während *Sie* auf mich zukam, zog *Sie* mit einer Hand das Schwert aus ihrer Brust. Mit der anderen packte *Sie* mich an der Kehle. Bevor *Sie* etwas sagen konnte, stieß ich hervor: »Das Schwert gehört meinem Vater. Es wurde mit seinem Blut geschmiedet, dem gleichen Blut, das auch in meinen Adern fließt. Du weißt, wofür das Schwert geschaffen wurde. Du bist so klug, du wirst schon noch draufkommen.«

Zufrieden stellte ich fest, dass es ihr wie Schuppen von den Augen fiel. Ich hatte meine Macht genutzt, ohne *Sie* berühren zu müssen. Und jetzt breitete sie sich von der Wunde in ihrer Brust aus, verwandelte Blut und Panzer zu Stein.

»Weißt du, was komisch ist, Athene? Du hast uns beide geschaffen, die Gorgonen und die Söhne des Perseus. Und jetzt wirst du durch unsere Macht sterben. Du wirst von innen heraus zu Stein werden und ich hoffe, es tut weh. Verdammt weh.«

Das Leuchten in ihren grünen Augen wurde nicht schwächer, es strahlte nur noch mehr. In ihrer Kehle bildete sich ein Lachen, das als ersticktes Gurgeln über ihre Lippen kam. »Du bist so ... naiv und ... dumm«, keuchte sie mit schmerzverzerrtem Gesicht.

»Aber ich bin nicht diejenige, die gleich ihre Seele aushaucht.«

»Und ich könnte dir jetzt die Luftröhre zerquetschen, du einfältiges Ding.« Irgendetwas in ihrem Blick veränderte sich und jetzt sah ich, dass *Sie* Gefühle hatte. Gefühle, die weitaus größer waren, als ich es mir jemals vorgestellt hatte.

»Aber das wirst du nicht«, antwortete ich. »Ich weiß, was du von mir willst.«

Ihre Augen starrten mich schmerzerfüllt an. *Sie* grinste höhnisch. »Du weißt gar nichts. Und du wirst immer ein unbedeutendes Nichts sein.« *Sie* stieß mir das Schwert meines Vaters in die Seite. Ein stechender Schmerz jagte durch mich hindurch, als *Sie* mich auf die Wange küsste. »Es ist noch nicht vorbei. Für keine von uns. Genieße deine Wunde, so wie ich meine genießen werde.«

Athene zog das Schwert aus mir heraus. Vor meinen Augen verschwamm alles, ausgelöst vom Schock und den Schmerzen.

Sie brüllte ihrer Armee etwas zu, doch als ihre Kehle versteinerte, versagte ihr die Stimme.

Und dann war *Sie* verschwunden.

Einfach weg.

Der größte Teil ihrer Armee verschwand mit ihr, sodass die Novem allein gegen die Kreaturen aus den Ruinen kämpfen mussten.

Der Festwagen schwankte wieder, als sich einer der Stiere von seinem Geschirr befreite und ins Gewühl der Schlacht floh. Er überrannte Athenes zurückgebliebene Schergen und die Novem, zerquetschte alles unter seinen riesigen Hufen.

Der Lärm aus Geschrei und Explosionen wurde von der Angst verdrängt, die mich wie ein Donnergrollen erfasste. Der Schmerz in meiner Seite drehte mir den Magen um, kalter Schweiß brach mir aus. Ich musste bei Bewusstsein bleiben. Mein Überleben hing davon ab.

Dass ich die Kraft fand, meine Arme zu heben und die steinernen Ketten zu schwingen, lag einzig und allein daran, dass mein Körper nun mit Adrenalin geflutet wurde. Ich fegte einen Revenant und danach einen Metamorphen auf die Straße, doch es kamen immer mehr von ihnen. Der Wagen schwankte wieder. Ich stolperte. Mein Vater sprang herauf, gefolgt von Bran. Rücken an Rücken wehrten sie die Angreifer ab. Als meinem Vater die Kapuze vom Kopf rutschte, sah ich, dass sich grauenhafte, wulstige Narben über seinen Schädel zogen, an einigen Stellen fehlten Haut und Haare. Er war schwach, war gerade dabei zu heilen und ich wollte ihm zurufen, dass er gehen solle. Doch ich wollte ihn nicht ablenken und dabei das Risiko eingehen, dass er getötet wurde.

Die Muskeln in meinen Armen schmerzten, als ich wieder und wieder die Ketten gegen alles schlug, was sich mir näherte. Die Zeit schien sich wie Kaugummi zu ziehen. Ich konnte an nichts anderes denken als daran, dass ich die Kreaturen vom Wagen vertreiben musste, damit ich Sebastian erreichen konnte, bevor er auf den harten Asphalt unter uns kippte.

Ich erledigte zwei weitere Kreaturen. Eine dritte. Dann ließ ich die Arme sinken und fiel mit brennender Lunge und wild hämmerndem Herzen auf die Knie. Ich konnte nicht mehr. Plötzlich schob sich eine Hand über den Boden des Wagens – eine lederne graue Hand, die mir einen Schlüssel zuwarf.

Als ich schockiert den Kopf hob, sah ich einen von Athenes Schergen, einen alten. Die Kreatur hatte eine Narbe über dem Augenwinkel, die ihr Augenlid nach unten zog. Und dann fiel es mir ein. Es war das Monster, das die Erben der Novem im Saenger-Theater gefangen genommen hatten. Unsere Blicke trafen sich für den Bruchteil einer Sekunde, bevor es sich duckte und verschwand.

Ich hob den Schlüssel auf und zwang meine erschöpften Armmuskeln dazu, gerade so lange nicht zu zittern, wie ich brauchte, um den Schlüssel in das Schloss meiner Fußfessel zu stecken. Als ich ihn umdrehte, machte es *klick*. Gott sei Dank! Nachdem ich die zweite Fußfessel geöffnet hatte, rannte ich los. Ich zog mich auf die Plattform hinter mir, bis ich zwischen Sebastians Knien stand, und schlang meine Arme um ihn. Ich hielt ihn fest und versuchte verzweifelt, das zu tun, was ich bei dem Kind im Steingarten getan hatte.

Wach auf! Oh Gott! Bitte wach auf!

Von hinten traf mich etwas, das sich an mir festkrallte, das seine scharfen Klauen in das Fleisch an meinen Hüften schlug und mich nach unten zerrte. Ich schrie, als ich das Gewicht und die Bisse mehrerer Kreaturen spürte, die wie ein Rudel Wölfe über mich herfielen.

Ihr Gewicht drückte mich zu Boden. Ich konnte mich nicht umdrehen, um gegen sie zu kämpfen. Klauen schlugen sich in meine Schultern. Ich klammerte mich noch fester an Sebastian. Zähne schlugen sich in meinen Bizeps, zerrten wie im Rausch daran.

Ich schrie, laut und gellend, an einem Ort in mir, von dem ich nicht gewusst hatte, dass es ihn gab.

Dann hörte ich Schreie hinter mir. Immer noch an Sebastian geklammert, verließ mich schließlich die Kraft in dem Arm, der in Fetzen gerissen wurde. Die Wunde an meiner Seite ließ mich allmählich das Bewusstsein verlieren. Sie zogen mich nach unten. Und es geschah alles so schnell. Ich weinte auf steinerne Haut, benetzte sie mit meinen Tränen. »Bitte wach auf. Sebastian ... bitte ... Es tut mir leid ... wach auf.«

Eine Klaue schlitzte mir die Kopfhaut auf. Das Zerren an meinemFuß war so heftig, dass mein Bein unnatürlich gestreckt wurde. Irgendetwas hatte meine Haare gepackt und riss daran. Eine Hand packte meine – ein Revenant war auf die Rückenlehne des Throns gekrochen.

Nein, nein, nein, nein ...

Aus weiter Ferne hörte ich meinen Vater und Bran. Ich glaubte, irgendwo Michel schreien zu hören, doch das spielte jetzt keine Rolle mehr. Es war zu spät. Meine Arme gaben nach.

Plötzlich öffnete sich eine dunkle Tür in mir: ein geheimer Ort, der Ort, an den ich mich als Kind immer geflüchtet hatte, wenn alles zu viel wurde. Dort war es friedlich und still. Dort konnte mich nichts und niemand erreichen. Die Bisse, die blutenden Wunden – das geschah jemand anderem, nicht mir. Nicht mir.

Die Dunkelheit hieß mich mit offenen Armen willkommen.

* * *

»Schhh. Ich hab dich«, sagte eine Stimme, die mich aus der Dunkelheit holte. »Du brauchst nicht mehr zu weinen.«

Hände hoben mich vorsichtig hoch.

Durch meinen Körper pulsierte ein entsetzlicher, brennender Schmerz. Der Geruch von Blut hing wie Morgennebel in der Luft und traf bei jedem Atemzug meine Kehle.

Mein Kopf fiel zurück, dann öffnete ich die Augen.

Ich sah Sebastians Gesicht vor mir. Er war real und warm und wunderschön. Seine Augen schimmerten wie Silber. Er stand aufrecht da und hielt mich in seinen Armen.

»Passiert das wirklich?«, flüsterte ich, als er von der Plattform mit dem Thron herunterstieg.

»Ja.« Ein Wort. Ein kurzes, vergängliches Wort und doch so bedrohlich. Seine Aufmerksamkeit war nicht auf mich, sondern auf etwas anderes gerichtet. Er trat etwas mit dem Fuß von der Plattform. Das goldene Armband rollte klirrend davon. Ich ließ meinen Kopf an seine Schulter sinken, als er vom Wagen sprang und mich mühelos durch das Schlachtgewühl trug.

Metamorphe und Revenants fielen mit hervortretenden Augen zu Boden, als wir vorbeigingen. Wie die Fliegen fielen sie um, ein Meer aus Monstern, das sich für Sebastian teilte, als wäre er der Tod persönlich und würde sich seinen Weg freiräumen. *Du träumst,* dachte ich, während ich versuchte, nicht ohnmächtig zu werden.

Einige Meter von uns entfernt sah ich Michel. Er war gerade dabei, seinem Gegner, den ich nicht sehen konnte, den Gnadenstoß zu geben. Dann blieb er stehen, keuchend und blutverschmiert, und starrte Sebastian entsetzt an. Sein Gesicht wurde kreidebleich.

Sebastian blieb vor ihm stehen. »Schaffst du den Rest?«

Michel nickte schweigend und ich fragte mich, warum zum Teufel er aussah, als hätte er gerade einen Geist gesehen. Dann fiel mein Kopf zur Seite und vor meinen Augen verschwamm alles.

Siebenundzwanzig

Ich wachte in einem Bett auf, das ich schon kannte. Sonnenlicht strömte durch eine offene Terrassentür und aus dem Hof drang Vogelgezwitscher herein, in das sich Stimmen und Gelächter mischten.

Ich war im Erdgeschoss von Michels Haus im *French Quarter*.

An meinem Rücken spürte ich eine unglaubliche Wärme. Der vertraute Geruch von Sebastian stieg mir in die Nase, nach seinem Shampoo, seiner sauberen Haut und noch etwas anderem – ein Eau de Cologne oder Rasierwasser, ich wusste es nicht genau. Jedenfalls war es eine gute Mischung, die ich tief in meine Lunge sog.

Langsam rollte ich mich unter der Decke herum auf meine andere Seite, trotz meines gigantischen Muskelkaters und meiner schmerzhaften Wunden.

Sebastian lag auf der weißen Decke, einen Arm unter dem Kopf. Er trug ein verblichenes schwarzes T-Shirt und Jeans. Seine Augen waren geschlossen. Er hatte ein gutes Profil – maskulin, majestätisch. Es erinnerte mich an die marmorne Statue, die aus ihm geworden war, und daran, wie erschreckend schön sie gewesen war.

Doch das war jetzt alles vorbei, beschloss ich. Längst vorbei.

Er war jetzt hier. Bei mir. Und er lebte.

Bei jedem Atemzug hob und senkte sich sein Brustkorb. Am liebsten hätte ich meine Hand flach auf seine Rippen gelegt, um es zu spüren, damit ich wusste, dass es kein Traum war.

Ich ignorierte die Schmerzen in meinem Arm, streckte die Hand aus und stupste ihn an. Die Haut gab nach; sie war weich.

Ich war so erstaunt, dass ich es noch mal versuchte.

Seine roten Lippen verzogen sich zu einem Grinsen, das ein Grübchen in seiner Wange entstehen ließ. »Warum«, fragte er mit schlaftrunkener Stimme und geschlossenen Augen, »stupst du mich an?«

Ein warmes Leuchten hüllte mich ein, wie Sonnenschein nach einem langen Winter. Ich lächelte.

Dann schob ich eine Hand unter meine Wange und starrte ihn einfach nur an. »Ich stupse dich an, weil du echt bist.«

Er drehte den Kopf zu mir und machte die Augen auf. Sie waren anders – seltsamer, intensiver, von einem strahlenderen Silbergrau. Nicht nur seine Augen, auch alles andere an ihm war irgendwie klarer.

Wir starrten uns eine ganze Weile an.

»Ich bin derselbe wie vorher«, sagte er leise. »Meine Gedanken und mein Herz sind noch dieselben.«

Ich spürte ein tiefes Bedauern in mir, wegen allem, was mit ihm geschehen war. Die Folter, die Tatsache, dass ich ihm die Entscheidung abgenommen hatte und er jetzt etwas war, was er nie sein wollte. Tränen schossen mir in die Augen.

»Hör auf damit, Ari. Du hast getan, was ich auch getan hätte.« Er drehte sich mit seinem ganzen Körper zu mir. »Ich hätte genauso wenig zugesehen, wie du stirbst, wenn ich die Möglichkeit gehabt hätte, dich zu retten.«

Meine Kehle schnürte sich zusammen, ich konnte nicht reden, ich konnte ihm nicht sagen, wie leid es mir tat. Sebastian streckte den Arm aus, nahm meine Hand und verschränkte seine Finger mit meinen. Als ich unsere Hände so sah, mit ineinander verschlungenen

Fingern, auf seinem Bauch liegend, empfand ich ein zutiefst befriedigendes Gefühl der Zugehörigkeit.

»Mir tut auch vieles leid«, sagte er. »Dass ich so unsicher war, dass ich dir nicht geholfen habe, nachdem ...«

Plötzlich konnte ich ihn nicht mehr ansehen. »Warum hast du ... warum warst du so, in Athenes Garten?«

»Ich war immer noch dabei, mich zu ... verwandeln. Wenn mir nicht gerade schlecht war, war ich wie berauscht vom Blut. Als du mich gesehen hast, war ich vermutlich total high. In der Halle, als Athene versucht hat, mich zu verfluchen, war ich so neben der Spur, dass ich alle möglichen Geräusche gehört habe. Ich habe kleinste Details gesehen, eine Million Eindrücke sind gleichzeitig über mich hereingebrochen. Ich konnte mich auf gar nichts konzentrieren.« Eine dunkle Röte breitete sich von seinem Hals hoch bis in sein Gesicht aus. »Ich brauchte die ganze Zeit Blut«, gestand er verlegen, »und sie –«

»Das reicht.« Zarias Dienerin hatte ihm ihr Blut gegeben, aber ich wollte nicht hören, wie er es sagte. Und vorstellen wollte ich es mir auch nicht.

Diese Momente hätte ich am liebsten für immer aus meinem Gedächtnis verbannt, doch die Erinnerung daran war noch so klar wie der helle Tag. Zaria, die ihn biss. Die anderen mit ihm zusammen im Garten, Sebastian, der auf der Gitarre spielte und einfach durch mich hindurchsah. Vermutlich brauchte er noch immer ständig Blut, würde es für immer brauchen. Aber jetzt wollte ich ihn nicht nach den Details fragen.

»Wer ist alles da draußen?«, fragte ich, um das Thema zu wechseln.

»Crank, Dub, Henri ...«

»Violet?«

»Violet. Und Pascal natürlich.«

Gott sei Dank. »Weißt du, ich bin mir nicht sicher, ob Violet eigentlich gerettet werden musste. Irgendwas an ihr ist eigenartig.« Als er eine Augenbraue hochzog, lachte ich. »Ich meine, etwas anderes als das, was hier als normal durchgeht.« Bei dem Wort »normal« musste ich schon wieder lachen. »Du weißt schon, was ich meine.«

Er überlegte kurz. »Ja, ich weiß, was du meinst.«

»Und mein Vater?«

Mir graute vor der Antwort. Als einer von Athenes Jägern war er immer ein Feind der Novem gewesen und insgeheim befürchtete ich, dass die Novem ihn ins Gefängnis werfen würden – oder es vielleicht schon getan hatten.

»Er ist im Garten.«

Gott sei Dank. »Wie ist er hergekommen?«

»Er ist mir gefolgt, als ich dich hergebracht habe. Und dann hat er sich geweigert zu gehen.«

Ich zuckte zusammen. »Wie hat Michel darauf reagiert?«

»Nachdem dein Dad die ersten beiden Nächte im Garten übernachtet hat, ist mein Vater endlich weich geworden und hat ihm ein Zimmer angeboten. Theron wollte nicht, aber er benutzt die Küche, das Badezimmer und geht zur Heilerin unserer Familie ... Violet und die anderen mögen ihn.«

»Wie lange bin ich schon hier?«

»Vier Tage.«

Vor Schreck setzte ich mich auf. Die Schwertverletzung in meiner Seite reagierte ungehalten auf die Bewegung. »Vier Tage«, wiederholte ich, als mir vor Schmerzen schwindlig wurde.

»Ja. Unsere Heilerin hat sich um dich gekümmert. Die ersten zwei Tage hat sie dich schlafen lassen. Dann hat sie sich zwei Tage lang um deine Wunden gekümmert. Kannst du dich nicht daran erinnern?«

Ich überlegte. Jetzt, wo ich darüber nachdachte, erinnerte ich mich vage, dass jemand meine Wunden versorgt, mir Suppe eingeflößt und mich auf die Toilette begleitet hatte. »Es ist alles so verschwommen«, sagte ich schließlich.

Sebastian stopfte mir ein paar Kissen in den Rücken. »Lehn dich zurück.«

Ich ließ mich in die Kissen sinken und wartete darauf, dass die Schmerzen nachließen.

Cranks Gesicht erschien im Türrahmen, dann war es wieder verschwunden. »Sie ist wach!«

Sekunden später war Crank wieder da. Sie rannte durch das Zimmer und kletterte auf das Bett, um mich zu umarmen. »Ich wusste, dass du Vi finden würdest. Du bist jetzt so was wie eine Legende.« Ich lachte, griff nach ihrer Schiebermütze und zog sie ihr über die Augen. Schließlich ließ sie sich im Schneidersitz am Fußende des Betts nieder.

Dub und Henri kamen herein, gefolgt von Violet, die meinen Vater an der Hand hielt. Er zögerte, als er auf der Schwelle stand. »Schon in Ordnung«, sagte ich zu ihm. »Du kannst ruhig reinkommen.«

Violet ließ ihn los und lief zu uns. Crank half ihr aufs Bett. »Wo ist Pascal?«, fragte ich.

Mein Vater stand noch immer an der Tür. Ich vermutete, er war genauso nervös wie ich.

Er trug jetzt nicht mehr den Umhang, sondern eine Jeans und ein blaues Hemd, die Ärmel hatte er hochgekrempelt. Trotz der wulstigen Narben, die ihn immer noch verunstalteten, war er ein gut aussehender Mann mit kantigen, klassischen Gesichtszügen und blonden Haaren, die bereits wieder nachwuchsen. Er sah aus wie ein wilder, kampferprobter Krieger. *Ein pensionierter Krieger*, dachte ich energisch. Ich war überrascht, wie viel mir daran lag.

Er war mein Vater. Ich wollte, dass er glücklich war, dass er ein Leben ohne Folter, Trauer und Tod führte ... Er hatte seine Schulden bezahlt.

Plötzlich fiel mir auf, dass ich ihn die ganze Zeit angestarrt hatte und es still im Zimmer geworden war. »Wie geht's dem kleinen Kratzer, Henri?«, fragte ich schnell.

Er schnaubte und lehnte sich an die Kommode. »Du meinst die Ladung Schrot in meiner Seite? Großartig. Ich habe jetzt ungefähr achtzig kleine Narben als Erinnerung daran.«

»Du bist ja auch ein Idiot«, sagte Dub, der sich auf einen Stuhl fallen ließ. »Wer lässt sich schon mit seiner eigenen Schrotflinte anschießen. Ziemlich peinlich, wenn du mich fragst.«

Henri gab Dubs Stuhl einen Fußtritt. Als Dub nur lachte, verdrehte Henri die Augen.

»Ari, schau mal.« Dub hielt sich mit beiden Händen den Bauch. »Das hier ist der Himmel auf Erden. Michel hat einen super Koch. Ich rede hier von einem echten Könner. Ich glaube, du solltest noch bis morgen krank spielen. Er wollte einen roten Samtkuchen backen. Wo wir gerade vom Essen sprechen ...« Dub stand auf, ging zu der Gegensprechanlage neben der Tür und drückte auf einen Knopf.

»Küche«, sagte eine Stimme mit einem starken französischen Akzent.

Dub zwinkerte uns zu und beugte sich dann zu der Gegensprechanlage. »Schneewittchen ist aufgewacht. Ich wiederhole: Schneewittchen ist aufgewacht.«

»*Excusez-moi?*« Pause. »Dub, bist du das schon wieder?« Der Ärger in der Stimme war nicht zu überhören. »*Nom de Dieu!*«, krächzte es aus dem Lautsprecher, gefolgt von einem Schwall unverständlicher Schimpfwörter auf Französisch.

»Ja. Alles Roger. Wir werden eine Menge zu essen brauchen. Fleisch, Käse, Chips, Schokolade, Eistee, Beignets. Bringen Sie einfach alles her, was in der Küche ist. Sie hat Hunger.«

Wir brachen in schallendes Gelächter aus. Sogar mein Vater schmunzelte ein bisschen.

Nachdem ich gegessen, geduscht und noch mehr Besuch – von Michel und Bran – gehabt hatte, war ich allein im Hof. Um ein bisschen Bewegung zu bekommen, ging ich ein paarmal um die rechteckige Rasenfläche herum und dann in den Garten.

Mein Vater saß auf einer Steinbank, die Ellbogen auf die Knie, den Kopf in die Hände gestützt. Er hob den Blick und sah mich an. Ich rührte mich nicht vom Fleck. Er sich auch nicht. Wir starrten uns einfach nur eine Weile an, bevor ich mir einen Ruck gab und zu ihm ging. Es fühlte sich irgendwie komisch an, mich zu ihm auf die Bank zu setzen, deshalb hockte ich mich ihm gegenüber ins Gras.

In Athenes Tempel hatte die drohende Gefahr die Nervosität und Verlegenheit unterdrückt, die ich jetzt empfand. Mein Vater sagte kein Wort. Ich wusste, er wollte mir Zeit geben, wollte, dass ich mich an die Situation gewöhnte. Ich zupfte an einem Grashalm herum. »Und was geschieht jetzt?«

Er überlegte einen Moment. »Ich bleibe in New 2, suche mir eine Wohnung und lerne meine Tochter kennen. Wenn sie will.«

Ich nickte. »Sie will.«

Mein Herz tat weh. Wir hatten so viel Zeit verloren. Uns war so viel genommen worden.

»Wir sehen nach vorn, ja?«, sagte er leise, als könnte er meine Gedanken lesen.

Ich lächelte. »Kannst du mir das ansehen oder ahnst du es einfach?«

»Beides. Du hast die Stirn gerunzelt und deine Augen sahen traurig aus. Dein Herz schlug schneller, dein Geruch hat sich leicht verändert. Gleich werden deine Hände feucht ...«

Ich rieb meine Hände aneinander. »Das ist irre. Vermutlich merkst du auch sofort, wenn ich lüge.« Er zuckte mit den Schultern. »Dann werde ich mich also nicht nachts rausschleichen und schwindeln können, wenn es um Jungs geht?«, witzelte ich.

Seinem Gesichtsausdruck nach zu urteilen, wollte er wohl lieber nicht darüber nachdenken.

»Der junge Mann«, fing er an. »Meinst du es ernst mit ihm?«

Da ich ihm selbst das Stichwort gegeben hatte, beschloss ich, ehrlich zu sein. »Ja. Ich mag ihn.« Dabei beließ ich es, wobei ich mich allerdings fragte, was mein Vater davon hielt, dass Michel Lamarlieres Sohn mein Freund war.

»Sebastian und Henri sind mit dir zusammen durch Athenes Tor gekommen«, sagte er, als wäre das Erklärung genug. Vermutlich hatte er recht. »Sie sind beide ... akzeptabel.«

Ich musste lachen. Wenn er wüsste, dass Henri ein ausgesprochenes Talent dafür hatte, andere auf die Palme zu bringen .... »Versuchst du, mir Sebastian auszureden? Weil er Michels Sohn ist?«

»Nein, Ari. Du bist deinen eigenen Weg gegangen, du hast deine eigenen Entscheidungen getroffen und ich bin ... stolz auf die Frau, die aus dir geworden ist. Du scheinst Sebastian viel zu bedeuten.«

»Aber?«

»Er ist mächtig. Beunruhigend mächtig.«

Dann geben wir ja ein gutes Paar ab, dachte ich, denn die meisten Leute hielten mich auch für ziemlich beunruhigend. Doch mein Vater übertrieb nicht. Sebastian, der nebelgeboren und jetzt ein voll entwickelter Vampir war, hatte ein paar erschreckende neue Fähigkeiten, seitdem ich ihn aus dem Stein befreit hatte. Die Kreaturen waren einfach tot umgefallen, als er an ihnen vorbeigegangen war ...

Erst vor knapp zwei Stunden, als Bran und Michel bei mir gewesen waren, hatte ich erfahren, dass Sebastian den Kreaturen aus den Ruinen einfach in Gedanken befohlen hatte: *Hört auf zu atmen.*

Und genau das hatten sie getan. Sie hatten sich selbst erstickt.

Weil er es ihnen *befohlen* hatte.

Seine Überzeugungskraft war stärker geworden, so stark, wie sich das niemand hätte vorstellen können.

Jetzt verstand ich, warum er zu mir gesagt hatte, dass seine Gedanken und sein Herz sich nicht verändert hätten. Er wollte, dass ich nicht nur das Unfassbare sah, das er getan hatte. Ich sollte wissen, dass er trotzdem derselbe bleiben würde, dass es ihm nicht zu Kopf steigen würde.

Ich zupfte noch ein paar Grashalme ab. »Was ist aus Athene geworden? Was glaubst du?«

»Ich glaube, *Sie* ist in ihren Tempel zurückgegangen und hat alles getan, was *Sie* konnte, um die Macht aufzuhalten, die du in ihr freigesetzt hast. Wenn *Sie* überlebt hat, leidet *Sie* jetzt Höllenqualen. Nur du kannst rückgängig machen, was mit ihr geschehen ist.«

»Und Menai? Glaubst du, es geht ihr gut?«

Mein Vater stieß einen tiefen Seufzer aus. »Menai weiß sich zu helfen. Sie wird Athene nie verlassen. Erst, wenn die Göttin tot ist.«

»Was hat Athene gegen sie in der Hand?«

»Artemis. Menai befürchtet, dass Athene ihrer Mutter etwas antut. Aber was oder warum, weiß ich nicht. Sie wollte es mir nicht sagen.«

»Ich hätte es mir denken können«, erwiderte ich. Der Bogen, die Treffsicherheit, Hinweise hatte es genug gegeben.

Ich konnte nur hoffen, dass Athene so hart und kalt wie Granit geworden war und dass Menai *Sie* über die Gartenmauer in den Abgrund geworfen hatte.

»Komm, das Abendessen ist gleich fertig.«

Ich roch nichts, aber mein Vater stand auf und hielt mir die Hand hin. Mit einem schiefen Grinsen starrte ich zu ihm hoch. »Was gibt's zu essen?«

Er drehte sein Gesicht zum Haus und schnupperte. »Schweinekoteletts gefüllt mit Maisbrot und kreolischer Wurst, Flusskrebs-Étouffée … Spinatsalat mit Speck in Pralinenkruste.«

Als ich lachte, grinste er breit. So sah er ganz anders aus und ich verstand sofort, warum sich meine Mutter damals Hals über Kopf in ihn verliebt hatte. Ich nahm seine Hand und ließ mich von ihm hochziehen.

»Darf ich?«, fragte er, während er unsere Hände hob. Er wollte mich nicht loslassen.

Plötzlich spürte ich, wie sich etwas Leichtes, Gutes in mein Herz schlich und mit einem zufriedenen Seufzer dort niederließ. Ich nickte, dann gingen wir zusammen ins Haus.

Achtundzwanzig

Sebastian und ich saßen auf dem breiten Sims, der sich um den mittleren Kirchturm der Kathedrale St. Louis zog, hoch über dem Jackson Square. Wie jeden Abend war der Platz unter uns hell erleuchtet. Der leichte Wind wehte Jazzmusik zu uns herauf, in die sich Gesprächsfetzen und Gelächter mischten.

Seit der Unterhaltung mit meinem Vater im Garten waren zwei Tage vergangen. Gerade war ich ein paar Stunden in der Bibliothek gewesen, um noch mehr über die Hexe, die meinen Fluch entwirren konnte, herauszufinden.

Ich wollte den Fluch loswerden. Sicher, ich war anders als alle Gorgonen vor mir, doch niemand wusste, was an meinem einundzwanzigsten Geburtstag geschehen würde. Vielleicht verwandelte ich mich trotzdem in eine ausgewachsene Gorgo. Ich würde nicht mehr so aussehen wie jetzt und ich würde nie wieder jemanden ansehen können, ohne ihn oder sie in Stein zu verwandeln. Ich wollte auf keinen Fall nur rumsitzen und abwarten.

Ich wollte eine Zukunft. Hier in New 2. Mit meinem Vater. Mit Sebastian und meinen Freunden.

Er stieß mich mit der Schulter an. »Warum wirkst du so frustriert?«

Ich stieß ihn zurück. »Ich hasse es, dass du mich so einfach durchschauen kannst.« In letzter Zeit sagte ich das ganz schön oft zu ihm, aber inzwischen war es zu einer Art Kompliment geworden.

Er zuckte ungerührt mit den Achseln. »Du hast vorhin also nichts in der Bibliothek gefunden. Na und? Du hast doch erst an der Oberfläche gekratzt. Bis zu deinem einundzwanzigsten Geburtstag sind es noch dreieinhalb Jahre. Wir werden jemanden finden, der uns helfen kann.« Er drückte meine Hand.

Ich musste an das Baby in dem Korb denken, der von Zeus' Händen gehalten wurde. Als ich in der Bibliothek war, hatte ich danach gesucht, aber die Statue hatte nicht mehr auf dem Tisch gestanden. Der Bibliothekar schien überrascht gewesen zu sein, dass sie verschwunden war. Sie hatte die Bibliothek nicht verlassen – so viel wusste er. Wenn jemand die Statue wiederfinden konnte, dann der Bibliothekar.

Jemand hatte sie innerhalb der Bibliothek versteckt. Und dieser Jemand war mit Sicherheit Josephine gewesen.

»Ich glaube, ich weiß, warum Athene Zeus getötet hat«, sagte ich. Sebastian zog eine Augenbraue hoch und wartete, dass ich weitersprach. »*Sie* bekam ein Baby, dem vom Schicksal vorherbestimmt war, Zeus zu vernichten. Zeus fand es heraus und nahm das Kind an sich. Ich glaube, Athene flippte aus und schickte als Vergeltung eine Gottesmörderin, eine Gorgo, zu ihm. Allerdings hatte er gerade das Kind bei sich und deshalb wurden beide zu Stein. Ich glaube nicht, dass *Sie* ihr Baby mit Absicht in Stein verwandelt hätte.«

»Wow«, meinte er fassungslos. »Das ist ...«

»Verrückt, ich weiß. Aber ich bin mir so gut wie sicher. In der Bibliothek ist eine zerbrochene Statue. Der Bibliothekar hat mir erzählt, dass es Zeus' Hände wären, die das Kind hielten, dessen Schicksal es sei, ihn zu töten. Ich hatte ein komisches Gefühl, als ich es sah. Und in der Haupthalle des Tempels –«

»Die Statue des Zeus. Sie hat keine Hände.« Jetzt war Sebastian alles klar. »Heilige Scheiße.«

»Wem sagst du das. Das ist keine gewöhnliche Statue. Ich glaube, Athene wollte den Krug, um ihr Baby wiederzubekommen. Irgendwie hat *Sie* erfahren, dass es dort ist. Vielleicht war das der Grund dafür, dass die Novem ihn als Geschenk erhielten, vielleicht wollte jemand das Kind vor Athene verstecken. Schließlich weiß niemand, was passiert ist, nachdem die Gorgo die beiden zu Stein verwandelt hat, oder wie die Statue zerbrochen ist, wer sie in den Krug gesteckt hat …«

Es gab eine Menge ungeklärter Fragen, doch jetzt fügten sich die Puzzleteile langsam zusammen. Und es gab zumindest einen Grund für Athenes Wahnsinn.

»Jetzt wird mir klar, warum *Sie* dich wollte. Und warum *Sie* dich getestet hat«, sagte Sebastian. »Ich wette, *Sie* hat gedacht, du könntest ihr Kind wieder zum Leben erwecken.«

Das versetzte mir einen Stich, denn aus irgendeinem Grund fühlte ich mich verantwortlich für die vielen Menschen, die meine Vorfahrinnen zu Stein verwandelt hatten. Dass ich sie vielleicht alle zurückverwandeln, dass ich vielleicht ein paar von ihnen retten könnte, legte sich schwer auf mein Gewissen.

»Das einzige Problem ist deine Großmutter«, fuhr ich fort. »Ich glaube, sie weiß es auch. Oder zumindest vermutet sie es. Vorhin in der Bibliothek habe ich nach der Statue gesucht, um sie zu berühren –«

»Um sie zurückzuverwandeln?«, fragte er überrascht.

»Nein. Dazu müsste ich wirklich alles geben, was in mir steckt. Außerdem bin ich nicht einmal sicher, ob man jemanden, der schon so lange verwandelt ist, wieder zurückbringen kann. Aber wenn ich die Statue berühren würde, könnte ich die Macht der Gorgo spüren, und dann würde ich wissen, ob das Baby tatsächlich einmal gelebt hat.«

»Und das würde bedeuten, dass diese Statue der echte Zeus ist. Großer Gott, stell dir doch mal vor, was geschehen würde, wenn du ihn zurückbringen könntest.« Sebastian rieb sich das Gesicht und starrte auf den Platz hinunter. »Schätze mal, diese Kind-dem-vom-Schicksal-bestimmt-worden-war-ihn-zu-töten-Sache ist dann doch wahr geworden.«

»Ja.« Aber wohl nicht so, wie Zeus sich das vorgestellt hatte. »Das Ganze ist irgendwie tragisch ...«

»Ich frage mich, wer der Vater war«, sagte Sebastian.

Als ich auf die winzigen Lichter starrte, die auf dem Mississippi auf und ab schaukelten, spürte ich wieder die Last der Verantwortung auf mir. »Ich glaube, wir sollten verhindern, dass Josephine das Baby zerstört oder etwas noch Schlimmeres mit ihm anstellt.«

Sebastian nickte. »Sie hat mit Sicherheit nichts Gutes vor.«

Wir schwiegen noch ein paar Sekunden nachdenklich, während die Geräusche von unten die Stille zwischen uns füllten.

»Das Kind kann schließlich nichts dafür«, fügte ich hinzu.

Als Sebastian mich ansah, spielte ein Lächeln um seine Lippen. Er beugte sich zu mir und gab mir einen Kuss auf den Mund.

»Wofür war der denn?«

»Dafür, dass du so ein guter Mensch bist, Ari. Und weil es sich anhört, als würden wir demnächst wieder Ärger kriegen.«

Was wohl heißen sollte: Egal, was auch geschehen würde, wir würden es gemeinsam durchstehen. Und ich war ziemlich sicher, dass ich mit allem fertig werden würde, was das Schicksal für mich bereithielt, wenn ich meine Familie, meine Freunde und Sebastian bei mir hatte.

Als sich ein Lächeln auf meinem Gesicht ausbreitete, spürte ich es bis in meine Zehen. Ich verdrehte die Augen und lachte. »Sagt der Vampirhexer zur Gorgo.«

Danksagung

Ein großes Dankeschön geht an meine Lektorin Emilia Rhodes für ihre Geduld und die Ratschläge, die sie mir bei der Arbeit an den vielen Versionen dieses Buchs gegeben hat. Es hat Spaß gemacht!

Ich danke all den großartigen Mitarbeitern von Simon Pulse, die an der Dein-göttliches-Herz-Reihe mitarbeiten: Annette Pollert, Mara Anastas, Jennifer Klonsky, Carolyn Swerdloff, Dawn Ryan, Paul Crichton, Sienna Konscol, Kim Sooji, Cara Petrus und Angela Goddard. Es gibt noch viele andere, deren Namen ich noch nicht kenne, aber ich möchte ihnen allen ein dickes Dankeschön sagen. Ich muss mich immer noch zwicken, um glauben zu können, dass ich jetzt bei diesem Verlag bin.

Auch danke ich der Autorin Cynthia Cooke, die mir bei diesem Buch eine große Hilfe war. Ich freue mich auf viele weitere Gespräche und Mittagessen. Danke für deine Freundschaft und die konstruktive Kritik. Du hast mich gerettet.

Ein Dank geht an meine Agentin Miriam Kriss, für ihren Scharfblick und ihre Gabe, mich vor Nervenzusammenbrüchen zu bewahren. Ich bin so froh, dich in meiner Ecke zu haben.

Danke Allen, Cheryl, Dylan, Ryan und Isabel und Kami – treue Leserin, Schwester und Freundin. Noch mal danke für das schnelle Lesen und die Kommentare.

Danke Audrey, dafür, dass du es aushältst, wenn ich wieder mal ins Leere starre, und mich trotz meiner seltsamen Angewohnheiten liebst. Du bist echt der Wahnsinn! Alles Liebe. Danke Jonathan, dafür, dass du die Stellung hältst. Ich bin oft viel zu fertig, um bei dem Stress mit Abgabeterminen und Schreiben richtig Danke zu sagen, aber du hast immer Nachsicht mit mir. Danke!!! Und James, danke, dass du mich aufmunterst und zum Lachen bringst. Euretwegen weiß ich, warum ich lebe.

Und schließlich danke ich Melissa Marr, für ihre Großzügigkeit und Güte, und allen Lesern, weil sie die Dein-göttliches-Herz-Reihe lesen. Danke für eure Unterstützung, eure Zeit und eure Begeisterung. Es bedeutet mir mehr, als ich es je sagen könnte.